Virginie Caillé-Bastide

Virginie Caillé-Bastide est née en 1962 à Lorient.
Après avoir travaillé en tant que directrice
de création, elle a monté sa propre agence de
communication.
Le Sans Dieu (Héloïse d'Ormesson, 2017), son
premier roman, puise dans ses origines bretonnes et
sa passion pour l'histoire.

Retrouvez toute l'actualité de l'auteur sur son site :
www.caille-bastide.com/Virginie_Caille-Bastide

LE *SANS DIEU*

VIRGINIE CAILLÉ-BASTIDE

LE *SANS DIEU*

ROMAN

© 2017, Éditions Héloïse d'Ormesson

ISBN : 978-2-266-28324-3

Dépôt légal : août 2018

À ma mère
qui m'a transmis tant de belles choses.

Le pêcheur prend la mer pour nourrir sa famille.
Le pirate la prend pour rompre avec la sienne.

Tous les poisons et les remèdes existent dans la nature.
De même en est-il dans le cœur des hommes.

1709
MORBIHAN

En l'an de grâce 1709, la grâce, justement, semblait avoir abandonné les habitants de Plouharnel et des différents bourgs, hameaux et lieux-dits alentour.

Au début du mois de janvier, une froidure sans précédent avait tétanisé la nature en son doux sommeil d'hiver et glacé comme jamais l'âme des bonnes gens. L'on s'organisait vaille que vaille et les hommes brûlèrent avec inconséquence toutes les réserves de bois qui se pouvaient trouver, certains qu'une telle malédiction ne pourrait durer. Las, à la mi-janvier, le froid s'intensifia à l'extrême. Lors des messes, le vin glaçait dans les calices, les baptêmes ne s'administraient plus qu'à domicile, de crainte que le nouveau-né ne trépassât avant que le parrain et la marraine ne le portassent sur les fonts baptismaux. Au moindre choc, les cloches des églises se brisaient. En cas de décès, et ils étaient nombreux, l'on ne sonnait même plus le glas.

Dans les cours de ferme, il n'était pas rare de voir des coqs et des poules continuer à courir d'un pas hasardeux, bien que leur tête fût entièrement gelée. Ils s'écroulaient au bout de quelques mètres et l'on s'empressait de les plumer afin d'en faire pitance autour du dernier maigre feu qui se pouvait encore allumer.

Au début de février, survint un dégel si soudain qu'il causa plus de ravages encore que le froid lui-même. Sous l'effet du vent de suroît et du redoux, les congères de glace fondirent et se transformèrent en torrents dévastateurs qui emportaient tout sur leur passage. Puis l'implacable rigueur reprit, glaçant la promesse du blé noir et de l'avoine, navrant les branches des arbres fruitiers et laissant augurer une disette dont on priait avec ardeur qu'elle ne se transformât point en famine.

Les habitants de Plouharnel ignoraient que la situation était bien pire dans la majorité des provinces de l'infortuné royaume de France. Certes, la Bretagne dut faire face à un hiver implacable et jusque-là inconnu des plus anciens, mais il se trouvait atténué par la clémence de son climat océanique. Quand bien même l'auraient-ils su, cela n'aurait en rien allégé leurs tourments et les souffrances qui en découlaient.

Les animaux mouraient rapidement de froid ou d'absence de fourrage et leurs dépouilles étaient alors dépecées et dévorées par des habitants que la faim commençait à obséder, car le prix du setier de blé avait atteint la somme impensable de quatre-vingt-deux livres. Plus que la famine elle-même, ce fut l'absorption de ces charognes qui causa des ravages au sein de la population. Diverses maladies contagieuses trouvèrent refuge dans les entrailles des affamés et des familles entières furent décimées.

En ce matin blême du 21 février, Arzhur de Kerloguen s'était levé avant l'aube pour parcourir la lieue qui séparait la modeste seigneurie dont il était le hobereau, de la petite crique de Kergastel où il ne désespérait point de ramasser des coquillages et piéger quelques crabes dans une nasse de fortune. Le vent glacial qui soufflait en rafales sur la grève avait compliqué son entreprise et en dépit de ses ardentes prières, sa pêche, composée de petites palourdes roses et de coques, fut des plus maigres. Il en remercia néanmoins le Seigneur avec gratitude et reprit en frissonnant le chemin du retour.

Soudain, le long d'une sente, il vit le cadavre d'un homme qui gisait sur le dos et dont le ventre était si gonflé qu'il semblait prêt à éclater. Après s'être signé par trois fois, il se pencha en tremblant au-dessus du malheureux pour lui baisser les paupières de façon à ce qu'il n'offensât point Dieu en se présentant à Lui les yeux grands ouverts. Ce qu'il découvrit le glaça davantage que la bise elle-même. Les corbeaux avaient dévoré les yeux du défunt et ses orbites n'étaient plus que deux trous noirs d'où sortaient des vers.

Arzhur de Kerloguen eut un tel haut-le-cœur qu'il fut secoué par une série de spasmes. N'ayant pris aucune nourriture solide depuis deux jours, il ne vomit que de la bile. Après s'être ressaisi autant qu'il le put, il entreprit de creuser la terre au moyen de sa dague afin d'offrir sépulture chrétienne à l'inconnu. Mais elle était si dure que la lame de son arme se brisa et qu'il dut renoncer. Au moyen de deux bouts de bois, il confectionna une croix rudimentaire, mais ne put davantage l'enfoncer dans le sol gelé. Il se mit alors en quête de pierres qu'il utilisa afin de former un monticule suffisamment stable pour y planter la croix. Ayant fait, il récita plusieurs fois le Notre-Père avant que de s'en retourner chez lui.

Le vent de glace redoublait d'ardeur, et les pans de son manteau qu'il ne cessait de rabattre pour se prémunir la face, ne le protégeaient guère de cette coupure impitoyable qui le faisait grelotter tout entier. Quand enfin la tour de sa modeste seigneurie fut en vue, son cœur se serra comme à l'approche d'un malheur et il pressa son pas. Venant à sa rencontre, Barbe, la fidèle nourrice dont le lait généreux avait fortifié deux générations de Kerloguen, courait vers lui, son vieux visage ridé ruisselant de larmes.

« Seigneur Arzhur, seigneur Arzhur, votre petit Jehan est tombé dans un tel état de faiblesse que nous craignons pour sa vie ! Nous avons essayé de lui faire prendre de la bouillie de châtaignes, mais le pauvre enfant est si étiolé que la nourriture lui coule de la bouche comme bave au menton. »

Arzhur jeta le sac de chanvre qui contenait sa misérable pêche et se précipita vers le pont-levis. Dans la grande salle désertée de toute vie, nul feu ne crépitait dans l'âtre vide, nulle conversation ne se faisait entendre. Il monta quatre à quatre l'escalier de bois qui menait à sa chambre, sachant que sa femme y avait installé son dernier fils survivant dans le sein protecteur de leur lit clos. Il s'arrêta net en pénétrant dans la pièce dont les volets fermés ne laissaient filtrer le moindre rai de lumière. Seules, quelques bougies éclairaient d'une lueur vacillante une scène qui lui sembla d'une irréalité biblique.

Formant un demi-cercle parfait, à genoux devant

l'antique meuble de bois et se tenant la main, tous ses gens étaient réunis en une sorte de dévotion pétrifiée. Venant de derrière les portes du lit, une faible psalmodie se faisait entendre, le genre de mélopée qui accompagne les déchirements de l'âme. Arzhur monta sur le marchepied du banc-tossel et se pencha autant qu'il put. Il ne vit rien, tant l'obscurité était profonde. Puis il distingua la silhouette de sa femme qui, dans un mouvement que rien ne semblait pouvoir interrompre, berçait d'avant en arrière le corps inerte de leur fils. D'une voix moins douce qu'il ne l'aurait voulu, il demanda :

« Est-il passé ? »

Elle le regarda sans le voir et reprit son chant d'une voix devenue imperceptible. Il tenta de lui écarter les bras pour dégager le corps de son fils, espérant de toute son âme y déceler un souffle de vie. Sa femme le serra davantage contre elle et se mit à pousser des hurlements de bête blessée à mort. Il fut si saisi qu'il eut un brusque mouvement de recul. Ratant la première marche, son pied ne rencontra que le vide et son corps tomba lourdement en arrière sur le sol de pierres que sa tête heurta. Rudement estourbi, il vit dans un brouillard le visage ravagé de Barbe se pencher au-dessus de lui et lui murmurer à l'oreille :

« Seigneur Arzhur, je vais m'occuper de dame Gwenola pendant qu'Erwan ira mander le rebouteux pour soigner votre chef. Seigneur Arzhur, vous m'entendez ? »

Ce fut le froid qui l'éveilla. Il ouvrit les yeux, les referma aussitôt, tant la douleur perçante qui lui vrillait le crâne le faisait pâtir.

Où était-il ? Que s'était-il passé ? Avait-il été attaqué par une bande de marauds en quête de quelques sols ? Ils étaient si nombreux en ces temps de famine et se déplaçaient en meute. Il avait l'impression qu'une masse d'armes lui avait navré les os de la tête. Il leva avec précaution un bras vers son visage et sa main rencontra un bandage humide qui l'enserrait tout entier.

Un cataplasme de simples, sans doute. Soudain la mémoire lui revint et sa douleur s'en trouva accrue à l'extrême : son fils à l'agonie, sa femme devenue comme folle, sa chute, ô combien ridicule, de la hauteur des trois marches du lit clos, et puis l'abîme de sa conscience. Morbleu ! Combien de temps était-il resté ainsi pâmé comme donzelle en faiblesse, pendant que le malheur et la mort investissaient sa maison ? Il essaya de se lever de sa couche, retomba aussitôt, ses forces lui faisant défaut. Il tenta d'appeler ses gens, mais seul un son rauque, assorti d'un étrange gargouillis sortit de sa bouche et il imagina que dans sa chute, il avait dû se mordre la langue.

Le désespoir le plus vif s'empara de lui, car jamais, jusqu'à ce jour maudit, il ne s'était trouvé réduit à un tel état d'impuissance et de désespérance. Il sombra.

Pendant ce temps, la fidèle Barbe s'activait sans relâche au chevet de sa maîtresse. Quand la vieille servante avait voulu desserrer l'étreinte qui reliait dame Gwenola à son enfant mort, celle-ci avait poussé des hurlements tels qu'on l'eût pu croire possédée par le Malin. Terrorisée, sans réfléchir, Barbe lui avait administré deux soufflets, lesquels avaient eu pour effet de la plonger dans un état de stupeur qui semblait pire encore que les cris inhumains qui avaient précédé. On fit sa toilette, lui fit revêtir chemise de chanvre, puis on la coucha dans une autre chambre après lui avoir fait prendre une décoction calmante, car Barbe savait les simples qui guérissent le corps, mais aussi celles qui apaisent les tourments de l'âme. Après l'avoir veillée des heures et ne sachant plus que faire face à cette inquiétante léthargie, elle décida de se rendre en cuisine, devinant à l'avance qu'elle n'y trouverait rien qui puisse lui rendre forces. En pénétrant dans la grande pièce basse, d'habitude si pleine de vie, elle fut frappée au cœur par son vide et son silence. Aux crochets, nul jambon, saucisson ou tranche de lard ne pendaient. Il y avait belle lurette que l'on avait occis le dernier pourceau vivant, et tous les habitants de la seigneurie se l'étaient partagé jusqu'au moindre morceau de gras, la plus infime part de chair. L'on avait fait bouillir et rebouillir les os afin de donner un semblant de goût aux soupes d'orties qui désormais composaient l'ordinaire. Aucun collier d'aulx ou d'oignons n'ornait davantage le dessus du billot de bois, sur lequel tant de repas avaient été mitonnés et nulle soupe ne fumait, à patient bouillon, dans la marmite centenaire. Laissant errer ses yeux, elle aperçut sur le sol une petite boule brune qui avait roulé jusqu'à l'angle du mur. Elle ploya son corps perclus de douleurs pour la ramasser. Il s'agissait d'une vieille échalote qui avait commencé de pourrir. Elle la dévora avec autant de faim que d'amertume. Un malaise la prît et elle dut s'asseoir promptement sur un banc afin de ne point choir. Sa tête dans ses mains, la vieille servante laissa un flot de larmes la submerger enfin. Elle pleura tout son saoul, malade de chagrin et d'impuissance.

Un pas lent et lourd se fit entendre dans la pièce.

Barbe releva la tête et, à travers le crachin de ses yeux, distingua la silhouette massive de Maël le boiteux. Durant des années, à Kerloguen, il avait occupé la fonction de métayer. Mais depuis qu'un percheron ombrageux lui avait expédié mauvaise ruade, sa jambe gauche ne lui accordait aucun répit et il n'était plus en état de parcourir les champs, landes et bois qui composaient la seigneurie. Pour son heur, la nature l'avait doté d'autres talents et c'était désormais en qualité de maréchal-ferrant qu'il avait pu conserver sa place. Avant l'accident, on le disait taiseux. Depuis lors, plus rares encore étaient les mots qui sortaient de sa bouche sans lèvres.

Il s'empara d'un broc empli d'une eau qui avait commencé de geler, en brisa la surface et versa deux bolées. Il en tendit une à Barbe avant de s'asseoir en face d'elle. Il attendit qu'elle bût quelques gorgées, puis, d'une voix sans timbre, demanda :

« Le p'tiot ? »

Sans le regarder, elle répondit :

« Il a passé dans la matinée. Nous avons installé sa pauvre petite dépouille dans la chapelle. J'ai envoyé Morvan prévenir le recteur de ce grand malheur, mais il n'est point encore revenu. »

Après un long silence, Maël s'enquit :

« Et nos maîtres ? »

« Seigneur Arzhur a fait mauvaise chute sur le crâne et nous lui avons posé cataplasme de plantes. À la vérité, je m'inquiète bien davantage pour l'esprit de dame Gwenola que pour la tête que notre seigneur a fort dure. »

Maël opina et reprit, un léger sarcasme dans la voix :

« Certes, notre pauvre dame a déjà perdu six enfants et le petit Jehan était le seul que le Seigneur Notre Dieu avait omis de lui reprendre. »

À ces mots, Barbe fit le signe de croix à plusieurs reprises et son visage devint cramoisi :

« Veux-tu bien te taire, mécréant ! Ce n'est pas Dieu qui est responsable de tous les malheurs qui nous accablent. Non, c'est bien le démon qui est à l'œuvre, et des âmes égarées comme la tienne semble l'être, lui facilitent sa tâche maudite ! »

Maël le boiteux n'ajouta pas une parole. Il se leva, et, claudiquant plus qu'à l'accoutumée, sortit retrouver son écurie vide de chevaux, les bêtes ayant toutes été abattues et dévorées. Comme il n'avait point d'ouvrage et que sa forge demeurait éteinte, il s'employa comme il put à trier et ranger fers et clous, dans l'espoir qu'il aurait un jour à s'en resservir.

Pendant ce temps, dépêché par Barbe, Morvan avait marché et même couru à en perdre haleine jusqu'à l'église de Plouharnel.

Elle devait son nom à saint Armel, mystérieux abbé venu de Grande-Bretagne au VIᵉ siècle pour établir semblant de religion dans un pays qui lui parut aussi sauvage que désolé, bien qu'il y trouvât le climat moins impitoyable que dans son Angleterre natale.

En breton, *plou* signifiant « paroisse », elle prit à la mort du moine le nom déformé de ce dernier. Tout ceci, Morvan l'ignorait, car, simple vacher de son état, il ne savait rien ou presque des choses « dites de l'esprit » et le sien n'en avait point été nourri. Il connaissait pourtant bien des choses, mais cela même, il l'ignorait. Il savait lire les vents et prédire très exactement à quel moment et en quel lieu un orage allait éclater. Il connaissait chaque fleur, chaque plante, chaque racine mieux que personne et Barbe l'envoyait souvent en quérir à sa place, afin de préparer ses fameux remèdes. De même, il n'avait pas son pareil pour installer en forêt pièges à petit gibier ou, du sommet d'un rocher, appâter une ligne de pêche qui attirait irrésistiblement bars, lieus, vieilles et autres saint-pierre. La seule chose qu'il était certain de savoir, c'est qu'il fallait craindre Dieu autant que Diable, car ses colères pouvaient provoquer grands désastres.

« *Dies Irae* », tonnait le recteur du haut de sa chaire pendant l'office, pétrifiant l'assistance des fidèles qui se serraient davantage sur les bancs en se pressant la main, « *Dies Irae !* »

Alors, pour apaiser les foudres d'un Dieu plus enclin au courroux qu'au pardon, Morvan avait toujours caressé le rêve d'accomplir un jour le pèlerinage de sainte Anne d'Auray.

En ce funeste jour d'hui, il regrettait de toute son âme de ne l'avoir point fait afin de demander à la sainte d'épargner la vie du petit Jehan, car pour cet enfant qu'il adorait, il l'eût fait à genoux. Glacé, à bout de souffle, il arriva enfin devant le presbytère qui était fermé. Il ne s'y attendait pas et demeura interdit quelques instants, ne sachant que faire. Puis, il pensa au pauvre enfant et se mit à tambouriner la lourde porte de chêne. Celle-ci resta close, mais au-dessus de sa tête, il entendit le bruit d'une fenêtre qui s'ouvrait à la volée. Levant les yeux, il aperçut le visage empourpré du recteur :

« Qui donc ose frapper de la sorte à l'huis d'un bâtiment sacré ? »

D'une voix mal assurée, le jeune vacher répondit :

« Pardon monsieur le recteur, je viens vous annon-cer grand chagrin, car le petit Jehan de Kerloguen a passé ce matin et l'on m'a chargé de vous mander à la seigneurie pour lui administrer prières et ultimes sacrements. »

Le recteur parut mal à l'aise :

« Ah… C'est bien triste, en effet. Hélas, pour l'heure, je ne le puis, car suis requis au château de Kergonan. Il semble que le baron ait pris refroidis-sement et souhaite au plus vite ma présence auprès de lui. Dis à tes maîtres que je viendrai dès que pos-sible. »

Sur ce, il referma promptement la fenêtre, et, pour plus de sûreté, en rabattit aussi les volets. Morvan resta sans voix. Ses pensées l'assaillaient comme vagues montantes aux marées d'équinoxe. Ainsi, le baron de Kergonan se sentait incommodé par le froid implacable qui sévissait. Chacun savait qu'il souf-frait surtout d'hypocondrie. À chaque début de fièvre, ayant mené vie fort dissolue et craignant de passer les pieds outre sans recevoir la bénédiction d'un homme de Dieu, il faisait toujours, en grande hâte, quérir le recteur. Morvan n'ignorait pas que la famille de Kergonan dépassait de beaucoup en noblesse celle de Kerloguen. La hiérarchie de l'épée primait sur celle du cœur, et un vieillard terrorisé par la moindre manifestation d'une hypothétique maladie passait, aux yeux de l'Église, bien avant la mort d'un enfant.

Il voulut frapper de nouveau et tenter d'expliquer au recteur la rébellion de sa pensée. Il retint à temps son poing, se souvenant que les Kergonan avaient récemment donné plusieurs dizaines de louis afin que le clocher de l'église puisse être restauré.

Maintes actions de grâce avaient salué cette générosité admirable, et à dix lieues alentour, on célébrait le nom d'une si noble famille. Avec autant de rage que d'amertume, il prit le chemin du retour. Le vent avait encore forci et une pluie glaciale s'était remise à tomber, lui cinglant la face à chaque rafale.

Arzhur était enfin parvenu à se mettre debout.

La douleur en son crâne était toujours aussi vive, mais son corps long et musculeux avait repris quelque vigueur. Pendant un bon moment, il eut du mal à savoir en quelle pièce de sa demeure il se trouvait, mais quand il croisa du regard l'austère portrait de son aïeul, Meriadeg de Kerloguen, il comprit qu'on l'avait installé dans la salle de marine du château. Il sentait son esprit égaré et ne put s'empêcher de se demander pourquoi ses gens, Erwan, sans doute, sur les indications de Barbe, l'avaient couché en cet endroit. Il se souvint qu'il avait pris l'habitude d'y dormir, depuis que sa femme, pleurant chaque nuit leurs enfants morts, lui rappelait sans relâche que c'était la volonté de Dieu et qu'il fallait s'y soumettre. Un soir, sa colère avait pris le pas sur la pitié qu'elle lui inspirait et il s'était emporté :

« Ma mie, s'il nous faut accepter sans faillir la volonté du Tout-Puissant, je m'étonne que vous pleuriez de la sorte du matin jusques au soir. Votre si parfaite dévotion ne serait-elle donc qu'hypocrisie ? Pour l'amour du ciel, auquel vous vous référez tant, occupez-vous plutôt de notre fils vivant et donnez-lui toute la tendresse que depuis des années vous me refusez. »

Il était sorti de la pièce d'un pas vif avant que d'entendre les pleurs redoublés de dame Gwenola. À cette souvenance, son cœur se serra car, en ce jour maudit, ils venaient tous deux de perdre leur dernier enfant. Il sortit de la salle en quête de son infortunée épouse.

Trempé, glacé, empli de colère et de frustration, Morvan franchit les limites de la seigneurie de Kerloguen. La mission qu'on lui avait confiée avait échoué et c'est sans le recteur et l'indispensable secours de sa religion qu'il rentrait au domaine. Bredouille de bredouille, il était ! Mais l'affaire était autrement plus grave qu'un haveneau vide de crevettes ou une besace pleurant l'absence de grives ou d'étourneaux. Sans les indispensables rites mortuaires et l'ultime bénédiction sacerdotale, qu'allait devenir l'âme du pauvre petit Jehan ? Serait-elle condamnée à errer pour l'éternité dans les limbes des profondeurs infernales ?

Il trébucha sur la racine d'un tilleul argenté et tomba lourdement. Une rage folle s'empara de tout son être. D'une force dont jamais il ne se serait cru capable, il arracha du sol l'objet de sa chute, le rompit et s'en servit pour frapper tout ce qui se présentait à ses yeux : arbustes, ronciers, épineux. Quand il n'eut plus de forces, il s'en prit au ciel et hurla une colère qui se perdit dans le chant furieux du vent.

Pendant ce temps, Arzhur arpentait péniblement les pièces de sa demeure à la recherche de sa dame. Elle demeurait introuvable.

25

Il croisa Barbe qui joignit les mains à sa vue :

« Ma Doué benigouet seigneur Arzhur, la conscience vous est revenue ! Comment va votre tête ? Ressentez-vous quelque vertige ? »

Arzhur entra dans une vive colère :

« Barbe, peu me chaut d'être vivant ou mort, ni de ressentir la moindre douleur. Où donc est dame Gwenola, je veux m'empresser au plus vite auprès d'elle. Parle ! »

Barbe se tordit les doigts :

« Seigneur, la terrible épreuve que notre dame a vécue l'a plongée dans un état de torpeur dont rien ne semble pouvoir l'arracher. Nous l'avons installée dans la petite chambre au sommet de la tour, car nous ne voulions point qu'elle ne s'éveillât dans une pièce où si grand malheur avait frappé. »

Tout en se précipitant vers l'escalier de pierres, Arzhur cria :

« Et mon fils ? Où diable avez-vous mis mon fils ? »

À la seule évocation du Malin, un frisson glacé parcourut l'échine de Barbe. Elle tenta d'assurer le ton de sa voix :

« Dans la petite chapelle, seigneur, où il attend les saints sacrements du recteur que nous avons fait quérir. »

Parvenu au sommet des degrés de la tour, Arzhur dut reprendre souffle, tant il avait présumé de ses forces en les gravissant trop vite. Quand les battements de son cœur se furent calmés, il hésita à pénétrer dans la pièce. Qu'allait-il trouver ? Barbe avait parlé d'une étrange et inquiétante léthargie. Sa femme ne serait-elle plus donc qu'une sorte de corps-mort, déserté par la raison, abandonné par l'âme elle-même ? Ou pire,

allait-elle se redresser subitement comme une possédée et pousser à nouveau ses hurlements inhumains ?
Il allait frapper, se ravisa et, soupirant, ouvrit doucement la porte. Dans un lit dont Barbe avait pris
soin de ne pas refermer les courtines pour y laisser
pénétrer le moindre rai de lumière, Gwenola reposait
sur le dos à la façon d'un gisant.

Ses bras étaient étendus le long de son corps, mais
si on les avait réunis sur sa poitrine et joint ses mains
en prière, on eût pu la croire morte tout à fait.

Arzhur s'approcha et se pencha sur son visage.

Étrangement, et pour la première fois depuis des
années, il lui sembla apaisé. Seule la cire de son teint
et les cernes qui creusaient le contour de ses yeux
témoignaient des souffrances endurées, de l'implacable chagrin. Il ne put retenir ses larmes.

Tous leurs enfants étaient morts désormais, mais
c'était elle qui les avait portés en son sein, avait
accouché d'eux, et ce lien unique qu'aucun homme
ne pouvait vivre, ni même imaginer, il le comprenait aujourd'hui à travers ce corps inerte, dont il
savait qu'il n'enfanterait plus. Il approcha un tabouret,
s'assit auprès d'elle et lui prit la main. Il la trouva
glacée et elle lui sembla plus petite que jamais. Cette
main, que son père avait demandée en son nom, lui
rappela le jour de leurs épousailles.

Ni l'un, ni l'autre ne les avaient désirées.

À quinze ans, Gwenola de Kerbellec était follement éprise du second fils du baron de Kergonan,
lequel, s'il avait connu cette inclination, eût ri à gorge
déployée à l'idée d'une telle mésalliance.

À dix-sept ans, Arzhur, quant à lui, ne songeait qu'à
épouser la mer et rêvait de contrées lointaines où le

soleil régnait sans partage, exaltant le parfum de fruits inconnus, des riches épices et où, disait-on, les troublantes femmes indigènes avaient pour le voyageur blanc de coupables et délicieuses faveurs.

Son père, Bertrand de Kerloguen, avait banni ce projet, lui rappelant qu'un fils aîné avait l'impérieux devoir de reprendre la seigneurie et d'en assurer la prospérité, ainsi que de sa famille, la lignée. Obéissant aux injonctions paternelles, il avait renoncé à ses rêves au grand large et s'était uni à la frêle Gwenola.

La nuit de noces leur laissa à tous deux un goût amer.

Elle, souffrant en silence d'un acte qui la rebutait d'autant plus qu'il lui faisait penser à la brutale saillie des chevaux.

Lui, craignant d'endolorir ce corps pubère qu'il ne désirait point. L'union charnelle eut lieu néanmoins, et le drap taché de sang fut pendu à la fenêtre de leur chambre afin de montrer à tous que le mariage avait bien été consommé.

Dix années avaient passé, sept enfants étaient nés et avaient trépassé. Aujourd'hui, il avait du mal à se rappeler leurs visages, mais ne pouvait oublier celui de sa femme au moment du décès de chacun. Jehan représentait son dernier espoir de postérité et en cette heure, il n'était plus. Il relâcha l'étreinte de sa main, reposa doucement celle de Gwenola sur l'épais drap de lin et s'en fut à la chapelle.

Deux bougies éclairaient le corps de Jehan qui reposait sur une planche soutenue par des tréteaux que l'on avait recouverte d'une nappe blanche damassée, brodée aux armes de la famille.

La petitesse et la maigreur de son fils frappèrent Arzhur en plein cœur. Le froid maudit et l'odieuse famine avaient eu raison de ce frêle garçon, peu doué pour les exercices du corps, mais qui étonnait par sa remarquable aptitude aux jeux de l'esprit. À la surprise de tous, il avait appris à lire tout seul et, à seulement six ans, passait des heures dans la petite bibliothèque à ouvrir et dévorer toutes sortes d'ouvrages et de traités, quel qu'en fût le sujet. Cela avait dérouté son père, qui eut de beaucoup préféré pour fils un robuste gaillard, avec lequel partager parties de chasse, courses à cheval, et solide entraînement au maniement des armes. Puis, peu à peu, sans jamais le montrer, il s'était laissé séduire par l'intelligence du garçon et sa soif insatiable de savoir.

Un jour, Jehan avait demandé à son père le sens d'une maxime de Sénèque dont la complexité le tenait en échec. Incapable de la traduire lui-même et ne voulant à aucun prix le laisser supposer, Arzhur avait répondu :

« Il semble, mon fils, que vous soyez parvenu à l'âge où vous devez étudier le latin, le grec, mais aussi toutes sortes de matières avec le plus grand sérieux. Je vais vous inscrire dans un collège où vous serez désormais pensionnaire. »

Jehan avait pâli et sa voix avait chevroté :

« Mais père, je ne veux pas quitter votre maison, ni mère, ni Barbe. »

« Monsieur, aucun Kerloguen ne s'est jamais dérobé à ses devoirs et j'escompte bien que vous ne vous soustrayiez point aux vôtres. »

Voyant les yeux de son fils s'embuer et ses efforts désespérés pour ne pas pleurer, il ploya sa haute silhouette vers le garçonnet et ajouta d'un ton plus doux :

« N'ayez crainte Jehan, vous reviendrez à la seigneurie pour toutes les vacances et votre mère, ainsi que Barbe seront fort réjouies à chacun de vos retours. »

Une larme avait fini par déborder et couler sur la joue pâle :

« Et vous monsieur mon père, ne serez-vous point content de me revoir ? »

Arzhur ne put maîtriser le haussement de sa voix :

« Naturellement, quelle question ! Mais il faudra que vos résultats soient à la hauteur de toutes les espérances que je place en vous. Allez mon fils ! »

Le soir même, après souper, Arzhur s'était rendu à la bibliothèque. Laissant ses doigts courir sur les rayonnages et effleurer le dos d'anciens ouvrages, sa main s'était finalement arrêtée sur *La République* de Cicéron. Lui revint alors en mémoire la violente diatribe de son précepteur quant à l'outrecuidance du propos :

« Non seulement Cicéron usurpe le titre du chef-d'œuvre de Platon, lui *emprunte* son art si remarquable du dialogue, mais prétend de surcroît avoir surpassé le propos du maître. Cela est indécent et scandaleux, comprenez-vous Arzhur ? »

À l'époque, l'aîné des Kerloguen n'entendait rien aux emportements littéraires de son professeur et désertait en pensée des enseignements qui n'étaient que soliloques. Ce soir-là, il regretta fort le désert de sa culture et décida de mettre à profit ses interminables nuits solitaires pour étudier son latin et son grec.

Jamais Arzhur n'était resté si longtemps face à la dépouille de l'un de ses enfants. Le temps n'existait plus. Le passé n'était que douleur et regrets, le présent odieux, et l'avenir vide de toute joie et d'espérance. Il eut soudain soif et se souvint qu'en un certain endroit secret de sa cave, une très vieille eau-de-vie de prunes n'attendait que son gosier pour lui offrir l'oubli. Il quitta en hâte la chapelle pour rejoindre la dive promesse du précieux breuvage. Parvenu en bas des marches, il entendit la voix de Barbe qui apostrophait rudement un interlocuteur.

« Comment cela tu es revenu sans le recteur ! Que lui as-tu dit ? Il faut croire que tu n'as pas su trouver les mots. Aucun homme de Dieu ne peut laisser un petiot mort sans lui prodiguer les rites et indispensables sacrements ! »

Arzhur se précipita dans la cuisine et tomba nez à nez avec Morvan.

Rouge de confusion, ce dernier baissa la tête, pressant son bonnet trempé entre ses doigts blancs. D'une voix glaciale, il demanda :

« Ainsi donc, tu n'as point trouvé le recteur ? »

Morvan se dandinait d'un pied sur l'autre :

« Si fait seigneur, mais… »

« Mais quoi ? »

La voix se fit à peine audible :

« Il devait d'abord se rendre auprès du baron de Kergonan, car… euh… le baron ne se sentait pas bien. »

Arzhur éclata d'un rire si effrayant que Barbe se signa par trois fois.

« Pas bien... Ce vieux fripon, ce misérable, cette gargouille de foire ne se sentait pas bien ! Et mon fils agonisant, comment pensait-il qu'il se sentait au moment de son trépas le recteur, hein ? »

Dans un souffle, Morvan répondit :

« Il... Il a promis de passer à la seigneurie dès qu'il le pourrait. »

Arzhur tonna :

« Qu'il ne se donne point cette peine, je m'en vais moi-même l'aller quérir ! »

À larges enjambées, il partit vers la salle d'armes où il s'empara d'une immense rapière ainsi que d'une dague qu'il glissa dans sa chausse. Ainsi équipé, il sortit. Coupant à travers la lande, il parcourut au pas de charge la distance qui le séparait de l'église de Plouharnel.

Comme il s'y attendait, la porte était close, car, en ces temps d'immense misère, l'on fermait à clé les lieux de culte, de crainte que les pillages ne les vidassent du moindre objet précieux.

Prenant profonde inspiration et saisissant à pleines mains l'épée de ses ancêtres, il l'abattit de toutes ses forces sur l'antique serrure rouillée par le sel des embruns. Elle céda au troisième coup. Poussant les deux battants de chêne, il investit la pénombre du lieu. Seule la faible lumière du dehors donnait vie aux couleurs et à la transparence des vitraux. Tous représentaient des scènes classiques de la vie du Christ, de sa naissance à sa résurrection.

Arzhur s'approcha à pas lents de chacun d'entre eux.

Méthodiquement, il s'employa à les fracasser d'un seul coup de lame. Quand ils furent tous brisés et que le sol de l'église se trouva jonché de leurs éclats polychromes, il s'avança jusqu'au chœur, se plaça en face du retable dont le panneau central représentait à nouveau le Christ en croix. Alors, il leva les yeux vers la nef :

« Dieu, ne crois surtout pas T'en tirer à si bon compte. Je viens de détruire un à un tous les vitraux qui représentent Ton Fils sacrifié, mais je ne l'ai point tué. Alors que Toi, en ce jour maudit entre tous, Tu as ôté la vie du dernier de mes sept enfants. Toi que j'ai prié avec ardeur depuis que je suis en âge de te vénérer, Toi dont je pensais que Tu étais un Dieu de bonté, Toi qui es sourd aux suppliques de tes fidèles que Tu accables de calamités, Toi qui réponds aux prières que l'on T'adresse par la plus implacable cruauté, je Te maudis et Te défie ! Car je serai plus cruel que Tu ne le fus jamais et vais désormais m'employer à Te provoquer. Si Tu as la toute-puissance que l'on Te prête, Tu n'as qu'à déclencher Ta foudre et me tuer sur-le-champ ! »

1715
Mer des Caraïbes

L'étrave du brick fendait délicatement l'azur de la mer, créant une écume blanche dans laquelle un groupe de jeunes dauphins dansaient, précédant avec grâce et insouciance la course du navire.

Laissant dériver sa longue ligne de pêche, Tristan ne pouvait détacher les yeux de cette image parfaite de joie et de vie.

À dix-huit ans seulement, il avait déjà cinq années de navigation à son actif, mais jamais, jusqu'à ce jour, n'avait pu contempler pareil spectacle. Natif de Saint-Malo, à l'âge de quinze ans, il avait été victime du détestable système de la « presse ». Une loi abusive, créée en Angleterre, qui consistait à recruter de force des marins aguerris ou de jeunes mousses afin de grossir les équipages des bateaux en temps de guerre. Au cours de son règne, Louis XIV et son ministre Colbert avaient peu eu recours à cette pratique scélérate, mais en avaient tout de même usé quand nécessité faisait loi. La *pêche*, comme on l'appelait, avait souvent lieu dans les tavernes des ports, lorsque les hommes, ayant trop abusé du traître petit vin blanc de pays, n'offraient qu'une maigre résistance aux soldats du Roy.

Lorsqu'ils s'étaient emparés de lui, Tristan fêtait son anniversaire au Perroquet Vert avec des amis. Au petit matin, il était si ivre qu'il n'avait pu offrir la moindre résistance à l'autorité et la poigne des gens d'armes qui avaient débarqué en nombre.

Il s'était réveillé vautré dans un tas de paille qui suintait l'urine et refoulait l'odeur abjecte des vomissures. Il n'avait pas eu le temps de reprendre ses esprits encore falsifiés par l'alcool ni de se demander ce qui lui était arrivé. Sans ménagement, deux soldats l'avaient mis debout et poussé dans une file où d'autres garçons de sa condition, aussi hébétés et hagards que lui, attendaient un sort qu'ils devinaient funeste.

Quand son tour vint, il se retrouva face à un sergent dont un trait de sabre violacé barrait la face :

« Ton nom ? »

« Euh… Tristan le Bezec, mais il s'agit sûrement d'une erreur, je ne devrais pas être ici, je suis pêcheur et… »

Se tournant vers le soldat en faction, l'officier ricana :

« Une erreur, bien sûr… Ils disent tous cela ! »

Il brandit alors un morceau de papier qu'il agita sous son nez :

« Et ça, c'est une erreur peut-être ? »

Tristan se pencha vers le parchemin qu'il était incapable de déchiffrer.

« Qu'est-ce donc ? »

« Ton ordre d'engagement pour trois ans dans la marine du Roy. Et cette croix, c'est ton paraphe. C'est bien ta signature, hein ? »

Deux traits maladroitement entrelacés dansaient sous ses yeux :

« Cela ne se peut, je ne sais ni lire ni écrire. »

« Et c'est pour ça que tu as signé d'une croix. Bon, je n'ai pas que ça à faire, au suivant ! »

Il s'était retrouvé à bord du *Ponant*, solide galion nanti de quatre mâts gréés de voiles carrées et armé de soixante canons. C'était l'un de ces bâtiments de guerre qui assuraient la défense des navires marchands, les escortant au retour de leurs lointains périples, afin de préserver leur riche cargaison, empesée de métaux précieux, ornée d'étoffes recherchées et parfumée d'épices rares.

Depuis plusieurs décennies, les grandes nations européennes, la France, l'Angleterre, la Hollande, l'Espagne et le Portugal se livraient en mer une guerre économique sans merci. Dûment munis des lettres de marque délivrées et signées par leurs souverains respectifs, les capitaines corsaires avaient toute latitude pour s'emparer de vaisseaux étrangers et faire main basse sur leurs richesses. Chaque nation obéissait à cette règle établie mais non écrite. Une fois capturés, les bateaux et leurs marchandises étaient vendus aux enchères dans le port d'arrivée du vainqueur, et chacun, au premier rang desquels le Roy, puis l'armateur, le maître de bord et l'ensemble des matelots, touchait son pourcentage.

Les équipages étrangers étaient emprisonnés avant que d'être échangés lors d'une nouvelle prise, à l'avantage cette fois, des précédents vaincus.

Tristan avait l'habitude de la mer et de ses rudes conditions. À l'instar de nombreux Malouins, dès l'âge de treize ans, il avait participé à des campagnes de pêche à la morue sur les bancs de Terre-Neuve. Le froid coupant, les vents imprévisibles, les vagues dévastatrices, rien n'épargnait les jeunes recrues ou les vieux loups de mer. Mais une réelle camaraderie régnait à bord, rythmée par les chants traditionnels, généreusement arrosés de piquette. Quand au bout de six mois, le navire rentrait au port, les cales gavées jusqu'à la gueule de morue salée, une foule emplie de fierté attendait ses braves sur les quais de Saint-Malo et les fêtait des jours durant. Alors, jamais Tristan n'aurait pu imaginer qu'à bord d'un bateau, les conditions de vie pussent être aussi impitoyables.

En dépit de sa taille imposante, le *Ponant* n'offrait à ses cent cinquante marins qu'un espace de vie nauséabond réduit à l'extrême. Seuls les anciens ou les plus teigneux disposaient d'un hamac et étaient prêts à en découdre jusqu'au sang pour défendre leur maigre territoire. Les nouveaux venus et les plus faibles devaient se résoudre à dormir à même le sol de la cale, ou sur le pont, quand le temps le permettait et qu'un sous-officier fermait les yeux.

Une discipline de fer s'exerçait. Pour la plus infime broutille, des châtiments corporels étaient appliqués aux yeux de tous, afin de décourager le moindre manquement à la loi imposée. La nourriture était le plus souvent insuffisante et de si mauvaise qualité que certains étaient prêts à risquer le fouet pour le vol d'un quignon de pain rassis.

Tout le monde se méfiait de tout le monde.

Les officiers qui craignaient que la violence contenue des matelots ne se transforme un jour en mutinerie, les matelots qui redoutaient sans cesse l'excès de zèle de sous-officiers inexpérimentés et fiévreux. Tristan se désespérait de son sort, lorsque survint un événement qui allait changer le cours de sa vie. Voguant en convoi dans la mer des Antilles, le *Ponant* avait soudain heurté un obstacle inconnu qui avait ouvert une importante voie d'eau à l'avant tribord de sa coque. Ignorants de l'accident, les autres navires qu'il escortait avaient poursuivi leur route, et la poupe de leurs châteaux disparut bientôt du champ de vision de la vigie.

Le capitaine hurla ses ordres, immédiatement relayés par la voix et les coups de sifflet des officiers de pont. Les gabiers grimpèrent à vive allure dans les mâtures pour affaisser les voiles et mettre en panne de façon à pouvoir évaluer l'étendue du désastre.

Puis, tout alla très vite.

Surgi de nulle part, naviguant au plus près du vent, un bateau de faible tonnage vint se placer à bâbord arrière du galion et lâcha une fière bordée. Un de ses tirs atteignit son but, brisant le gouvernail du *Ponant*, le privant ainsi de toute manœuvre et donc de la moindre possibilité de riposte. Serrant le vent d'encore plus près, l'attaquant vint se ranger le long de la haute coque devenue impuissante. Il ne restait plus aux assaillants qu'à l'escalader au moyen de courtes haches qu'ils plantaient dans la charpente pour se hisser au plus vite jusqu'aux ponts du bateau. À bord, prise de cours, la défense s'organisait comme elle le pouvait, tirant à l'arquebuse sans avoir le temps de mettre en joue et ratant souvent sa cible. Il n'était pas question de recharger les armes à poudre car l'entreprise nécessitait une bonne minute.

L'heure du combat rapproché avait sonné.

Poussant des cris terrifiants, des dizaines de pirates se ruèrent sur des officiers et des soldats que rien ni personne n'avait préparés à de tels corps à corps. Au sabre, au couteau, au crochet, les flibustiers tranchaient les gorges, crevaient les yeux, ouvraient les panses et les étripaillaient, laissant aux victimes à genoux le soin de retenir leurs entrailles à deux mains. Le pont était devenu gluant d'un mélange de viscères et de sang dont l'odeur écœurante commençait à se répandre.

Il ne fallut pas plus de vingt minutes aux assaillants pour venir à bout des marins du Roy. Quant aux matelots du *Ponant*, sans ordres et ne sachant quel parti prendre, ils avaient, impuissants, assisté au carnage. Un silence pétrifié s'installa après les fureurs de l'assaut.

Un homme de taille moyenne, à la puissance contenue, fit quelques pas marqués du claquement de ses bottes et se plaça au beau milieu du pont, de sorte à être vu et entendu de tous.

D'une voix forte, il demanda :

« Y a-t-il parmi vous des charpentiers de marine et des cloutiers ? »

Nul ne répondit. Le regard acéré, il reprit d'un ton plus ferme :

« Nous avons besoin de ces artisans et les prendrons à notre bord où ils seront bien traités. Attention, nous discernerons vite si les candidats possèdent réellement les aptitudes qu'ils prétendent avoir. Alors ? »

Sans réfléchir plus avant, Tristan sortit du rang :

« Monsieur, je ne suis ni l'un ni l'autre, mais étant pêcheur de mon état, je n'ai pas mon pareil pour sortir un poisson de l'eau et le préparer de goûteuse façon. »

L'homme eut un sourire sans joie :

« Ton nom ? »

« Le Bezec, Tristan. »

« Pourquoi es-tu à ce bord ? »

« Je suis malouin. Comme souvent, j'avais bu un coup de trop et les sergents recruteurs me sont tombés dessus. »

« La presse, hein ? »

Tristan hocha la tête :

« Oui m'sieur. »

« C'est bon. Descends le long d'une corde, monte à bord et présente-toi au coq, il a fort besoin d'un aide pour sa cuisine. Et pour tout dire, l'équipage aussi. »

Enhardies par l'audace de Tristan, d'autres voix s'élevèrent de concert, se réclamant de divers métiers, menuisiers, tonneliers et autre scieurs de long. L'homme leva une main autoritaire pour réclamer le silence :

« Il suffit ! Je vous ai donné votre chance et vous ne l'avez point saisie. Je n'ai que faire de pleutres qui attendent de voir comment d'autres se comportent avant que d'agir. Vous resterez à bord et n'aurez plus qu'à prier pour que l'on vous vienne en aide. »

Pendant tout le temps qu'avait duré son bref discours, un ballet aussi discret qu'efficace s'était organisé afin de fouiller les cales et vérifier si elles ne contenaient pas, elles aussi, quelques richesses dissimulées, comme c'était souvent le cas. De nombreux sacs de piastres espagnoles et des porcelaines de la meilleure facture chinoise furent trouvés et immédiatement transbordés. Quand la tâche fut achevée,

au moyen de cordages et de crochets, tous les flibustiers regagnèrent leur bord avec une agilité stupéfiante.
Un dernier matelot remonta de la cale, vint voir son
chef et lui murmura à l'oreille :

« Je reviens de la sainte-barbe, c'est fait. »

« La longueur de ta mèche ? »

« Six mètres. Cela nous laisse juste le temps de
quitter le galion. »

S'éloignant de la haute stature de bois qui tanguait,
impuissante, le brick prit le large, profitant d'une
opportune brise sud, sud-est. Sur le pont du *Ponant*,
son épée toujours en main, un officier agonisant
tenta de redresser son corps navré pour achever d'en
découdre avec les hordes sauvages qui avaient déferlé.

Il ne vit qu'un bateau qui s'éloignait et tenta d'en
déchiffrer le nom. Les lettres se brouillaient devant
ses yeux que la vie quittait, mais il parvint à lire :
Le *Sans Dieu*. C'est alors que l'explosion eut lieu.

Quatre semaines s'étaient écoulées.

Tristan ne parvenait à effacer de sa mémoire ce jour terrifiant.

Il se le remémorait tant et encore qu'il en avait oublié la ligne qu'il tenait et avait savamment appâtée. Elle plongea soudain et ses doigts furent écorchés par la rudesse du choc. Ses chers dauphins avaient disparu et il se demanda quelle sorte de poisson avait mordu au piège de son hameçon. Il essaya de ramener à lui le cordage devenu rouge de son sang, mais une secousse plus rude encore lui arracha un cri. Il lâcha la ligne qui disparut dans la mer comme un serpent effrayé. Tristan se rua au-dessus du bastingage pour voir s'il pouvait tenter de la récupérer au moyen d'une gaffe, car c'était de loin sa meilleure. D'un bond prodigieux, un poisson surgit des flots, ouvrant une large gueule constellée de dents acérées. Se jetant en arrière, Tristan évita de peu un assaut qui eût pu lui être fatal et tomba lourdement sur le pont. Un mauvais ricanement se fit entendre et il reconnut la voix de « Visage-sans-Viande », le coq du bord :

« C'était un *tiburón*, comme le nomment ces maudits Espagnols, et de fameuse taille encore. Il y en a légion dans les parages et celui-ci a bien failli te bouffer tout cru ! Tu n'es qu'un sale petit morveux sans expérience et je ne comprends toujours pas pourquoi on t'a pris à notre bord. »

Sur ces paroles, il vida un seau de déchets pardessus bord et cracha sur le pont, juste à côté de Tristan. D'emblée, les choses s'étaient mal passées entre eux.

Quand Tristan s'était retrouvé devant lui, il avait été surpris par sa maigreur. Celle de son visage notamment, au milieu duquel deux yeux noirs comme fond de puits le scrutaient avec animosité :

« Qui es-tu ? Que diantre fous-tu dans ma cuisine ? »

Le jeune homme ne s'était pas attendu à pareil accueil. Il eut une fugace pensée pour Ambroise, le gros coq débonnaire qui lui avait appris ses simples et goûteuses recettes à bord du morutier lors de sa dernière campagne de pêche.

« C'est... euh, le capitaine qui m'envoie. Je suis pêcheur, mais je sais aussi accommoder les poissons. Il paraît que vous avez besoin d'un aide. »

« Qui diable t'a conté cette mauvaise fable ? Je n'ai besoin de personne et d'un restant de galère tel que toi, moins que quiconque. Ouste ! »

« Mais c'est le... »

Se saisissant d'un hachoir aiguisé, le coq l'agita sous son nez :

« Le capitaine n'est point céans. Et ce n'est certes pas le lieutenant qui va me donner des ordres et régenter mon domaine ! »

Derrière Tristan, une voix grave se fit entendre :

« C'est là où tu te trompes, Visage-sans-Viande. Quand notre chef n'est pas à bord, il me délègue toute son autorité. Sache en outre qu'il goûte peu ta cuisine, et les matelots pas davantage. Estime-toi donc heureux, toi qui n'es plus en mesure de te battre, que l'on te conserve un emploi et que l'on t'adjoigne un aide. C'est dans ton intérêt que de te bien comporter avec lui. Au travail. »

Après qu'il eut tourné bottes, le coq désigna un gros panier à Tristan et lui tendit un couteau :

« Eh ben, qu'est-ce que t'attends ? Épluche-moi donc ces patates douces et tâche de faire les pelures fines, car faut pas gâcher. »

Au cours des jours qui suivirent, le jeune Malouin avait vainement essayé de s'en faire, sinon un ami, du moins un point trop désagréable compère. Mais plus la qualité de la cuisine du bord s'améliorait, plus Visage-sans-Viande en prenait ombrage, en dépit des efforts déployés par Tristan pour s'effacer au profit de celui qui était son supérieur et dont il redoutait les sournoiseries.

Ses tâches incessantes ne lui laissaient que peu de loisirs.

Du brick à bord duquel il naviguait désormais, il ne connaissait que le réduit où il préparait la nourriture de l'équipage et l'arrière-pont d'où il lançait ses lignes pour pêcher des poissons multicolores dont il ne connaissait pas les noms. Alors, à chaque tombée du jour, au moment où le soleil lentement déclinait, embrasant d'infinies nuances de violine, d'orangé et de pourpre un horizon que l'on ne devinait plus, il se tenait sur le pont et, fasciné, assistait au spectacle.

Pour assurer une vigilance efficace et parer à de traîtresses attaques, chaque soir, les hommes de quart étaient différents. Tristan avait appris à en connaître certains. Au début, ils s'étaient moqués de lui et de sa propension à s'extasier devant des couchers de soleil dont l'exotique beauté ne les touchait guère. Puis, peu à peu, ils s'étaient laissé séduire par la rafraîchissante naïveté de l'aide du coq, mais surtout, la saveur de sa cuisine.

Après l'assaut du *Ponant*, le *Sans Dieu* avait mis cap nord, nord-ouest et, à quelques encablures de l'île de New Providence, avait mis en panne afin de mouiller à l'abri de la crique d'un îlet, que son faible tirant d'eau permettait d'atteindre.

La nuit était tombée comme un boulet de la gueule d'un canon. Incapable de fermer l'œil parce que fort incommodé par une chaleur oppressante qui laissait augurer la violence brute d'un orage tropical, Tristan avait gagné le pont afin d'y recueillir un souffle d'air. De gros rires l'accueillirent. À leur tonalité, Tristan sut que les marins s'étaient enivrés.

« Tiens, v'là le coquelet ! J'espère qu'il ira pas jacter au lieutenant comme quoi qu'on a bu un bon coup ! »

« Et c'est pas le dernier, tu peux m'en croire. »

« Ben pour plus de sûreté, on a qu'à le jeter tout de suite à la baille ! »

Les rires reprirent de plus belle. À la lueur des lampes-tempête que l'absence de vent ne faisait point danser, Tristan reconnut certaines trognes.

Il y avait là « Gant-de-Fer » ainsi surnommé parce qu'il avait étranglé d'une seule main l'huissier venu saisir sa ferme pour manquement répété du paiement de la gabelle.

Et aussi « Fantôme-de-Nez » qui racontait, en riant à gorge déployée, que lorsqu'un coup de sabre l'avait en partie privé de son appendice, il avait remercié le Seigneur que ce ne fût pas l'autre, bien plus long celui-ci, et qui avait bouté tant de drôlesses dans les différents bouges où elles avaient eu l'heur de le croiser.

Et puis « Bois-sans-Soif » qui avait constamment la dalle en pente, mais n'était jamais ivre.

Et « Palsambleu » qui jurait sans discontinuer et dont les sempiternels crachats semblaient servir de ponctuation à chacune de ses phrases.

Gant-de-Fer tendit une timbale emplie de rhum à Tristan :

« Tiens le coquelet, avale donc une bonne lampée avec nous et faisons plus ample connaissance. Faut dire qu'on n'a pas vraiment eu l'occasion de causer jusqu'ici. »

Tristan hésitait, tant sa dernière beuverie à Saint-Malo lui avait causé torts et nombreux tourments. Il regarda Gant-de-Fer :

« Je préférerais pas, la dernière fois, cela ne m'a point réussi. »

« Allons, allons, sur le *Sans Dieu*, on est tous logés à la même enseigne et tu n'as pas à te méfier. Goûte donc à cette râpeuse et bienfaisante guildive. »

S'emparant de la timbale tendue et la vidant cul sec, il posa une question qui depuis longtemps lui brûlait les lèvres :

« Vous savez que je m'appelle Tristan, mais vous m'appelez tous le "coquelet". Mais moi, je ne connais le véritable nom d'aucun d'entre vous. Pourquoi diantre avez-vous tous des sobriquets ? »

Palsambleu cracha plusieurs fois sur le pont avant que de partir d'un rire tonitruant :

« Corne de bouc, jeune Tristan ! Serais-tu donc simplet ? Si nous sommes à ce bord, c'est que nous avons tous fait des choses... Disons, pas toujours très honorables. Corneculus de la mer molle, nous avons laissé nos familles à terre et on n'aimerait pas trop que les sergents du Roy viennent leur chercher noises, car elles n'ont point à pâtir de nos choix. Le comprends-tu, rat de cale ? »

Tristan hocha la tête.

« Et le capitaine du *Sans Dieu* ? Je ne l'ai jamais vu. Comment s'appelle-t-il ? Qui est-il ? Où est-il ? »

Bois-sans-Soif acheva un flacon de rhum à même son goulot.

Regardant un point invisible au-delà de la nuit devenue d'encre, sa voix trembla légèrement :

« Le diable seul le sait. Le diable et le lieutenant, bien sûr. »

S'approchant de Tristan, Gant-de-Fer intervint :

« Son sobriquet, comme tu dis, est l'"Ombre". Parce qu'il surgit toujours de nulle part comme un démon sort des enfers. Il agit vite, de façon implacable et n'éprouve aucune pitié. Alors malheur à celui qui, ennemi croise sa route, ou ami le trahit, tu peux m'en croire. »

Bois-sans-Soif rota bruyamment :

« Ami ? Qu'est-ce que tu nous chantes là, Gant-de-Fer ? L'Ombre n'a aucun ami. À part le diable lui-même dont il semble être le fils. Mais c'est un excellent capitaine et son courage au combat n'a pas d'égal. C'est pour cela que, malgré tout ce que nous avons vu et subi, nous restons à son bord. »

N'ayant point ingurgité d'alcool depuis son arrestation, Tristan sentit que la tête commençait de lui tourner et que son foie refusait la violence du liquide qu'il venait de lui imposer. Il n'eut que le temps de se précipiter vers le bastingage et vomit à violents et aigres flots. Quand il n'eut plus rien à rendre, à part son âme elle-même, Gant-de-Fer le redressa d'une main et lui envoya un seau d'eau à la face. Devant le visage stupide du jeune Malouin, il partit d'un grand rire :

« Eh ben le coquelet, cela ne m'étonne point que la presse ait eu tant de facilité à te tomber dessus ! L'alcool ne semble point fait pour ton gosier de pucelle. Allez, va te coucher et si tu veux un bon conseil, méfie-toi de Visage-sans-Viande, il ne te veut aucun bien et attend son heure. Sois vigilant, fiston. »

Flanqué de « Face-Noire », ainsi surnommé parce
qu'en tant qu'ancien boucanier de l'île de la Tortue,
il y avait fumé tant de viande que son visage semblait ne jamais pouvoir se débarrasser d'une étrange
couleur brunâtre, le lieutenant avait fait mettre à la
mer la chaloupe du *Sans Dieu*.

Tous deux avaient souqué en silence, évitant souvent au dernier moment les récifs coralliens affleurant.
Leur tâche avait été rendue encore plus malaisée, car
seul un faible quart de lune éclairait avec parcimonie
la découpe de la côte est de l'île de New Providence.

Après une heure d'efforts rythmés pendant lesquels
pas une parole ne fut échangée, ils trouvèrent enfin
le point de repère convenu et y abordèrent discrètement, amarrant leur esquif au moyen d'une liane.
Chuchotant, Face-Noire demanda :

« Et maintenant, que fait-on ? »

« On attend et on ne prononce plus un mot. »

Dix longues minutes s'écoulèrent avant qu'ils n'entendent de furtifs bruits de pas.

Une voix basse prononça le mot de passe :

« *Sans Dieu*. »

Le lieutenant se redressa, l'oreille et les sens aux aguets :

« Oui, nous sommes là. »

Se détachant de l'enchevêtrement végétal, une haute silhouette apparut sur l'étroite rive et s'empressa de monter à bord.

Face-Noire avait déjà détaché l'amarre de fortune et le lieutenant et lui reprirent leurs avirons. De lourds nuages s'amoncelaient dans le ciel, voilant d'encre le faible spectre de la lune. Le retour s'annonçait plus ardu encore que l'aller. Tenant le gouvernail de la chaloupe, l'Ombre semblait lire la nuit, y déceler le moindre danger et manœuvrait pour l'éviter savamment. D'une voix posée, il s'enquit :

« Avez-vous pu attaquer le navire que nous convoitions ? »

Entre deux respirations que l'effort saccadait, son second répondit :

« Oui capitaine. Le *Ponant*. Il était à la traîne du convoi et a, semble-t-il, heurté une baleine, ce qui a fortement endommagé l'avant de sa coque. Nous l'avons pu aborder par son travers et avons massacré les soldats du Roy de belle façon. Dans ses cales, nous avons trouvé nombre de ducats, piastres et belles porcelaines. »

« As-tu pu trouver un charpentier et un cloutier à leur bord, car tu le sais, notre charpente mérite quelques réparations. »

« Non point. Mais j'ai recueilli un jeune pêcheur malouin qui s'y entend fort en cuisine et a bien amélioré l'ordinaire de l'équipage. Les hommes sont repus, contents et plus prompts à l'obéissance. »

« Et à la toute fin, as-tu suivi mes ordres ? »

« Oui capitaine. À l'heure qu'il est, le *Ponant* gît par plusieurs brasses de fond et nul, jamais, ne pourra témoigner de l'identité du navire qui les a attaqués. »

Un orage d'une rare violence avait éclaté juste après le retour de la chaloupe. Bien ancré, solidement amarré, mais insuffisamment abrité par les modestes remparts sableux de la crique où il avait trouvé mouillage, le brick ne cessait de tanguer et sa charpente gémissait de toutes parts. Sur son pont déserté, des paquets de mer emmêlés de pluie tropicale déferlaient sans relâche, obligeant l'ensemble de l'équipage à se terrer dans les espaces confinés de ses cales.

Certains, vomissant tripes et boyaux, suppliaient Dieu ou Diable que ce supplice cesse enfin, tandis que d'autres, jouaient tranquillement au pharaon. Au fil des parties acharnées, l'argent ne cessait de changer de mains et la tension montait.

À l'intérieur de sa cabine, nullement incommodé par la rudesse des intempéries, Arzhur avait convoqué son second.

« Eh bien Morvan, ici, aucune oreille indiscrète ne peut nous ouïr. As-tu à me faire part de quelque chose que je devrais connaître ? »

Avant que de répondre, le jeune lieutenant considéra celui qui lui faisait face et l'impressionnait tant, celui que tous surnommaient l'Ombre, avec un mélange de peur et de dévotion.

Il constata que les traits de son visage s'étaient creusés et durcis, mais n'en conservaient pas moins une noblesse farouche.

Il se racla la gorge :

« Non. Aucun fait notable ne mérite de vous être rapporté et doive en appeler à votre arbitrage. Bien sûr, chacun des hommes qui se trouvent à notre bord doit être objet de constante vigilance. Pour l'heure, tous me semblent loyaux et, lors de l'attaque du *Ponant*, se sont fort bien battus. »

Le capitaine se leva et, en dépit du tangage qui s'était accentué, parvint sans encombre jusqu'à un petit placard secret duquel il extrait un flacon de rhum. Il tendit un verre à Morvan :

« Je m'en vais te narrer à quel point mon escale à New Providence fut des plus fructueuses. Tant par les échanges de rubis et d'émeraudes que j'y ai opérés, que par les informations, plus précieuses encore, que j'ai recueillies. Apprends donc que… »

À cet instant, se détachant des mugissements du vent, des coups répétés se firent entendre.

Morvan se leva d'un bond et empoigna son sabre.

D'un seul geste, l'Ombre lui intima le silence et le fit reculer jusqu'à l'endroit le plus sombre de la pièce. S'approchant de la porte, il demanda d'une voix forte :

« Qui va là ? »

« C'est moi, capitaine, Visage-sans-Viande. Faut que je m'entretienne au plus vite avec vous d'une fâcheuse affaire, car il en va de notre sécurité à tous. »

Arzhur ouvrit la porte à la volée, mais de la pointe de sa botte, barra au coq l'entrée de sa cabine :

« Parle ! J'espère pour toi que l'histoire en vaut la peine, sinon il t'en cuira, tu peux m'en croire. »

Les yeux de fouine de Visage-sans-Viande rétrécirent plus encore qu'à l'accoutumée, scrutant le moindre recoin de la cabine.

« Certes, grand capitaine… »

« Point de vaines flatteries, dis ce que tu as à dire et vite ! »

Visage-sans-Viande aurait voulu ménager ses effets, mais il sentait à présent qu'il aurait plus à perdre qu'à y gagner.

« Ben hier soir, vous n'étiez point à bord et… »

« Je le sais parfaitement. Alors ? Ma patience a des limites. »

« Et le lieutenant non plus n'était point à bord. Moi, j'arrivais pas à dormir, à cause de cette damnée chaleur. Du coup, je suis allé prendre l'air sur le pont. C'est là que je les ai vus… »

« Vu qui, vu quoi, mille diables ? »

Visage-sans-Viande s'enhardit :

« Les matelots de quart, pardi ! Ils s'étaient tous abominablement enivrés. Mon aide notamment, Tristan, ce fieffé hypocrite, qui vidait ses entrailles tant et si bien qu'il a failli passer par-dessus bord ! Ce que j'veux vous dire, c'est qu'en cas de traîtreuse attaque, aucun d'entre eux n'aurait été foutu d'assurer la moindre défense, vous pouvez m'en croire ! Vos ordres n'ont pas été respectés et… »

Arzhur leva la main pour faire cesser la logorrhée.

« Tu as eu raison de me prévenir. Dès que ce coup de vent sera passé, je réunirai l'équipage sur le pont et, fais-moi confiance, il y aura des représailles. Maintenant, va-t'en rejoindre ton hamac. »

Dès la porte de la cabine refermée, Morvan sortit de sa cachette, son sabre en berne et la mine qui allait avec :

« Je suis certain que Visage-sans-Viande outrecuide ce qu'il dit avoir vu. Peut-être en effet, que pendant notre absence, les gars ont bu un bon coup, mais je sais leur loyauté et leur ardeur à défendre un navire que tous considèrent désormais comme leur seul foyer et je… »

Le capitaine vint se rasseoir et se servit à lui seul un nouveau verre de rhum.

« Tu peux disposer, Morvan. »

Le lendemain, toute trace de la tempête tropicale qui avait tant malmené la charpente fragilisée du *Sans Dieu* et les entrailles des hommes, avait disparu. Le ciel, d'un bleu limpide, semblait n'avoir jamais pu accueillir tant de violence et de noirceur et la mer offrait la sérénité d'un lac. Dès l'aube, obéissant aux ordres donnés, Palsambleu avait fait retentir son sifflet de trois coups brefs et à cet appel, tous s'étaient regroupés en rangs serrés sur le pont. Revêtu d'un habit pourpre qui lui faisait plus belle et inquiétante allure qu'à l'accoutumée, l'Ombre les attendait en haut de la dunette.

« Messieurs, hier au soir, notre coq est venu me trouver et m'a rapporté des faits de haute importance. Il semble qu'il y ait eu grave manquement aux ordres et aux élémentaires règles de sécurité que j'ai imposées. Viens, Visage-sans-Viande, monte à côté de moi et narre donc ce que tu as vu. »

S'il ne s'était point retenu, le coq se serait frotté les pognes de contentement. Mais alors qu'il traversait le pont pour gagner les marches qui menaient à la dunette, il entendit tant d'insultes et de menaces proférées à voix basse, qu'il préféra afficher le visage ennuyé de celui qui n'avait pas eu d'autre choix que d'agir comme il l'avait fait. Parvenu aux côtés du capitaine, celui-ci, d'un geste lui offrit la parole :

« Eh bien parle et dis à haute voix tout ce que tu m'as relaté hier. »

L'hostilité affichée des visages qui lui faisaient face parut un bref instant lui ôter toute éloquence. Il se ressaisit vite, tant ce moment suprême était l'heure qu'il attendait depuis longtemps.

« C'est comme j'vous ai dit. Durant la nuit dernière, j'arrivais point à dormir en raison de cette moiteur infernale. Monté sur le pont, j'ai ben vu que les matelots de quart, ainsi que mon aide, étaient pris de boisson. Ils étaient tant saouls que si d'aventure, un ennemi nous avait attaqués, il aurait eu le dessus sans avoir à combat mener et, pour sûr, on aurait tous été massacrés. »

De sa ceinture, l'Ombre avait extirpé une dague dont la lame brilla au soleil. D'un mouvement d'une saisissante célérité, il trancha en partie la gorge de Visage-sans-Viande. Ce dernier, dont les yeux exorbités exprimèrent une totale sidération, porta ses mains à son cou, afin de retenir vainement le sang qui s'échappait à grands flots. Essuyant sa lame sur la chemise du coq tombé à genoux, l'Ombre la remit à sa ceinture.

« Écoutez-moi bien tous ! Il n'est pas admissible que mes ordres ne soient point respectés et vous l'allez vite comprendre à vos dépens. Comme vous venez de le constater, j'exècre encore plus les délateurs qui font régner à bord un climat de suspicion. Car s'ils sont capables de dénoncer ceux qu'ils côtoient au quotidien, ils seront forcément un jour amenés à les trahir au profit de nos ennemis et ils sont fort nombreux. »

Il s'agenouilla et se pencha vers Visage-sans-Viande qu'il saisit par les cheveux pour lui relever la tête, offrant à tous le spectacle de la béance de sa gorge.

« As-tu quelque chose à ajouter que tu aurais omis de me dire ? »

Un gargouillis inaudible lui répondit.

« C'est bien ce que je pensais. Que deux hommes le jettent par-dessus bord et qu'il s'en aille à son tour nourrir les poissons. Je gage que cette pitance-là ne leur sera point goûteuse. »

Désignés d'un geste par le lieutenant, deux matelots s'exécutèrent en silence et balancèrent le corps de Visage-sans-Viande par-dessus le bastingage sans autre forme de cérémonie. Certains ricanèrent dans leur barbe, mais beaucoup se signèrent discrètement, cachant comme ils le pouvaient le tremblement et surtout la religion de leur geste. Tous levèrent la tête quand le capitaine reprit :

« Inutile de vous dire que les rations d'alcool sont supprimées jusqu'à nouvel ordre. En outre, les portions de nourriture seront réduites de moitié. À l'inverse, le régime de corvées sera doublé. Ce bateau est devenu une soue et vous m'allez le briquer du fond de ses cales jusqu'au sommet du mât de misaine. Le premier qui se dérobera à ces tâches tâtera du chat à neuf queues devant tout l'équipage, et c'est moi en personne qui manierai le fouet. M'avez-vous bien ouï ? »

Nul n'osa rétorquer et tous exécutèrent les ordres sous la surveillance constante du lieutenant dont plus aucun sourire n'éclairait la face.

Le brick avait quitté l'abri de sa crique et, porté par une brise légère, naviguant vent arrière, voguait vers une destination inconnue. Après le sort que l'Ombre avait réservé à Visage-sans-Viande, la plupart des matelots convinrent qu'ils s'en sortaient sans trop de dommages et, pour la plupart, exécutèrent leurs tâches avec obéissance, à défaut d'enthousiasme. Armé d'une brosse en fer, à genoux sur le pont qu'il raclait sans relâche, le torse rouge et le visage en feu, Bois-sans-Soif ne décolérait pas.

« L'Ombre, ce maudit, nous infliger pareil traitement... À nous qui, à chaque combat, nous battons toujours jusqu'au dernier sang ! Eh ben moi, je jure qu'à la première occasion, je... »

Un jet d'eau de mer lui inonda la face, lui coupant et le souffle et la chique. Seau entre les mains, Fantôme-de-Nez se tenait devant lui.

Il marmonna entre ses rares chicots jaunes :

« Un bon conseil mon gars, ferme ta grande gueule. Ce traitement, comme tu dis, nous le méritons car il est vrai qu'avinés comme nous l'étions, la défense du bateau n'était point assurée comme qu'elle aurait dû l'être. Alors, estime-toi heureux d'être encore sur tes deux jambes. Sur un navire du Roy, tu aurais pu subir pire châtiment. Tu peux m'en croire, j'en ai tâté. »

N'écoutant que sa rage, Bois-sans-Soif se dressa devant Fantôme-de-Nez, les poings en garde. Le lieutenant survint et se plaça juste entre eux.

« Oh là, oh là, que se passe-t-il ? »

Fantôme-de-Nez désigna le seau qu'il tenait et sourit benoîtement :

« Ben c'est Bois-sans-Soif, mon lieutenant. Avec ce damné soleil, il était rouge comme écrevisse en nage et j'ai ben cru qu'il allait nous faire un malaise. Alors, j'y ai donné un peu de fraîcheur. Mais vous savez bien qu'il ne goûte guère l'eau, sous quelque forme que ce soit. »

Morvan considéra tour à tour les gaillards.

« Faites bien attention vous deux. Si je vous y reprends, je vous ferai goûter à l'eau de mer d'un peu plus près, liés ensemble à un bout attaché à la poupe du bateau. Cessez de jacter et reprenez le travail. »

Il s'éloigna afin de surveiller la tâche des autres matelots. Les gabiers, notamment, qui recousaient les voiles mises à mal par la précédente tempête et, assis sur le pont, aiguilles en main, s'appliquaient en silence à les restaurer avec soin. Puis il croisa Tristan qui baissa aussitôt les yeux. Ce dernier, faute de pouvoir nourrir les hommes comme il l'aurait souhaité, les abreuvait d'eau douce, autant qu'il le pouvait faire.

Depuis l'exécution du coq, Morvan n'avait eu aucun loisir de reparler au capitaine. Celui-ci passait le plus clair de son temps sur la dunette, scrutant un horizon dont lui seul semblait deviner les confins. La nuit, il se retranchait dans l'intimité de sa cabine et nul ne l'y dérangeait, le coquelet excepté, qui lui portait de frugaux repas, mais se gardait bien, en déposant le plateau, de prononcer un seul mot. Il le voyait noircir des feuillets qu'il retrouvait au petit matin déchirés en infimes morceaux. Puis un jour arriva où Tristan vint trouver le lieutenant pour lui annoncer, à mots comptés, que le capitaine le mandait à sa table pour souper avec lui. Morvan en conçut autant de joie que d'appréhension.

Il se rasa avec soin, brossa ce qu'il considérait comme son plus bel habit et cira ses bottes. Enfin prêt, assis à l'angle de sa couche, il attendit comme une jeune promise l'heure qui lui avait été assignée. Il monta sur le pont pour l'évaluer avec précision, sachant qu'il s'agissait du moment exact où le soleil embrassait la mer avant que de s'y noyer. Le cœur battant plus fort dans sa poitrine, il s'en alla toquer à la porte de la cabine.

« Entre, nous avons à causer. »

Mal à l'aise, le lieutenant se tenait toujours sur le seuil de la pièce. Servant deux verres de vin de Madère, goûteuse prise effectuée lors de la précédente attaque d'un navire portugais, le capitaine en tendit un à son second.

« Allons entre donc, je ne vais point te manger. Trinquons ! »

Malgré lui, Morvan ne put s'empêcher de rétorquer :

« Je sais que pour les membres de l'équipage, l'absorption d'alcool n'est point autorisée à bord. »

L'espace d'un instant, le visage de l'Ombre s'empourpra.

Puis il partit d'un grand rire et envoya forte bourrade dans les épaules de Morvan.

« Ce temps n'a que trop duré et ce soir, je lève la punition. Buvons. »

Pendant le souper qui suivit, l'Ombre relata la teneur des tractations qu'il avait menées à New Providence.

« Secrètement, j'ai rencontré l'"Albinos" en son repaire. Avant que de parler affaires, il m'a enjoint de partager moult verres, et bien des cruchons y sont passés. Il n'a point vu que j'en recrachais la majeure quantité afin de conserver la clarté de mes esprits. Ce nonobstant, je simulais l'ivresse alors que la sienne, tu peux m'en croire, n'était pas feinte. Quand je le sentis à point, comme un gigot de sept heures prêt à être découpé, je décidai d'abattre mes premières cartes. D'une voix un peu hésitante, je prononçai ces mots :

"À ce qu'on dit, il semblerait que tu aies recueilli des informations… euh… intéressantes."

Dès cette première salve, il me coula son fameux regard en dessous, que l'absence totale de cils rendait plus étrange encore.

"Et comment diantre l'as-tu appris ?"

À cette seule remarque, je compris qu'il n'était point si saoul que je ne l'escomptais et fis signe à la drôlesse qui se tenait près de lui, que je réclamais que l'on remplisse à nouveau mon verre. Elle s'exécuta et, comme je l'espérais, s'empressa de le resservir aussi. Ayant bu ce godet-ci cul sec, je hoquetai avant que de poursuivre :

"Allons, allons, l'île de New Providence n'est point si étendue. Et d'une taverne à l'autre, le soir, les nouvelles courent comme les crabes sur la plage. Et puis enfin, tu sous-estimes le prestige et l'influence dont tu jouis ici et que nul ne conteste."

Levant derechef mon verre vide en direction de la fille, je lorgnai le gaillard du coin de l'œil et compris que j'avais fait mouche. Si rusé soit-il, ce forban n'a jamais su résister à la flatterie. D'un geste large, il désigna sa grotte éclairée de lustres, richement décorée des tapis et des meubles les plus insolites, comme un prince de sang eût fait découvrir la plus belle pièce de son château.

"Il est vrai que je dispose céans d'un certain pouvoir. Celui-ci m'a appris à me méfier de tous en général et de toi en particulier. Que veux-tu savoir exactement et quel prix es-tu prêt à y mettre ?"

Je poussai alors l'immense soupir du marchand qui trouvait vulgaire et prématuré que l'on parlât si vite d'argent.

"Il semblerait que les nombreux sbires qui te renseignent aient eu vent de l'arrivée prochaine d'un vaisseau espagnol dans les eaux du golfe de Floride. Il reviendrait du Pérou et ses cales, peut-être, abriteraient quelques métaux précieux."

L'Albinos reposa son verre et, à mon grand dam, le recouvrit de sa main diaphane au moment où la ribaude allait le resservir.

"Cela se peut, en effet."

"On dit aussi qu'après une ultime escale, pour éviter des actes de flibusterie, il aurait changé de cap pour éviter un passage, disons, mal fréquenté. Tes espions sont partout, tes messagers aussi et je sais que tu connais les points de latitude et de longitude de sa nouvelle route."

L'Albinos se pencha vers moi le regard plus perçant que jamais.

"Je constate que tu es également fort bien renseigné. Mais dis-moi, pourquoi diable te donnerais-je des indications aussi précieuses, tandis que je puis l'attaquer moi-même et m'emparer de sa cargaison ?"

Je décidai de jouer le tout pour le tout.

"J'ai ouï dire que la *Gueuse*, ta frégate, avait récemment subi des avaries. Je ne pense pas que tu auras le temps de procéder aux réparations nécessaires d'ici l'arrivée du galion en ces eaux où nous croisons."

Un instant surpris, l'Albinos se ressaisit aussitôt :

"Et qui te dit que je ne dispose pas d'un autre navire ?"

"Toi-même. Car tu me l'aurais annoncé avant que de me laisser poursuivre."

Un long silence s'ensuivit.

"Quelle est ta proposition ?"

J'extirpai alors de ma ceinture une petite bourse qui valait son pesant de rubis et la jetai sur la table. Il s'en empara, l'ouvrit et répandit les pierres sur le bois avec des précautions d'orfèvre. Il en saisit une, l'approcha de la lueur d'une bougie et la fit tourner et retourner à la lumière afin d'en apprécier tout l'éclat rougeoyant. Il releva la tête :

"C'est une assez jolie somme, j'en conviens, mais je doute fort qu'elle suffise. Voici à mon tour la proposition que je te fais. J'accepte cette avance en gage de future association. Je veux aussi un pourcentage sur la cargaison dont tu t'empareras si tu es aussi bon pirate qu'on le dit. Mettons, trente pour cent..."

Je partis d'un rire énorme :

"Tu sais que nul n'accepterait pareil marché de dupes ! C'est moi qui vais prendre tous les risques, tandis que toi, tu auras déjà empoché les rubis que je te propose. En outre, on ne sait rien de ce que les cales de ce navire recèlent. Mais je vais être bon prince et voici mon offre ultime."

Je sortis alors de ma chausse le fameux diamant rose que nous avions saisi à bord de la *Réale* et le présentai à la lumière. Il brillait de mille feux, mais point tant que les yeux de l'Albinos en cet instant précis. Il tendit promptement la main pour s'en emparer, je retirai aussitôt la mienne :

"Tout doux mon ami, cette rare merveille sera à toi dès que tu m'auras donné les renseignements précis que j'attends. Alors ?"

Sans répondre, il se leva, traversa toute la grotte. De ma place, je ne pouvais le voir, mais l'entendis ouvrir la serrure d'un coffre.

Il revint et, toujours sans mot prononcer, me tendit un petit bout de parchemin. Je m'en emparai, lu les chiffres tant espérés, et déclarai d'un ton rogue :

"Qu'est-ce qui me prouve que ce sont là les exactes latitudes et longitudes de sa route ?"

Pour la première fois, je vis l'Albinos sourire :

"Toi et moi sommes assez fins renards pour savoir que nous aurions tout à perdre à nous affronter. J'espère d'ailleurs tout autant pour toi que les pierres que tu m'offres sont authentiques."

Je hochai la tête avec assurance. Il me tendit une main molle que je répugnais à serrer, ce que je fis néanmoins, en gage du pacte scellé. Il me proposa alors une nuit de fière débauche à laquelle je me gardai bien de participer, arguant de l'urgence à regagner mon bord pour y mener les indispensables préparatifs. Je quittai donc le lieu au beau milieu de la nuit et m'empressai de te retrouver.

Alors, que penses-tu de tout ceci ? »

Morvan prit le temps de la réflexion.

« Il me semble que j'approuve toute votre entreprise. Mais une chose cependant, m'étonne fort. Comment diable avez-vous su que la frégate de l'Albinos était hors d'état ? »

L'Ombre sourit.

« Parce que c'est moi-même qui ai engagé des hommes de main afin de l'aller saboter. Quand je les ai recrutés, j'étais grimé de telle façon qu'aucun d'entre eux, jamais, ne pourra me reconnaître. »

Le matelot Juan Ortega fut la huitième victime à succomber du scorbut à bord de l'*Urca de Sevilla.*

Comme pour les sept précédents, cela avait commencé par une fatigue immense qui entravait jusqu'au moindre de ses gestes.

Le contremaître le traita de fieffé paresseux, le priva de moitié de nourriture, le fouetta un peu, mais rien n'y fit. Les forces du jeune marin s'étiolaient d'heure en heure. S'ensuivirent des saignements d'importance qui lui coulaient du nez et des gencives. En quelques jours seulement, il perdit toutes ses dents. Quand des œdèmes lui vinrent aux membres supérieurs, puis inférieurs, l'infortuné n'eut plus la force de se lever et sombra. Trois heures plus tard, il n'était plus.

À l'aube blême du lendemain de son trépas, seule une infime partie de l'équipage s'était réunie sur le pont afin de lui rendre ultime et très catholique hommage. Il était déjà enveloppé dans un linceul de grossière toile blanche et attaché à une planche posée en équilibre sur le bastingage. Bible en main, le père Anselme s'approcha. Après un regard qui embrassa le ciel et un silence qui parut infiniment long à tous, il dit enfin les prières d'usage, bénit la dépouille du défunt et d'un signe, fit comprendre au capitaine Luis de la Vega qu'il en avait fini avec les rites. La planche fut mise à la verticale, la dépouille de Juan Ortega plongea et tout le monde se signa.

Le capitaine avait déjà tourné les talons afin de regagner sa cabine, lorsqu'il fut rattrapé par le père jésuite dont il redoutait la faconde :

« Don Luis, puis-je vous parler un instant ? »

L'intéressé se retourna, le visage courroucé et l'impatience à la bouche :

« Allez-vous encore m'entretenir de la recette de vos improbables remèdes, c'est cela ? »

Anselme ne se laissa point désarçonner par la nouvelle attaque de cet homme fier, dont la morgue et l'absence d'humanité l'avaient toujours dérangé.

« Oh que oui ! Ce mort est le huitième et il ne serait pas si malaisé que d'en épargner d'autres. Vous savez qu'au cours de mes nombreux voyages, j'ai acquis quelques connaissances en matière médicinale. Certains sorciers des tribus reculées que j'ai pu approcher m'ont enseigné qu'il existait des médicaments simples comme le lime, ou citron vert, propres à prévenir cette redoutable affliction. Nous naviguons non loin des côtes où l'on trouve ce fruit béni en abondance. Je vous supplie donc d'y faire bref arrêt afin d'en recueillir moult paniers et préserver ainsi de nombreuses vies. »

De la Vega le toisa de toute sa hauteur :

« Cher Padre, nous venons de faire ultime et secrète escale afin d'y faire provision d'eau douce et de vivres frais. Lors de cette halte, nous n'avons point trouvé le fruit miraculeux dont vous parlez et notre route, désormais, ne nous laissera plus aucun loisir de l'aller quérir. »

Le jésuite s'agaça :

« Mais enfin, vous avez déjà perdu un officier, plusieurs matelots et d'autres, inéluctablement, vont suivre. Vous-même, peut-être, serez victime de cette engeance, y avez-vous songé ? »

Le ton du grand d'Espagne se fit plus sec encore :

« Padre, je suis très fervent catholique et à ce titre, ai le plus profond respect pour la robe que vous portez. Mais il se trouve que j'ai des ordres de l'amirauté et ne saurais y déroger. Je vous prie de ne plus insister. »

Il tourna les talons et Anselme se retrouva seul sur le pont déserté. Sentant lassitude le gagner, il soupira et à pas lents gagna la poupe du navire. Il avait toujours aimé le spectacle de l'écume blanche que la marche d'un bateau faisait naître derrière lui. Cette mousse vivante qui jamais n'offrait le même bouillonnement et toujours, lui faisait penser au cours tumultueux et incertain de l'existence.

C'est par pur hasard qu'il s'était retrouvé à bord de l'*Urca de Sevilla*.

Pendant les deux années qui avaient précédé, il avait vécu et officié à Amapá, dans le Nordeste du Brésil, au sein d'une communauté jésuite qui voulait évangéliser les tribus locales, les faire renoncer à leurs croyances superstitieuses et leur imposer la loi du vrai et unique Dieu. Maintes fois, il s'était heurté à une hiérarchie qu'il jugeait dogmatique, arguant sans cesse que le Seigneur était amour, compassion et que Son enseignement devait suivre cette voie et non celle de la brutalité. Jamais, il n'obtenait gain de cause et s'épuisait en interminables et stériles débats. Quand il n'y tenait plus, il partait pour de longues marches en forêt avec Ima, le sage de la tribu qui faisait aussi office de guérisseur. Aucun des deux ne pouvait ouïr le langage de l'autre, mais ils parvenaient à se comprendre par gestes, et une muette complicité s'était instaurée entre eux. Lors de leurs longues expéditions, Ima lui désignait plantes, fleurs ou racines qu'il cueillait avec précaution et respect. À leur retour, il l'invitait dans sa hutte, étalait sur des palmes les trésors recueillis et mimait sur lui-même les différentes parties du corps sur lesquelles ces plantes issues de la forêt sacrée pouvaient agir. Ils riaient beaucoup, sans toutefois toujours comprendre l'objet de leur hilarité. Pour ne rien omettre des enseignements prodigués, Anselme prenait des notes qu'il consignait à mots serrés dans le petit carnet qui jamais ne le quittait. Cela intriguait fort Ima qui ne comprenait en rien l'intérêt d'une telle pratique. Les gestes manquaient alors fort au Padre pour tenter de lui expliquer les vertus d'une écriture dont, à l'évidence, le naturel ne semblait nullement avoir besoin pour détenir, user et transmettre un savoir ancestral. Cela aussi le fit réfléchir.

Un soir où un violent orage avait éclaté, Ima lui fit consommer une étrange décoction à l'odeur rebutante, mais point infecte.

D'un geste, il lui fit comprendre qu'il fallait avaler le breuvage d'un seul trait. Après un bref et discret signe de croix, Anselme s'exécuta. Au début, rien ne se passa. Au bout de quelques minutes, il ressentit l'impérieuse nécessité de s'allonger sur le dos, à même le sol. Il accomplit alors le plus étrange voyage de sa vie.

D'abord, il se sentit oiseau de proie, survolant des montagnes enneigées, découvrant d'un œil acéré la cime de leur majesté immaculée. Ensuite, il devint poisson, pourfendant les eaux de l'océan, plongeant en ses abysses et croisant les plus étonnantes et gracieuses créatures qui soient. Puis il emprunta les muscles et la célérité d'un fauve, parcourant à folle allure des distances considérables dans des paysages désertiques à la beauté minérale. Enfin, un sommeil lourd et dépourvu de rêves le gagna.

Ce fut Gana, une des femmes d'Ima, qui l'éveilla. À grands gestes, elle lui fit comprendre qu'une chose grave était en train de se passer et qu'il lui fallait au plus vite regagner la mission. Il se leva d'un bond et suivit à pas rapides la jeune femme qui le précédait. Ils perçurent des cris déchirants et se mirent à courir. Au bout d'une centaine de mètres, ils s'arrêtèrent net face au spectacle qui les attendait. Les bras levés, entravés par une solide corde qui le liait à la plus haute branche d'un jacaranda, Maoli subissait le fouet à coups lents et répétés. La tâche était exécutée par l'un des rudes soldats qui prêtait main-forte à la protection de la mission. Au complet, la communauté jésuite assistait au supplice.

Un peu à l'écart, le visage dans leurs mains, les naturels pleuraient. Après un instant de saisissement, où l'horreur le disputait à l'incompréhension, Anselme se rua vers le père supérieur.

« Mais que faites-vous donc ? Que se passe-t-il ici ? »

Le père supérieur le considéra avec tout le mépris qu'il pouvait afficher dans ses yeux froids :

« Calmez-vous immédiatement, père Anselme. Apprenez que le guerrier Maoli a encore été surpris en train de prier ses anciennes et ridicules idoles. La loi est pourtant fort claire et il la connaissait. Le châtiment dont il fait aujourd'hui l'objet est donc parfaitement légitime. Par ailleurs, l'on vous a longuement cherché et point trouvé. Par le Christ, où étiez-vous ? De cette incompréhensible et coupable absence, vous devrez me rendre compte. »

Un nouveau coup de fouet se fit entendre, arrachant un cri étouffé au malheureux. Anselme perdit toute retenue et fonça vers le soldat officiant. Il lui envoya formidable coup de poing à la face et celui-ci tomba à genoux, le nez lui saignant d'abondance.

Le Padre lui décocha fier coup de pied dans les côtes, ce qui le fit tomber sur le dos. Une immense confusion s'ensuivit. Les naturels étaient comme frappés de stupeur, tandis que le père supérieur hurlait des ordres que quatre soldats s'empressèrent d'exécuter. Non sans mal, ils se saisirent du Padre qui se débattait comme un enragé et l'amenèrent face au plus haut représentant des jésuites. Blême de colère, ce dernier siffla entre ses dents :

« Cette fois Anselme, vous avez dépassé toutes les limites imaginables et croyez-moi, vous l'allez chèrement regretter. Soldats, attachez-le et jetez-le dans la fosse. N'ayez crainte à ce faire, il n'appartient plus à notre communauté et vient de le prouver devant tous. »

La nuit était tombée. Les mains et les pieds solidement liés, Anselme gisait au fond d'un trou carré de trois mètres de profondeur dont les contours étaient érigés de piques de bois.

Dès que les soldats l'y avaient jeté, comme on eût fait d'un animal nuisible et l'avaient abandonné à son sort, il s'était tortillé comme un ver pour tenter de se défaire de ses liens. L'entreprise n'avait eu pour seul effet que les resserrer davantage. Il sentit que ses chevilles et ses poignets s'étaient mis à saigner et dut renoncer. Il se reprochait amèrement sa conduite. Son accès de violence avait été si soudain qu'il lui avait ôté tout jugement. En ce jour funeste, il comprit qu'il n'avait en rien amélioré le sort des Indiens amazones, bien au contraire. Il leva les yeux vers un ciel sombre au sein duquel il ne décela aucun signe du Dieu qu'il vénérait tant. Il souffrait cruellement de la faim et de la soif, mais acceptait volontiers ce tourment si dérisoire au regard de ce que venait d'endurer Maoli.

Tapi comme une bête au fond de sa geôle de terre, il avait fini par s'assoupir, lorsqu'un bruit étrange l'arracha à sa torpeur. Il tendit l'oreille. Le son se fit à nouveau entendre. Il semblait provenir d'un animal et se répétait comme une sorte de signal.

Anselme redressa tant bien que mal son corps entravé, leva les yeux et les écarquilla du mieux qu'il put. C'est alors qu'il vit son visage.

Allongé à plat ventre au sommet de la fosse, Ima déroulait une longue liane. À son extrémité, il y avait attaché son coutelas. Après moult contorsions, Anselme réussit à le saisir entre ses doigts endoloris et commença à scier les liens qui retenaient ses mains. L'entreprise lui prit un temps considérable, tant la corde qui retenait sa liberté avait été bien confectionnée. Elle céda enfin et, après avoir massé ses poignets afin d'y faire à nouveau circuler le sang, il s'attaqua aux nœuds qui paralysaient ses chevilles. Il leva les yeux et d'un hochement de tête fit comprendre à Ima qu'il était prêt. Son ami avait enroulé sa liane le long de ses épaules et autour de plusieurs piques, de façon à prendre solide appui et alléger le poids du Padre lors de son ascension. En dépit de ces précautions, l'affaire s'avéra compliquée. Ils réussirent et parvenu au sommet, le Padre épuisé s'écroula face contre terre. Dès que ses forces furent revenues, ils partirent et, dans le plus grand silence, s'enfoncèrent dans la pénombre complice de la forêt. Ils marchèrent plusieurs jours, se nourrissant de fruits, de baies et différents vers et insectes que le Padre avait fini par absorber sans dégoût, agréablement surpris par leurs propriétés nutritives. Ils buvaient l'eau de pluie qu'Ima recueillait dans de larges feuilles incurvées et se lavaient dans les sources vives qu'ils rencontraient. Adossés contre le tronc d'un arbre, ils dormaient à tour de rôle, Ima toujours moins que son ami sur lequel il veillait constamment.

Aucun animal, jamais, ne vint les attaquer.

À l'aube du septième jour, ils sortirent enfin de l'immense abri d'émeraude qui les avait si bien protégés et nourris, comme l'eût fait une mère bienveillante. La puissance de la lumière retrouvée fit mal aux yeux d'Anselme. Il n'avait aucune idée du lieu où ils étaient, mais d'instinct, sentit la proximité de l'océan. Par gestes, Ima lui fit comprendre qu'ils se trouvaient non loin d'un endroit où vivaient nombre de Blancs et qu'il pourrait y trouver l'une de leurs immenses pirogues afin que de s'y embarquer. Puis il s'arrêta et d'une simple main tendue, lui indiqua la direction à prendre. Anselme comprit qu'il ne le suivrait pas plus loin et que l'heure de la séparation était venue. Il savait que jamais il ne le reverrait, et à cette pensée, son cœur se serra. Ima lui décocha alors son plus large sourire, lui faisant comprendre que ce n'était point chose grave et que l'absence n'existait pas plus que la fin d'une amitié. Peu enclin aux débordements du cœur, Anselme aurait pourtant tout donné pour l'étreindre, mais déjà son frère s'était mis à courir d'un pas léger pour regagner les profondeurs de sa forêt sacrée.

C'est ainsi qu'Anselme se retrouva à bord de l'*Urca de Sevilla*.

La mer était vide. Désespérément.

Roide campé sur la dunette du *Sans Dieu*, astrolabe en mains, l'Ombre faisait et refaisait ses calculs et, pour plus de sûreté, les vérifiait avec son lieutenant. Aucune voile ne se laissait deviner à l'horizon et il commençait à penser que l'Albinos s'était joué de lui. Après un instant de réflexion, Morvan se permit d'intervenir :

« Grâce à la précision de votre instrument, nous sommes sûrs de la latitude. Comme vous le savez mieux que quiconque, la longitude est plus délicate à définir et il n'est pas impossible que nous ayons dévié de notre route d'un mille ou deux. Je propose que vous ordonniez au navigateur d'orienter la barre dix degrés tribord. Peut-être aurons-nous plus de chance. »

Le capitaine rugit :

« De la chance ? Il s'agit bien de chance ! L'Albinos, ce scélérat, a sans doute intentionnellement faussé les données qu'il m'a vendues à prix d'or, sachant qu'une infime erreur pouvait nous faire manquer de peu ce maudit galion et qu'il pourrait aisément se défausser de son mensonge. »

Morvan caressa sa barbe que, désormais, il portait assez longue, lui conférant plus mâture et redoutable aspect :

« Peut-être et peut-être pas. Il vous craint fort et je doute qu'il ait pris un tel risque, sachant que tôt ou tard, vous l'eussiez retrouvé afin de lui faire rendre gorge suite à une telle forfaiture. »

L'Ombre réfléchit :

« Il se peut que tu aies raison. Va voir Palsambleu et donne-lui sa nouvelle route. Qu'il incline la barre de quinze, et non dix degrés. »

Depuis l'opportune levée de la punition, l'ambiance à bord s'était grandement améliorée. Mais d'inévitables heurts se produisaient, car depuis longtemps le *Sans Dieu* n'avait pas fait escale en un port où culbuter des ribaudes que rien n'effrayait, pas même l'aspect de ceux qui les besognaient avec ardeur jusqu'à l'aube. Le sang des hommes bouillonnait et plus que jamais, Morvan était aux aguets. À bord du brick, aucun des matelots n'était bougre, mais il avait nonobstant surpris quelques regards torves en direction du fondement de Tristan, ce dernier étant fin et gracieux comme une fille. Obéissant aux ordres de l'Ombre, dès l'aurore du lendemain, il avait réuni tout l'équipage sur le pont et se tenait coi.

D'une voix puissante, le capitaine leur fit discours :

« Messieurs, nous avons bonnes raisons d'accroire que nous allons croiser la route d'un navire espagnol qui revient du sud des Amériques, détenant en ses cales conséquentes richesses. Dès qu'il sera en vue, nous procéderons à habile et hardie manœuvre de façon à l'attaquer par son plus vulnérable travers, comme cela nous a fort réussi jusqu'ici. J'escompte donc que vous soyez unis comme jamais et que vous vous prépariez à un combat qui risque d'être plus ardu et sanglant que tous ceux que nous avons menés jusque lors. Ce solide galion de neuf cents tonneaux est puissamment armé et pourvu de centaines de soldats expérimentés. Mais sa taille même est un handicap, car il est lent à virer et à nous présenter ses sabords, tandis que le *Sans Dieu* est prompt à la manœuvre et possède la vivacité d'une anguille. Je ne veux point vous leurrer, en pleine mer, le rapport de forces n'est certes point en notre faveur. Nos chances sont minces et nos pertes peuvent être lourdes, mais une fois encore, nous pouvons réussir. Mis au service de tous, le courage infaillible de chacun sera hautement récompensé. Si notre entreprise est couronnée de succès, notre brick fera bientôt relâche dans un port où vous pourrez bourse délier, et goûter à nouveau les nombreux plaisirs auxquels vous aspirez. »

Des cris d'enthousiasme saluèrent ce discours tant espéré.

Cela faisait long temps que les pirates du *Sans Dieu* avaient irrésistible besoin d'en découdre. Pas un d'entre eux ne redoutait la mort. Pour Palsambleu, Gant-de-Fer, Fantôme-de-Nez, Bois-sans-Soif et tous les autres, le passé n'avait plus d'existence et l'avenir n'offrait aucune espérance. Tous étaient devenus hommes du présent. Dès lors, l'action seule importait, car leur choix de vie n'oscillait plus qu'entre liberté et potence. Ayant chargé Morvan de scruter l'horizon sans relâche, l'Ombre s'était retiré dans l'intimité de sa cabine. Il ressentait immense lassitude, mais n'avait nulle envie de s'y abandonner, tant la crainte d'un sommeil qu'il savait d'avance peuplé de cauchemars le hantait. Il se saisit du vieux livre écorné qui traînait sur sa table, *La République* de Platon. Il s'assit sur le bord de sa couche, ouvrit une page au hasard et tomba sur le « Livre VII ». Pour l'avoir longuement étudié avec son fiévreux précepteur, il se souvenait parfaitement du mythe de la caverne, car cette allégorie avait frappé son imagination.

Elle mettait en scène des hommes enchaînés dans une demeure souterraine et qui ne pouvaient voir du monde extérieur que les ombres projetées par la lueur d'un grand feu sur les parois de la grotte. Celles-ci représentaient pour eux la seule et tangible réalité. Une ombre n'était donc que le reflet falsifié de la vie véritable et c'était précisément le surnom dont l'avaient affublé les matelots du premier navire dont il s'était emparé avec l'aide de Morvan, à la suite d'une mutinerie qu'il avait savamment fomentée.

Après le décès de son fils et le saccage de l'église de Plouharnel, il avait passé une nuit entière dans la crique où il aimait tant pêcher. Assis sur la grève, il avait subi les attaques d'un vent de noroît qui soufflait en rafales et les implacables morsures du froid. De toute son âme, il avait espéré que la mort le délivre de son indicible douleur, lui offrant la grâce de rejoindre son fils.

Le petit matin le trouva transi jusqu'à la moelle, mais toujours en vie. Il finit par se lever et s'en alla rejoindre le modeste prieuré où se morfondait Lancelot, son cadet, qui jamais n'avait eu le moindre penchant pour la vie monastique, mais auquel son père n'avait laissé d'autre choix. L'ayant fait quérir et après avoir attendu un long moment, il le vit enfin arriver. Il avait prématurément vieilli et ses épaules commençaient de se voûter. Après s'être sobrement étreints, ils s'assirent à l'écart sur un petit banc de bois. Arzhur proposa à son frère un marché. Il renonçait à son droit d'aînesse, à tous ses titres et droits de propriété afférents en faveur de son cadet. À charge pour lui de veiller à la bonne marche de la seigneurie et de gérer au mieux les intérêts de tous ceux qui y vivaient, au premier rang desquels, dame Gwenola. Les deux frères causèrent. Lancelot déplora la disparition de ce neveu qu'il avait si peu connu et le départ imminent de son aîné, bien qu'il en comprît les raisons.

Arzhur retira de son annulaire la bague qui portait les armes de leur famille et la remit solennellement à son frère. Après l'avoir contemplée avec autant de surprise que de déférence, Lancelot finit par la glisser à son doigt et constata qu'elle était trop large pour sa main. Il l'ôta et, avec un piètre sourire, la mit dans la poche de sa chasuble. Après avoir épuisé tous les sujets concrets dont ils avaient eu à discuter et n'osant en aborder de plus intimes, ils se levèrent et s'embrassèrent une dernière fois. Debout sous les arcades du prieuré, Lancelot contempla la haute silhouette de son aîné qui s'éloignait dans le froid vers un destin qu'il pressentait funeste.

Peu de temps après la harangue enflammée de l'Ombre, Gant-de-Fer vint trouver Morvan sur la dunette.

Longue vue en mains, ce dernier scrutait inlassablement la surface de l'océan, comme un chasseur eût fait d'une forêt immense au sein de laquelle un gibier insaisissable, sans cesse, se dérobait à la fatigue de ses yeux. Gant-de-Fer toussota. Comme si on l'eût brutalement arraché à un songe lointain, Morvan se retourna et demanda d'un ton rogue :

« Quoi, qu'y a-t-il ? »

Un instant désarçonné, Gant-de-Fer se ressaisit :

« Mon lieutenant, je voulais vous entretenir de ce que nous venons d'ouïr de la bouche de notre capitaine.

Certes, l'affaire semble belle et ce navire, sans doute, recèle importantes richesses. Cependant... »

Mal à l'aise, il avait du mal à poursuivre et se dandinait d'un pied sur l'autre.

Abaissant sa lunette, Morvan le regarda droit dans les yeux :

« Cependant quoi ? »

« Jamais jusqu'à ce jour d'hui, nous n'avons conçu projet d'attaquer un bateau de cette taille de telle manière. Aucun îlet ne se dessine à l'horizon, donc nulle crique ne pourra abriter notre brick et nous permettre de surgir par surprise, comme à l'accoutumée. En pleine mer, nous nous exposons aux tirs des canonniers ennemis et... »

Froidement, il l'interrompit :

« Dis-moi Gant-de-Fer, serais-tu devenu couard ? »

L'injure frappa l'intéressé comme un soufflet.

S'il n'avait retenu la violence de son poing, il eût volontiers fracassé la face de l'impudent, car il en avait expédié bien d'autres pour moins que cela. Les deux hommes se jaugèrent un moment, puis Morvan releva le menton :

« Tu peux m'en croire, le capitaine sait ce qu'il fait. Il compte sur toi ainsi que le reste de l'équipage pour se battre avec une inégalable bravoure. Et si d'aventure, il nous fallait périr, ce serait dans la liberté que nous avons tous choisie. Maintenant, va et enjoins les gars de graisser la gueule des canons, fourbir leurs armes et se tenir prêts à un combat que j'espère aussi imminent que victorieux. »

Le taciturne géant hocha la tête et, sans ajouter mot, quitta le pont. Sitôt son départ, Morvan ne put retenir un immense soupir. Il savait que Gant-de-Fer disait vrai et que le projet de l'Ombre, il s'en rendait compte chaque jour davantage, était follement risqué. Il repensa à tous les combats qu'ils avaient menés ensemble durant six années, depuis qu'Arzhur de Kerloguen avait décidé de quitter sa seigneurie et tout ce qui composait sa vie.

Ce jour-là, qui avait suivi de moins d'une semaine le trépas du petit Jehan, Morvan n'avait pas hésité à tout abandonner pour le suivre. Comme un chasseur traquant un précieux gibier, il l'avait pisté de loin, à travers landes, bois, forêts, puis aux abords des villages et bourgs qu'il traversait, faisant courtes, mais indispensables haltes afin d'y prendre légère nourriture et maigre repos. Bien vite, il avait compris que la destination finale de son seigneur était le port de L'Orient. Fondé par le visionnaire et opportun Colbert, celui-ci s'était considérablement développé et accueillait désormais des bateaux de grand tonnage, lesquels effectuaient d'incessants voyages vers les Indes orientales, l'île Bourbon et Madagascar. Ils en rapportaient de coûteuses épices, des fruits inconnus et surtout des indiennes multicolores, ces fines cotonnades tant prisées des dames de la cour, mais aussi par certaines bourgeoises fortunées dont nul tisserand français ne parvenait à reproduire les motifs exotiques et les couleurs enchanteresses. Sur les quais grouillant d'armateurs, de commerçants, de marins, d'artisans, de pêcheurs, de vendeuses, de tire-laine, de ribaudes et de tout ce qui composait la foule bigarrée d'un port d'importance, un beau matin, il avait perdu la trace de celui qui tant l'obsédait. Il s'en était désespéré et n'avait eu de cesse d'arpenter la moindre ruelle, entrer dans la plus infâme taverne.

Deux jours interminables s'étaient écoulés avant qu'il ne repérât sa haute silhouette à l'extrémité de la jetée de l'un des nouveaux quais. Barbu, méconnaissable en ses habits d'humble facture qui lui conféraient l'allure d'un modeste matelot, Arzhur discutait avec un capitaine marchand. Les gestes de dénégation de ce dernier semblaient indiquer qu'il refusait une proposition, sans doute celle de prendre à son bord un inconnu inexpérimenté. Puis Arzhur tendit un petit objet à celui qui lui tenait tête.

En raison de la distance qui les séparait, Morvan ne put voir ce dont il s'agissait. Après l'avoir brièvement regardé, l'homme s'en saisit, le fourra prestement dans sa poche et, du chef, donna un discret signe d'assentiment. Arzhur le suivit sur la passerelle et monta à bord d'un bateau de moyen tonnage. Après avoir laissé passer un moment, Morvan s'approcha de sa poupe et y déchiffra péniblement le nom du navire, le *Sans Peur*. Interdit, il ne savait quel parti prendre, car sans références ni ordre d'engagement, il lui était impossible de se joindre à l'équipage et, quelques sols exceptés, il ne possédait rien en ses poches, qui eût pu être monnayé. Il était la proie de ces amères réflexions, lorsqu'un malaise le prit, l'obligeant à s'asseoir à même le sol. Il s'inquiéta, puis se souvint que depuis longtemps, il n'avait absorbé la moindre nourriture. Durant les deux jours et deux nuits qu'il venait de passer à chercher son seigneur dans la moindre ruelle du port de L'Orient, Morvan avait repéré chaque lieu susceptible de noyer dans la masse de sa bruyante assistance, un fuyard qui cherchait tout

autant la discrétion que des renseignements quant aux
futurs départs des bateaux. Ayant repris souffle, il se
releva et se mit en quête d'une taverne, où, pour deux
sols seulement, l'on pouvait se régaler à discrétion de
maquereaux et de vin blanc frais. Ses pas hasardeux
le menèrent au Chien Noir. Dès qu'il en eut franchi le
seuil après avoir baissé la tête, Morvan comprit qu'il
se trouvait rendu en un bouge de la pire espèce. Gorge
à moitié nue, d'imposantes ribaudes aux rires tonitruants, passaient de table en table, flattant ceux qui
semblaient en veine de chance au jeu, mais repoussant
d'une main leste les laissés pour compte, qui jamais
n'auraient les moyens de se payer la débauche affichée
de leurs services. Les trognes de tous ceux qui les
convoitaient avec concupiscence eussent découragé
le plus valeureux des soldats du Roy. Ayant repéré
modeste table située à l'écart de ce tumulte infernal, il
y prit place et attendit que l'on veuille bien s'occuper
de lui. Après un temps qui lui parut infiniment long,
tant la faim le taraudait, une petite servante, chiffon
en mains, apparut devant lui.

« Monsieur, bien le pardon pour la question et
l'offense, mais avez-vous de quoi payer votre écot ? »

Surpris, il releva la tête. Il vit une fille qui n'était
ni belle, ni vilaine, mais dont la figure, finalement,
lui parut bonne.

En soupirant, il sortit de sa chausse une petite bourse
de cuir qui contenait ses ultimes deniers. Il l'ouvrit,
en extirpa son pécule et le montra à la fille de salle :

« Cela te semble-t-il convenir pour un dîner ? »

À la vue de la modeste mais suffisante somme,
la petite rougit et se mit à nettoyer avec ardeur les
reliefs du dernier repas.

« Pour sûr, monsieur, pour sûr cela suffira. M'en voulez pas pour la question, c'est ma patronne, vous comprenez ? Trop de soudards sont venus et repartis sans avoir acquitté ce qu'ils devaient et cela l'a plongée dans un vif courroux. Je reviens tout de suite avec le vin. »

En attendant son retour qu'il espérait prompt, Morvan embrassa la salle d'un bref regard circulaire. À l'évidence, quelques marins exceptés, il y avait surtout là gens de mauvaise vie, catins et larrons ensemble réunis dans une soif inextinguible de paillardise.

Cruchon en mains, la fille revint et lui servit sitôt généreuse timbale de vin blanc.

« Voici monsieur, et pour ce qui est de vos maquereaux, ils ont commencé joyeuse friture et ne sauraient tarder. *Yec'hed mat ! »*

Avant que d'assouvir sa soif, il s'adressa à la petite servante d'un ton plus rude qu'il n'aurait voulu :

« Cesse donc de m'appeler monsieur, car je ne suis point né et suis même bâtard de mon état. »

La fille porta la main à sa bouche et étouffa un cri de surprise. Le plus étonné des deux fut Morvan lui-même, car de sa vie, il n'avait avoué à quiconque, et moins encore à une parfaite inconnue, l'ignominie de sa naissance.

Il but une longue lampée avant de poursuivre d'un ton plus doux :

« Allons, allons, la chose n'est pas si grave et je n'en suis point si malheureux. Ton vin est bon et je bois à ta santé, petite. »

« C'est que monsieur, jamais j'aurais cru... Votre figure semble si honnête et si noble... »

Elle ne put achever car la matrone du bouge s'avançait, la prunelle au noir et le rouge aux joues :

« Eh ben la souillon, t'as donc point assez d'ouvrage que tu trouves le temps de faire des grâces à la clientèle ? Allez ouste, la tablée du fond réclame encore du vin, file, fille de rien ! »

Elle tourna vers Morvan un visage rougeaud que la graisse avait envahi jusqu'à en faire disparaître le contour de ses yeux froids :

« Ces damnées bâtardes ! On leur offre un bon travail, une vie honnête et v'là qu'à la première occasion, leur méchante nature reprend le dessus ! »

Il allait rétorquer avec humeur, quand, du fond de la salle, un bruit de table renversée, des injures et des cris de rage retentirent. Il se leva d'un bond, bouscula la matrone et s'en fut au beau milieu de la rixe, découvrant trois lascars qui rouaient de coups un homme à terre. Sans réfléchir plus avant, il se précipita à son secours, distribuant à l'envi force coups de poing et de botte, écrasant des nez, ouvrant des arcades et portant rude atteinte à des parties plus intimes. D'abord surpris, tant par cette intrusion inattendue que les coups reçus, les trois canailles se ruèrent de concert sur cet assaillant inconnu. Deux d'entre eux parvinrent à le maintenir par les épaules en lui tordant les bras, pendant que le troisième s'emparait d'un cruchon brisé. Les traits déformés par la haine, il approcha le tesson du visage de Morvan :

« Je vais te défigurer crevure, tu peux dire adieu à ta trogne et à tes génitoires ! »

Au moment où il allait exécuter sa basse besogne, une chaise se brisa d'un coup sur son crâne et il s'écroula comme une marionnette dont on aurait coupé les fils. Un visage ensanglanté grimaça un sourire à Morvan. Profitant de la confusion, l'agressé s'était relevé et, jouant habilement du couteau, menaçait les deux faquins du pire s'ils ne relâchaient à l'instant leur proie. Morvan se dégagea de leur étreinte et rejoint son sauveur qui, déjà, fuyait vers la sortie du bouge. Ils coururent à perdre haleine sur le quai avant de bifurquer vers un étroit coupe-gorge à l'ombre duquel ils se dissimulèrent. Le cœur battant, ils attendirent quelques minutes, mais aucun poursuivant ne semblait les avoir pris en chasse. Ils remontèrent en silence la maigre ruelle et, parvenus à une petite place, trouvèrent un lavoir. L'inconnu y plongea la tête plusieurs fois et s'ébroua comme un chien joyeux. De sa face tuméfiée, il put enfin considérer celui à qui il devait, probablement, sinon la vie, du moins ce qu'il restait des traits de son visage :

« Eh bien compère, on peut dire que l'on se doit à tous deux fière chandelle ! Il serait grand temps de faire les présentations. Je me nomme Gaultier, mais on m'appelle "Trois-Doigts", à cause que j'en ai perdu deux dans les haubans d'une voilure lors d'un fier coup de vent, car suis gabier de mon état. Et toi, comment te nomme-t-on ? »

Morvan allait répondre lorsque nouvelle faiblesse le prit et qu'il dut s'appuyer au mur pour ne point choir. Trois-Doigts se précipita pour le retenir :

« Oh là, aurais-tu pris si funeste coup qu'il serait en train de t'ôter la vie ? »

Un maigre sourire lui répondit :

« Non point, mais je n'ai rien mangé depuis deux jours. »

Trois-Doigts partit d'un rire immense :

« Eh je gage que tu t'es rendu au Chien Noir afin de t'y restaurer, mais, à cause de ma petite échauffourée, n'en as point eu le loisir. Allez, suis-moi, je connais un endroit sûr où tu pourras manger à satiété, moi boire tout mon saoul, et où nous pourrons causer tranquillement. »

Après une marche hasardeuse, où chacun s'appuyait sur l'autre à la façon de deux ivrognes, ils parvinrent à l'huis d'une modeste façade. Trois-Doigts frappa quatre coups brefs et attendit. La porte finit par s'ouvrir sur une jeune femme en coiffe, à la tournure honnête, mais dont le regard peu amène n'engageait guère à entrer. Les deux mains sur les hanches, elle l'apostropha :

« Ainsi te v'là Gaultier, et une fois encore, Ma Doué, dans quel état ! Quelle mauvaise fable vas-tu encore me conter pour expliquer que tu ne me viens visiter que lorsque t'as besoin de moi, hein ? Et qui donc est ce mauvais drôle que tu m'amènes là ? »

« Ce mauvais drôle, comme tu dis, eh ben, il vient de me sortir d'une méchante affaire où j'ai ben failli perdre la vie. Mais laisse-nous donc entrer et je m'en vais te narrer comment... »

Il n'eut loisir d'achever car, submergé par la faiblesse de son état, Morvan venait de s'écrouler. Quand il revint à lui, un peu plus tard, il se trouvait allongé sur une banquette. Penchée sur lui, cuiller en main, une femme à la mine austère lui faisait prendre chaud bouillon, comme on eût fait à un nouveau-né. Après quelques gorgées, déjà, il se sentit mieux et parvint même à se redresser, ce qui n'eut l'heur de plaire à sa nourricière :

« Grand Dieu, cessez de vous agiter et ouvrez le bec, nous n'en avons pas encore fini. »

Du devant de l'âtre où il se tenait, la voix de Trois-Doigts résonna :

« Émeline, cet homme-ci me semble un rude gaillard, alors cesse de le traiter comme une fillette. Apporte-nous donc plutôt un de ces goûteux pâtés dont tu as le secret, du pain noir et surtout du vin ! Tu ne seras pas en reste, je te dédommagerai pour la dépense. »

Après lui avoir jeté bref et noir regard, Émeline s'en fut vers sa cuisine, grommelant d'inintelligibles paroles. Trois-Doigts lança un fagot de bois dans le feu qui faiblissait :

« Bon, avant que tu ne te pâmes à nouveau, me diras-tu enfin ton nom et d'où tu viens ? »

« Je m'appelle Morvan et suis de Plouharnel. »

« Fort bien. Alors que diantre fous-tu dans le vaste port de L'Orient, car tu n'as point l'apparence d'un marin. »

Ne sachant jusqu'à quel point travestir la vérité, il répondit :

« Il est vrai. Mais à cause du froid et cette damnée famine, j'ai perdu mon emploi et suis prêt à tenter toute nouvelle aventure. En outre, je ne suis point maladroit à la pêche et les métiers de la mer m'ont toujours attiré. »

Trois-Doigts le regarda droit dans les yeux et lui présenta sa main martyrisée :

« C'est ce que disent tous ceux qui n'en ont pas tâté d'assez près ! Ceci étant dit, jamais je ne pourrais exercer d'autres métiers que celui de gabier et repars dès demain à bord du *Sans Peur*. »

À la seule évocation du nom du bateau, Morvan tressaillit :

« Pourrais-tu me faire engager à son bord ? J'ai tout perdu et suis prêt à effectuer la plus ingrate besogne, tu peux m'en croire. »

Trois-Doigts réfléchissait :

« Il est vrai que nous manquons grandement de gratte-coques, mais il est indispensable que tu présentes d'autres aptitudes, car à bord, il faut sans cesse se rendre utile. Tu sais te battre, ça, je l'ai vu, mais sais-tu au moins coudre ? »

Ne s'attendant pas à telle question, il sourit :

« Oui, car j'ai ravaudé bien des filets et j'imagine que s'agissant des voiles, la technique, peu ou prou, n'est point si différente. »

« Détrompe-toi ô ignorant, elle l'est ! Et la voile qui porte notre navire n'a certes pas la grossièreté d'un filet de pêche. Face au quartier-maître auquel je m'en vais te présenter, tu n'avoueras point cette lacune et nous avons devant nous la nuit entière pour y remédier. Voici ma sœur qui s'avance, précédée du fumet de ses admirables terrines et de sa mine revêche. Alors, que diable, avant d'étudier, mangeons et buvons ! »

À l'aube du lendemain, Trois-Doigts présenta son protégé à Colas, le quartier-maître du *Sans Peur*. Ce dernier ne montra enthousiasme aucun face à cette recrue qu'il n'avait point choisie. Mais un marin aguerri et deux mousses lui ayant fait défaut, il l'engagea à contrecœur, tout en se promettant de l'avoir à l'œil. À l'instant où, précédé de son nouvel ami, Morvan grimpait à bord, il croisa furtivement un regard empli de stupeur et d'interrogations, celui d'Arzhur de Kerloguen.

L'Ombre n'avait pas fermé l'œil durant deux jours et deux nuits.

Il ne subissait nulle fatigue du corps, mais son esprit, constamment en éveil, ne lui laissait aucun répit. Il sentait que l'affrontement approchait et, après avoir accompli quelques ablutions, s'en vint retrouver son lieutenant sur le pont.

« Distingues-tu enfin l'espérance d'une voile au bout de ta lunette ? »

« Non, toujours rien. »

« Je n'en suis pas étonné. D'après les derniers calculs que j'ai effectués suite à la nouvelle lune et au changement d'orientation du vent, je pense que nous devrions croiser sa route d'ici quatre heures. »

Morvan se sentait mal à l'aise, mais risqua sa question :

« Capitaine, j'apprécierais fort que vous me fassiez confiance et m'entreteniez de la stratégie d'attaque que vous vous disposez à mettre en place. Vous l'avez dit vous-même, pour la première fois, nous serons à découvert et le rapport de forces ne sera point en notre faveur. »

« Fichtre ! Un des membres de l'équipage t'aurait-il donc transmis ses doutes et sa peur ? Si tel est le cas, j'espère que ton courage ne va commencer à s'émousser comme lame mal aiguisée. Mon plan est aussi simple qu'audacieux et j'estime nos chances à une sur deux. As-tu remarqué la quantité de bois que j'ai fait embarquer lors de notre dernière escale ? Oui, sans nul doute, car tu m'as objecté que son poids nous lestait, et ralentissait quelque peu la marche de notre brick. »

Il scruta le regard de son lieutenant.

« Pourquoi, d'après toi, aurais-je rempli d'un quart nos cales d'une telle cargaison ? »

« Eh bien pour procéder aux réparations de notre coque, dès que nous aurons trouvé dignes charpentiers pour ce faire. »

L'Ombre esquissa un sourire :

« Certes, mais nous eussions pu en faire provision à un autre moment. La raison en est tout autre. Ne la devines-tu point ? Confie donc au hunier de quart la surveillance de l'horizon et suis-moi dans ma cabine. »

Sur la table des cartes, entre astrolabe et compas, deux maquettes étaient posées l'une à côté de l'autre et semblaient déjà prêtes au combat. Le regard d'Arzhur brilla :

« Observe attentivement. Tu as ici la réplique exacte d'un galion espagnol de neuf cents tonneaux et celle de notre brick. Que remarques-tu ? »

Morvan se pencha, considéra les deux petits navires de bois et ne put s'empêcher d'en admirer la précision, laquelle s'exprimait jusque dans les moindres détails, de la voilure au gouvernail.

« Je dirais que la taille du galion excède d'un peu plus du double celle du brick. »

« Précisément. Maintenant, nous allons nous livrer à une petite expérience. Voici une bassine emplie d'eau de mer. J'y place nos deux bateaux. Et maintenant que vois-tu ? »

Morvan eut beau faire appel à toute sa sagacité, il ne comprenait pas où le capitaine voulait en venir. Il hasarda :

« Qu'évidemment, le galion, vaisseau de haut bord, est plus élevé sur l'eau. »

« Certes. Mais si tu regardes sa ligne de flottaison, le brick est encore à portée du tir de ses canons et, par le diable, il en est foutrement doté ! Maintenant, ajoutons ceci à bord de notre brick.

Il posa délicatement un minuscule fagot de bois sur la maquette du *Sans Dieu*, et celle-ci, légèrement, s'enfonça.

Après un instant de perplexité, Morvan s'enthousiasma :

« Bien sûr ! Ainsi leurs bordées devraient passer au-dessus des œuvres mortes et leurs boulets se perdre dans la surface des flots. »

Le sourire d'Arzhur s'élargissait :

« Et avant qu'ils n'aient le temps de recharger leur mitraille, nous procéderons à promptes manœuvres de rapprochement pour l'aborder comme nous savons si bien le faire. Je ne veux point te leurrer, face à un tel nombre de soldats à affronter, le combat rapproché auquel nous devrons nous livrer sera sans quartier, et peut-être le tout dernier. »

Bien installé sur le banc de quart du gaillard d'arrière de l'*Urca de Sevilla*, le capitaine Luis de la Vega se faisait raser avec soin par l'assistant du chirurgien de bord, lequel faisait aussi office de barbier. Au moment où son coupe-chou allait attaquer la barbe de la joue droite, un cri retentit du nid de pie de la vigie :

« Voile à l'horizon, voile à l'horizon ! »

Don Luis sursauta tant que la lame du rasoir lui entama profondément la chair. Il se leva d'un bond, arracha la serviette de son cou et l'appliqua sur son visage qui saignait d'importance :

« Imbécile ! Tu paieras du fouet ton impardonnable maladresse ! Disparais de ma vue, misérable cafard ! »

Tandis que, terrorisé, l'infortuné se soustrayait à la violence de son maître, le capitaine se ruait vers le poste de vigie. Visages pointés vers le ciel, deux officiers questionnaient déjà le marin :

« De quelle classe est ce navire ? À quel royaume appartient-il ? »

Don Luis bouscula ses deux lieutenants :

« Réponds ! A-t-il présenté ses couleurs ? »

L'homme cria :

« Il est trop loin, je ne peux encore distinguer s'il a hissé pavillon. Mais je puis vous dire que son tonnage est moindre que celui de notre galion. »

Le capitaine hurla :

« Crie dès que ce sera chose faite, mais crie encore plus fort s'il ne le fait promptement. Si nous avons repéré sa voilure, il en aura fait de même avec la nôtre et ce, avant nous, car elle est de plus large envergure. »

Il se tourna vers les deux officiers :

« Ce bâtiment inconnu ne m'inspire aucune confiance, alors, faites ouvrir les sabords, ordonnez aux canonniers de se tenir prêts et préparez tous les hommes au combat ! »

Il partit à grands pas vers ses quartiers revêtir sa tenue de guerre. Réfugié dans la pénombre de sa cabine étroite, à l'abri des ardeurs du soleil, Anselme travaillait sans relâche sur les précieuses informations médicinales qu'il avait consignées dans son carnet noir. Il était fort concentré sur sa tâche, mais s'interrompit soudain, sentant régner une agitation inhabituelle. Il referma son opuscule et s'en fut sur le pont vérifier l'objet de son appréhension. Tout l'équipage s'activait, obéissant avec célérité aux ordres criés par les officiers. L'un d'eux bouscula involontairement le Padre. Anselme reconnut le jeune enseigne Eduardo de Rodenas. Il s'enquit :

« Que se passe-t-il ? »

« Un bâtiment inconnu, droit devant. Pardon Padre, mais je n'ai pas loisir de vous en dire plus, car je dois transmettre des ordres aux canonniers. »

Naviguant comme il le pouvait au milieu des marins qui couraient en tous sens, Anselme gagna la proue. Abritant des mains ses yeux de la lumière crue, il tenta d'apercevoir le danger en question, mais ne distingua qu'un petit point à l'horizon. Un bateau qui paraissait bien inoffensif au regard du branle-bas qu'il venait de provoquer. À cet instant, le hunier hurla :

« Il vient de hisser pavillon, mais je ne puis encore le distinguer. Apparemment, il louvoie, bien qu'il ait le dessus du vent. Peut-être est-il victime d'une avarie ? »

« Crois-tu que nous ayons affaire à un navire marchand ? »

« Je ne sais… Ah, je vois enfin ses couleurs. Il s'agit d'un vaisseau suédois. »

À ces mots, l'officier en second se détendit et se permit même de sourire au capitaine :

« Ceci est fort rassurant, car nous ne sommes point en guerre avec ce royaume. »

Avec difficulté, don Luis se retint de le frapper :

« Sombre idiot ! Qu'est-ce qui te prouve que ce sont ses authentiques couleurs ? De la part d'éventuels pirates, cette misérable ruse n'est pas neuve et a déjà piégé plus d'un navire. Tu me répondras plus tard de ton impardonnable sottise. En attendant, je maintiens mes ordres, tous aux postes de combat ! »

S'étant discrètement approché du mât de vigie, Anselme n'avait rien perdu de ce vif échange. Contrairement à l'équipage, il n'éprouvait nulle crainte et se sentait même empli de curiosité face à ce qui allait se produire.

Le combat ? Il ne le redoutait point, et l'avait prouvé en maintes occasions. La mort ? Elle lui permettrait de rejoindre un peu plus tôt son Dieu.

La souffrance ? Il l'avait déjà moult fois éprouvée dans sa chair et son âme. Tandis que la peur rivée aux entrailles, les soldats se préparaient à un combat redoutable, lequel, pour certains serait le premier, mais pour tous, peut-être le dernier, le Padre ne quitta pas son poste d'observation.

Au début, tout se passa avec une irréelle lenteur.

Le bateau « suédois » s'approchait maladroitement du galion et donnait toute l'apparence d'un navire marchand qui connaissait d'importants problèmes de navigation et venait chercher aide auprès du bâtiment d'une nation amie, afin de tenter de remédier à son avarie. Lunette en mains, Luis de la Vega ne perdait pas de vue la moindre de ses manœuvres. En cet instant crucial, il lui était difficile d'ouvrir le feu sur un navire offrant si peu l'allure d'un belligérant. D'un autre côté, s'il s'agissait d'une ruse fallacieuse, il lui fallait attaquer sans tarder, car le brick, et c'en était un, offrait un bien vulnérable travers à la portée du feu de ses canons. Le sentant hésiter, son second, l'officier Felipe de la Fuente, intervint :

« Il est encore assez éloigné. Ne pensez-vous pas qu'il faudrait le laisser davantage approcher ? Selon le code maritime, nous ne pouvons lui refuser notre aide. Mais si ses intentions sont bel et bien belliqueuses, le tir de nos canons n'en sera que plus précis. »

Don Luis tourna vers lui un regard exalté :

« Ne me rappelez pas le code en vigueur ! Je sens d'ici l'odeur de la forfaiture et de la piraterie. Si nous attendons encore, dans quelques instants peut-être, nous serons tous morts. »

Levant le bras, il hurla :

« À mon commandement, feu ! »

L'ordre fut immédiatement entendu des officiers et relayé par leurs subalternes aux canonniers qui envoyèrent simultanément puissantes bordées. De l'ouverture de chaque sabord, des dizaines de boulets de feu partirent. Trop hauts sur l'eau, ils manquèrent les parties vitales, n'estropiant que quelques pièces de bois et passèrent juste sous la baume des mâts, avant que de se perdre dans les flots.

Bordant alors sa voilure pour serrer le vent au plus près, le brick se rapprochait du galion. Plus il s'avançait, plus don Luis remarquait que sa ligne de flottaison était plus basse sur l'eau qu'elle n'aurait dû l'être. Il comprit que l'agresseur s'était joué de lui et qu'il avait été trop prompt à expédier ses tirs, ce que lui confirma le sombre regard que lui lança de la Fuente. L'ignorant purement et simplement, don Luis hurla un nouvel ordre :

« Rechargez le plus vite possible, et du canon de réserve, envoyez immédiatement un tir de boulets ramés ! »

Après la détonation, chacun entendit le sifflement reconnaissable entre tous de cette arme redoutable. Tournoyant dans les airs, les deux boulets reliés par une chaîne entamèrent d'importance un gréement, déchirèrent une voile, et rencontrèrent deux matelots qui avaient eu l'infortune de se trouver sur leur course.

Au même instant, le brick tira à bout portant belle salve dans les flancs du galion, l'atteignant au cœur de ses œuvres vives, où se situaient canons et réserve de poudre. Aussitôt, un début d'incendie se déclara, ajoutant à la confusion de l'assaut.

Le brick s'était encore approché et ne se trouvait plus qu'à quelques brasses de l'espagnol. Perchés dans les enfléchures des haubans, les gabiers du *Sans Dieu* lancèrent des dizaines de grenades sur le pont du galion, causant grand dommage à l'ennemi. Puis, à l'aide de grappins et de crochets, ils agrippèrent les vergues et les drisses, de façon à permettre au restant de l'équipage de sauter à bord du vaisseau. Pendant l'abordage, bien des pirates tombèrent sous les balles des mousquets espagnols, mais la majorité d'entre eux parvint à gagner le pont principal et se précipita avec force cris sur les soldats ébahis. Hache en main et sabre au clair, l'Ombre fut l'un des premiers à se jeter sur un officier qui n'avait eu le temps de recharger son mousquet, et dont l'épée délicatement ciselée, vola en éclats au premier coup de hache. S'attaquant au reste du rang, il fut efficacement secondé par Palsambleu, Bois-sans-Soif, Face-Noire, lesquels, armés de piques, parvenaient à pourfendre leur homme à distance raisonnable, afin de ne point se faire navrer eux-mêmes. Le plus gros risque était de se faire larder par-derrière, mais ils savaient d'expérience qu'il leur fallait veiller les uns sur les autres, afin d'assurer la sauvegarde de tous. Ainsi, quand Face-Noire, qui venait d'occire deux soldats de plusieurs coups portés en pleine tripaille, aperçut Morvan qui se battait avec difficulté à un contre trois, il roula sur le pont, et de sa dague effilée, trancha efficacement quelques jarrets. Au milieu de la confusion, aucun d'entre eux n'avait repéré qu'un deuxième rang de soldats armés de mousquets pleinement chargés, se préparait à tirer dans le tas, quitte à sacrifier nombre des leurs. De la voix d'un officier, l'ordre fut donné et la mitraille atteignit en effet les belligérants des deux camps. S'effondrant, leurs corps, à l'ultime instant, se mêlèrent en poisseuses noces de sang.

De toutes parts, on entendait des cris et des plaintes déchirantes, et les agonisants réclamaient leur mère à défaut d'un Dieu qui semblait les avoir abandonnés. Redoublant d'ardeur et de férocité, les hommes du *Sans Dieu* se livrèrent alors à un véritable carnage. À grand-peine, car une balle lui avait déchiqueté une partie de l'épaule, Arzhur se remit debout et considéra la situation. Le restant de ses hommes se battait avec toute la rage qu'il leur avait insufflée, et il comprit qu'ils étaient en train de l'emporter sur l'espagnol. Un à un, les soldats jetaient leur épée à terre, levaient les mains et se rendaient. Alors, couvert du sang des hommes qu'il avait expédiés, piétinant des corps mutilés et des membres coupés, il distingua enfin l'uniforme du capitaine de l'*Urca de Sevilla* et marcha sur lui. Son élan fut barré par l'épée que tenait à deux mains un religieux vêtu de sa robe de bure. Un instant surpris par ce défenseur inattendu, il n'en leva pas moins sa hache :

« Moine, je te conseille de baisser ton épée avant que je ne t'expédie, car, tu peux m'en croire, je n'ai aucun respect pour l'habit que tu portes ! »

Le religieux le défia autant des yeux que de la voix :

« Vous n'êtes qu'un misérable écumeur des mers et ne m'effrayez point. Alors, battez-vous ! »

« Cette ultime passe d'armes est sans objet. Tous les vôtres se sont déjà rendus ou sont en train de le faire. »

Au moment où le religieux brandissait haut son épée, Gant-de-Fer et Palsambleu le ceinturèrent, et sans ménagement, lui firent rejoindre le groupe de prisonniers qu'ils avaient déjà rassemblé sur le gaillard d'arrière du vaisseau. Alors les deux capitaines se retrouvèrent face à face. Le premier, Arzhur parla :

« Il semble que cette petite rixe n'ait point tourné à votre avantage. Vous n'avez plus d'autre choix que de vous rendre et nous faciliter l'ouverture de vos réserves secrètes, car je sais votre nation friande d'obstructions de toutes sortes. Vous allez donc me remettre toutes vos clés, car vos coffres sont lourds à transborder et pendant que votre bateau coule, je n'aurai point le temps de les percer. »

La prunelle du grand d'Espagne se fit noire :

« Jamais, vous m'entendez, jamais un homme de mon rang ne traitera avec un scélérat de votre espèce ! Allez au diable ! »

Arzhur eut un sourire sans joie :

« C'est déjà fait et vous ne sauriez imaginer à quel point. Je m'en vais d'ailleurs vous le prouver sur-le-champ. »

Il se tourna vers un des officiers que Morvan retenait sous la menace de sa dague :

« Quel est ton nom ? »

« Felipe de la Fuente. »

« Quel est ton grade ? »

« Je suis officier en second à bord de l'*Urca de Sevilla*. »

« Et un noble Espagnol de pure souche. À ce titre, tu dois connaître toutes les traditions de ta nation. »

De la Fuente ne voyait pas où le flibustier voulait en venir, mais commençait à redouter l'augure de sa pensée :

« À laquelle, précisément, faites-vous allusion señor ? »

Arzhur passa délicatement la lame ensanglantée de son sabre entre ses doigts avant que de répondre :

« J'ai ouï dire que vous aviez coutume d'organiser des combats entre des hommes et des taureaux. Et que si d'aventure, l'homme l'emportait sur la bête, il avait l'immense honneur de lui couper les oreilles et la queue afin d'en faire trophée. Ai-je raison ? »

L'officier avala sa salive :

« Je goûte peu la barbarie de cette tradition, mais elle existe bel et bien en certaines régions du royaume. »

À pas lents, Arzhur s'approcha du capitaine et se tourna à nouveau vers le second :

« Voici le taureau que je viens de vaincre. Je vais donc recueillir la récompense qui me revient. »

En deux coups de sabre, il trancha les oreilles du capitaine. Celui-ci poussa un hurlement de bête avant de tomber à genoux, le sang giclant à flots de la béance de ses blessures. Arzhur s'agenouilla près de lui :

« Avant que je ne coupe la queue, me donnerez-vous enfin les clés que je demande ? Ah suis-je bête, vous ne pouvez plus m'ouïr. »

Blême, Felipe de la Fuente s'interposa :

« Je sais où elles se trouvent et où les coffres sont dissimulés. Pour l'amour de Dieu, épargnez-le ! »

Arzhur le regarda froidement :

« J'ignore ce qu'est l'amour de Dieu. Mais tu as raison, je vais lui épargner l'abjection de la fin que j'avais imaginée pour lui. »

D'un coup de sabre entre les yeux, l'Ombre lui porta l'estocade.

Flanqué de ses hommes les plus sûrs, Morvan suivit de la Fuente jusqu'à l'intérieur d'un réduit secret du navire, dissimulé derrière la porte factice d'une cabine. L'incendie gagnait et il fallait faire vite. L'officier tint promesse, remit les précieuses clés et les pirates purent faire main basse sur des merveilles que jamais, dans leurs rêves les plus fous, ils n'avaient osé convoiter. Sur le pont, les autres flibustiers s'activaient, balançant les cadavres des deux camps par-dessus bord, mais aussi les blessés ennemis, au cas où certains d'entre eux auraient velléité d'en découdre encore et causer ultimes dommages. Précipités dans la mer, les corps de ces derniers se trouvèrent vite broyés entre les deux coques qui s'entrechoquaient au gré du mouvement des flots. Parcourant les différents ponts, Arzhur prenait la mesure de la lourdeur de ses pertes. Un grand nombre de ses compagnons avaient péri et, muettement, il rendit hommage à leur courage. Quant aux blessés de son camp, pour ceux d'entre eux qui ne pouvaient être sauvés, il donna des ordres pour qu'on les achève.

Il chancela soudain, car la blessure de son épaule saignait abondamment, et qu'à sa conscience surtout, le sang commençait de faire défaut. Il s'apprêtait à regagner son bord, lorsque Gant-de-Fer et Bois-sans-Soif lui amenèrent le religieux qui l'avait défié.

« Et çui-ci qui ne cesse de gueuler et nous vouer à la damnation, qu'est-ce qu'on en fait, faut-il le pourfendre ou ben le balancer par-dessus bord ? »

Retenant sa défaillance, l'Ombre parvint à prononcer ces mots :

« Amenez-le à bord du *Sans Dieu* et maintenez-le sous bonne garde. Je n'en ai pas fini avec lui. »

Voyant l'incendie commencer à dévorer les ponts du galion et comprenant qu'il fallait au plus vite éloigner le *Sans Dieu* avant que les flammes ne gagnent sa charpente et ses voiles, Morvan avait rapidement achevé de transborder tout ce qui méritait de l'être, y compris un jeune et tremblant charpentier de marine, trop heureux de se voir épargner une mort aussi atroce qu'annoncée. En dépit des dommages portés à son principal gréement, le brick réussit à mettre à la voile et lentement, prit son cap. Du gaillard d'arrière, les pirates du *Sans Dieu* virent les flammes embraser le vaisseau tout entier, et le restant des marins espagnols se jeter dans les flots, préférant la mort par les eaux à celle, plus impitoyable encore, du brasier. À peine le bord du brick regagné, Morvan s'enquit de l'état de l'Ombre, puisqu'au beau milieu de l'assaut, il avait vu qu'il avait méchante blessure reçu. Palsambleu lui apprit qu'on l'avait installé en sa cabine, non sans avoir lavé et pansé une bien vilaine plaie qui avait attaqué l'ossement et que depuis, il avait sombré dans l'inconscience. Dans l'attente de l'amélioration de son état, Morvan se retrouvait donc seul maître à bord et savait qu'il avait fort à faire.

Avec l'aide de Bois-sans-Soif et de Gant-de-Fer, il commença par effectuer le sinistre décompte de leurs morts et ils étaient nombreux. Fantôme-de-Nez, notamment, qui avait été décapité net par le boulet ramé, et dont le corps mutilé alla rejoindre le fond des eaux après bref mais digne hommage rendu à son courage. La chaîne de cette arme redoutable avait aussi atteint Tristan en pleine poitrine. Allongé sur le pont, le corps du coquelet était agité de faibles soubresauts et un inquiétant sifflement sortait de sa bouche.

Au moment où Morvan demandait aux deux autres s'il n'était pas préférable d'achever ses souffrances, une voix grave au fort accent ibère l'interpella :

« Il va probablement mourir, mais il y a peut-être une chance infime de le sauver, si vous me détachez. »

Morvan se retourna et découvrit un religieux d'imposante stature, qu'on avait pris soin de ligoter à nœuds serrés au pied du mât de misaine. Il s'approcha :

« Qui êtes-vous ? Un moine, un chirurgien ou un menteur ? »

« De toute évidence, je suis avant tout votre prisonnier. Mon nom est Anselme et je suis père jésuite. Il se trouve que je possède aussi des connaissances en matière médicinale et pourrai peut-être, sinon sauver votre matelot, du moins lui prodiguer des soins qui atténueront les souffrances de sa fin. »

D'une seule voix, Gant-de-Fer et Bois-sans-Soif se récrièrent :

« L'écoutez pas lieutenant, c'est un enragé de la pire espèce et pendant le combat, il a même tenté d'occire notre capitaine ! »

Étonné, Morvan le questionna :

« Ainsi en dépit de vos vœux sacerdotaux et du port de votre robe, vous étiez prêt à tuer un homme ? »

Le Padre rugit :

« Pour en sauver d'autres qui, à la suite d'une manœuvre relevant de la plus haute perfidie, se sont fait attaquer, oui, sans nul doute ! Maintenant, souhaitez-vous m'expédier sur-le-champ, m'entendre en confession ou me laisser tenter d'aider votre ami ? »

Après brève hésitation, Morvan extirpa sa dague et s'en vint couper les liens qui entravaient les mains et les pieds de cet étrange religieux. Son ton se fit cassant :

« Faites ce que vous croyez bon de faire, mais pas un seul instant, mes hommes ne vous quitteront des yeux. Et de la vie de notre jeune coq, vous me répondrez sur la vôtre. »

Anselme commença par ausculter la poitrine et les flancs de l'infortuné. Il comprit vite qu'un grand choc avait enfoncé plusieurs de ses côtes et que les brisures de celles-ci avaient sans doute perforé peu ou prou les poumons. En témoignait le léger filet de sang qui s'écoulait de la commissure de ses lèvres. Au cours de cet examen, le blessé poussa pitoyables cris et Gant-de-Fer se précipita sur le Padre avec, dans les yeux, des lueurs assassines. Le Padre l'arrêta d'une main levée.

« Tout doux mon ami. Ces gestes étaient fort nécessaires avant que d'agir. Avez-vous à bord du laudanum ? »

Gant-de-Fer savait que le rôle de cette rare et précieuse substance était d'épargner aux blessés bien des souffrances :

« Non point. Cela fait longtemps que nous avons épuisé toutes nos réserves. »

Extirpant d'un des recoins de sa robe un petit sachet de toile, Anselme répondit :

« Cela ne fait rien, j'ai sur moi ce qu'il faut, mais j'ai besoin d'une certaine quantité d'eau très chaude afin de faire infuser cette herbe. »

Devant le regard hostile du géant, il précisa d'un ton sec :

« Il s'agit là d'un sédatif qui va le plonger dans une profonde léthargie et pendant ce temps, au moins, il ne souffrira plus. Sur le plan chirurgical, je ne peux rien pour lui, à part bander son torse avec une toile serrée afin d'aider les côtes à se remettre en place. Il est jeune et si sa constitution est aussi robuste que je l'espère, avec l'aide du Seigneur Notre Dieu, il guérira. Sinon, de toute façon, je sais que vous me ferez passer de vie à trépas et point ne le redoute. »

Le *Sans Dieu* était en peine à la navigation.

Les dommages qu'il avait reçus lors de l'assaut du galion s'ajoutaient aux faiblesses de sa charpente, mise à mal par les tempêtes essuyées. Enfin pourvu d'un charpentier de marine dont il espérait beaucoup, Morvan avait mis le cap sur une petite île caraïbe qu'il connaissait bien, et dont la topographie permettait la mise en cale sèche du brick, dont les flancs, désormais, recelaient la quantité de bois nécessaire à ses plus urgentes réparations. Les hommes, il le savait, ne seraient point heureux de cet arrêt forcé, attendant depuis trop longtemps une escale de plaisirs dans un port où l'ordre ne régnait pas davantage que la justice s'exerçait. À cet égard, celui de New Providence offrait toutes les garanties d'un lieu de débauche idéal, pourvu qu'on n'y laissât point la vie dans une méchante rixe à la suite d'une partie de dés qui avait mal tourné, ou un affrontement à coupe réglée pour le gain des faveurs d'une belle ribaude par trop sollicitée. Il se dit qu'il aurait du mal à contenir leurs viriles ardeurs, mais attendait que le capitaine fût remis de sa blessure afin, selon les règles établies, de procéder à l'équitable partage du butin recueilli.

Par deux fois, il l'alla visiter en sa cabine. La première, il le trouva endormi et fut rasséréné par la quiétude de son sommeil.

Lors de sa deuxième visite, il fut frappé par une odeur nauséabonde qui choqua son odorat. Inquiet, ne sachant que faire, il s'en vint trouver Gant-de-Fer qui lui déclara tout net :

« La blessure a dû s'infecter et je crains fort que ceci ne ressemble à un début de gangrène. »

« Que faut-il faire ? »

Après légère hésitation, Gant-de-Fer confessa d'un ton rude :

« Demander au foutu jésuite de l'aller soigner. Je viens de voir le coquelet, il semble commencer à se remettre de sa blessure. »

Au début de la discussion, le Padre opposa un refus catégorique :

« J'ai vu ce que votre capitaine était capable de faire et sa cruauté est implacable. Le soigner équivaudrait à redonner des forces à un suppôt de Satan. »

L'espace d'un instant, Morvan se trouva désarçonné :

« Il n'a pas toujours été ainsi et vous ignorez tout des tourments par lesquels il est passé. »

Le Padre rétorqua :

« Quelles que furent les épreuves qu'il a eu à affronter, rien aux yeux de Dieu et des hommes ne justifie une telle absence d'humanité. »

Morvan le toisa :

« J'en appelle justement à la vôtre. Au regard de la vocation que vous avez épousée, quel plus beau défi que de dialoguer avec une âme que vous estimez égarée ? »

À la lueur des bougies qu'il avait disposées dans la cabine de celui dont il savait dorénavant qu'on le surnommait l'Ombre, Anselme procéda à minutieux examen. La blessure était purulente et fort malodorante, mais il ne s'agissait point encore de gangrène avérée, et les tissus n'avaient été que superficiellement atteints. Il commença par nettoyer la plaie avec soin. À l'aide d'une petite pince, il ôta aussi quelques bris d'ossements et des éclats de métal. Enfin, il apposa un cataplasme de différentes plantes savamment mêlées, dont il connaissait les vertus curatives. Ayant fait, il contrôla la fièvre qui était forte et prit un pouls qui, à l'inverse, lui sembla bien faible. Au cours de ces différentes opérations il entendit le blessé gémir et prononcer à plusieurs reprises un nom : « Jehan ».

Avant de quitter la cabine, le Padre ne put s'empêcher d'en inspecter le contenu. Posé sur un petit guéridon, un jeu d'échecs retint son attention. La partie était à moitié entamée et les pièces noires semblaient en position de l'emporter. En y regardant de plus près, Anselme découvrit une faille dans la stratégie d'attaque. Après quelques instants de réflexion, il s'empara du fou blanc et l'avança de huit cases. Parfaitement rangés dans les rayonnages de bois, le Padre fut surtout surpris de trouver quantité de livres, des ouvrages grecs et latins fort anciens pour la plupart. Il en feuilleta certains et découvrit que leur propriétaire, un dénommé Arzhur de Kerloguen, avait souligné des passages. Dans un opuscule de Sénèque, une phrase, surtout, le frappa :

« Tirons notre courage de notre désespoir même. »

La crique qui allait abriter le *Sans Dieu* enfin gagnée, les réparations purent commencer. Malgré sa jeunesse, José, le charpentier espagnol, se montra vite à son affaire. Dans un sabir approximatif, il avait même osé demander au lieutenant de l'aide supplémentaire. Celle-ci lui avait été promptement octroyée, en dépit de la défiance des matelots, fort peu enclins à obéir à l'ennemi, fût-il indispensable charpentier. Le bois avait été débarqué, découpé, scié, et les pièces parfaitement ajustées venaient remplacer une à une celles qui avaient été détériorées. Le brick avait été mis en cale sèche et ce temps fut aussi mis à profit pour gratter sa coque et la débarrasser des nombreuses algues et coquillages qui s'y étaient accumulés, ralentissant sa course et la précision de ses manœuvres. Torse nu sur la plage, les gabiers aussi s'affairaient, recousant les voiles déchirées, se servant des morceaux des unes pour rapiécer les autres. Afin de distraire et récompenser son équipage, chaque soir, sur la plage, Morvan faisait distribuer bonne et solide nourriture, grâce aux victuailles soustraites aux celliers du galion. Pour que la ripaille fût complète et le contentement des hommes satisfait, des tonneaux de vin de Rioja furent mis en perce. À tour de rôle, deux flibustiers devaient se tenir sobres et monter bonne garde, se croisant à pas lents du nord au sud de l'île.

Bien qu'encore très faible, allongé sur un lit improvisé de palmes, le coquelet prenait part aux agapes. Heureux de le voir encore de ce monde, les flibustiers se succédaient en riant pour le servir, le moquant sans cesse et l'intimant à reprendre forces. Au bout d'un moment, Tristan protestait qu'il ne saurait rien avaler de plus, mais partageait en toussant leur bonne humeur. Timbale en main, Bois-sans-Soif vint s'affaler à ses côtés :

« Profites-en mon p'tit gars, c'est pas tous les jours que nous te traiterons ainsi ! Quand les réparations seront achevées, nous escomptons fort que tu reprendras le chemin de ta goûteuse cuisine au lieu de te prélasser comme garce alanguie que nous ne pouvons même pas honorer. »

Pour souligner son propos, il lui envoya bonne et complice bourrade dans les côtes, arrachant un cri de douleur au coquelet.

« Oh, pardon, mon p'tit gars, j'avais oublié ta blessure ! »

Tristan reprit difficilement son souffle :

« Ça va, sauf que ça fait encore bien mal. Et notre capitaine, où est-il, car je ne l'ai point vu depuis plusieurs jours. »

D'un trait, Bois-sans-Soif vida sa timbale et la contempla comme s'il s'agissait du Saint Graal :

« Ces foutus bougres d'Espagnols ! Ils ne savent guère se battre, mais pour ce qui est du vin, crois-moi, ils savent y faire. Notre capitaine ? Eh ben, comme toi, il a mauvaise blessure reçue et il semble que tu aies l'honneur de partager avec lui le même chirurgien. Attends-moi, je vais chercher encore un peu de vin. »

Ayant cette fois abusé de l'alcool plus que de coutume, au bout de trois pas, Bois-sans-Soif s'écroula, face contre sable.

Peu de temps après l'intervention du Padre au chevet d'Arzhur, Morvan était venu s'enquérir de son état auprès du religieux, mais ne l'avait point trouvé.

Autant qu'il le pouvait, ce dernier désertait la compagnie de ces hommes rustres et violents et avait pris l'habitude d'arpenter la petite île, étudiant sa faune et sa flore dans l'espoir d'y découvrir nouvelle matière à remède, car ses réserves s'amenuisaient. Las, cet îlot perdu en mer n'offrait aucune des infinies richesses végétales que la forêt amazonienne abritait, et dont Ima lui avait révélé les beautés et les secrets. Son ami lui manquait et il regrettait amèrement de ne l'avoir point suivi dans les profondeurs de sa chère forêt. Découragé, il s'était assis sur un rocher, le regard tourné vers la mer. Il ne leva pas la tête quand le lieutenant se présenta devant lui.

« Eh bien mon père, j'ai mis du temps à vous localiser, car il semble que vous ayez grand désir à fuir notre détestable compagnie. Je n'en ai cure, car seul m'importe l'état de notre chef. Comment est-il ? Avez-vous pu lui porter secours ? Sa blessure risque-t-elle de lui être fatale ? Répondez-moi ! »

Anselme se leva et fit quelques pas vers le rivage, jusqu'à la bordure de l'eau. Au large, une nuée de frégates avait repéré un banc de poissons et plongeait à la verticale dans les flots. Elles en ressortaient le bec plein d'un animal frétillant qu'elles dévoraient vivants tout en regagnant le ciel. Le Padre se retourna vers le jeune lieutenant :

« Vous n'êtes que des écumeurs des mers qui dévastez tout sur votre passage, comme des hordes d'animaux qui n'obéissent qu'à leur seul instinct. Sauf qu'à l'inverse de ces créatures, vous êtes dotés d'une âme, d'une étincelle divine à laquelle pourtant, vous avez renoncé. Votre capitaine, le pire d'entre vous, va probablement guérir et accomplir à nouveau nombre d'atrocités. Et de cela, je me sens terriblement coupable. »

Arzhur émergeait lentement de la fièvre qui l'avait terrassé. Son épaule le faisait un peu moins souffrir et il décida de se lever. Il fut fort surpris de ne pas sentir sous ses pieds le mouvement de l'eau et se demanda si par malheur, le *Sans Dieu* ne s'était point échoué sur un banc de sable. Il ouvrit la porte de sa cabine, gagna le pont, et l'espace d'un instant, fut aveuglé par les ardeurs du soleil. À la place de l'horizon bleu qu'il pensait découvrir, il n'aperçut que la cime de cocotiers qui oscillaient au gré de la clémence d'un vent de sud. Ayant recouvré quelque esprit, il comprit que son navire avait été mis en cale sèche. Il gagna le bastingage et vit que sur la plage, l'ensemble de son équipage s'activait. Grattoir en mains, Face-Noire aperçut la haute silhouette de l'Ombre et le héla joyeusement :

« Hé capitaine, heureux de vous revoir sur vos deux pieds. Morbleu, ce n'est certes pas l'Espagnol qui aurait pu avoir raison de vous ! »

À ces mots, tous les hommes levèrent la tête et à grands cris, saluèrent leur chef. Ce entendant, Morvan courut à sa rencontre. Il voulut l'aider à regagner sa cabine, mais Arzhur ne l'entendait pas ainsi :

« Aide-moi plutôt à descendre sur la grève, j'ai besoin de voir où nous en sommes et me dégourdir les jambes. »

Non sans une certaine fierté, assortie d'un peu d'appréhension, Morvan lui montra l'avancée des travaux de rénovation. Enfin débarrassée des différents organismes qui l'avaient colonisée, la coque avait retrouvé la pureté de sa ligne et son étrave, semblait désireuse de fendre à nouveau les flots. Quant aux mâts et à leurs gréements, leur restauration avançait vite et bientôt, le *Sans Dieu*, sans risque aucun, pourrait reprendre la mer. Pendant tout le temps que dura l'inspection, Arzhur n'avait parole prononcé. Le lieutenant en conçut vive amertume et ne put s'empêcher de le questionner :

« Eh bien, n'êtes-vous point content ? Tout comme vous, votre brick commence à recouvrer force et santé, ce dont je me réjouis. À l'inverse, vous semblez contrarié. Puis-je en connaître la raison ? »

Arzhur se retourna :

« Combien de temps suis-je resté sans conscience et qui donc a soigné ma blessure ? »

Désarçonné par la rudesse du ton, Morvan répondit :

« Un certain père jésuite que vous avez voulu épargner. Dans un premier temps, il s'est empressé auprès de notre infortuné coquelet qui oscillait entre vie et trépas, et il semble qu'il lui ait sauvé la vie. Rassuré par ses talents de chirurgien, comme votre blessure prenait mauvaise tournure, je l'ai dépêché auprès de vous. Ai-je eu tort ? »

L'Ombre eut un ton coupant :

« Ainsi donc, il a pu pénétrer dans l'intimité de ma cabine. Étais-tu présent au moins, afin de surveiller ses manigances ? »

Morvan sentait sa gorge s'assécher :

« Non point, mais à tout moment, j'étais prêt à intervenir. »

La voix d'Arzhur s'éleva :

« Intervenir, hein ? Mais si ton maudit moine avait décidé de m'occire, il l'eût fait avant que tu ne puisses réagir ! Et moi qui croyais pouvoir te faire confiance. »

Morvan eut une réaction étonnante, il pleura.

Avant que la honte qui s'était emparée de tout son être ne lui fît tourner les talons, il entendit :

« Je retourne dans ma cabine. Envoie-moi ce suppôt de Dieu. »

Il trouva le Padre sur la plage et fut surpris de l'y voir en compagnie de Tristan, lequel, appuyé sur la large épaule du religieux, faisait ses premiers pas de convalescent. Chaque mouvement lui arrachait une grimace de douleur, mais les encouragements répétés de son sauveur exaltaient son courage :

« ¡ *Muy bien muchacho, muy bien !* Dans moins d'un mois, tu pourras courir sur cette grève. »

À ces mots, le coquelet arbora un sourire radieux. Sans qu'il ne sût pourquoi, cette complicité affichée fit mal à Morvan.

D'un ton bourru, il apostropha le jésuite :

« Padre, le capitaine requiert votre présence auprès de lui. »

Anselme fronça les sourcils qu'il avait fort fournis et broussailleux, lui conférant l'apparence d'une figure de l'Ancien Testament :

« Son désir attendra car ce garçon a autrement besoin de moi. »

« Vous ne m'avez pas bien ouï. En vérité, les désirs de notre chef s'entendent comme des ordres. Allez immédiatement, moi je vais reconduire notre jeune malade jusqu'à sa couche de palmes. »

Avec une douceur extrême, qui contrastait fort avec la noirceur de sa prunelle, Anselme dégagea le bras de Tristan de son épaule. Il lui murmura quelques mots à l'oreille et s'en fut vers le *Sans Dieu*.

Parvenu devant la cabine de l'Ombre, le Padre hésita, puis frappa trois coups appuyés. N'obtenant nulle réponse, il tambourina. La porte s'ouvrit à la volée, et, pour la deuxième fois de leur vie, les deux hommes se retrouvèrent face à face.

Non sans certaine insolence, Anselme déclara :

« Vous m'avez fait mander, capitaine ? »

Arzhur considéra le religieux :

« Non point. J'ai ordonné votre présence monsieur, monsieur ? »

« Je suis le père Anselme, mais étant sujet du Roy d'Espagne, vous pouvez m'appeler Padre. »

Le regard de l'Ombre se fit implacable :

« De père, je ne connais que celui qui m'a donné la vie et il n'est plus. Pour moi, vous n'êtes qu'un homme comme les autres, plus dangereux peut-être que ceux que j'ai coutume de côtoyer, à cause du dogme frelaté de votre pensée et de tous ceux de votre espèce. »

Cette phrase frappa Anselme comme un soufflet et il dut faire un immense effort pour conserver quelque empire sur lui-même.

« Puisque vous avez ordonné ma présence, me laisserez-vous entrer ? »

Singeant les gestes d'un courtisan, l'Ombre l'invita à le suivre et, lui désignant un tabouret, le pria de s'asseoir avant d'en faire autant. Un long silence s'installa.

Anselme contemplait la figure de celui qui lui faisait face.

Un regard d'un bleu intense qui rappelait les sombres nuances de l'ardoise, et qu'encadraient des rides aussi profondes que des sillons après le passage du soc d'une charrue. Une bouche aux lèvres sensuelles, mais dont les commissures affaissées trahissaient l'absence de mansuétude et de propension à la pitié.

« Monsieur l'Ibère, vous m'étonnez fort. D'abord, vous m'avez voulu occire, puis, à ce qu'on m'a dit, vous m'avez prodigué grands soins. Convenez-en, vos actions sont difficiles à suivre pour un rustre tel que moi. »

Anselme ne s'était guère attendu à pareille entrée en matière.

Sans répondre, il se leva et s'approcha des livres qui garnissaient les rayonnages de la cabine. À haute voix, il lut le nom des différents auteurs dont les ouvrages se côtoyaient :

« Héraclite, Sénèque, Thucydide, Platon, Cicéron… Pour un rustre, vous me semblez bien entouré des paroles de ces auteurs illustres. »

Arzhur ricana :

« Nul doute, vous êtes bien un jésuite. Je n'ai que faire de vos commentaires, j'attends seulement une réponse : pourquoi diable m'avoir soigné ? »

Reposant le livre qu'il tenait en mains, le Padre se retourna :

« Parce que votre lieutenant ne m'a laissé aucun choix. Pour ma part, j'aurais volontiers laissé la gangrène prendre ses quartiers délétères et vous ronger le corps tout comme la haine semble vous dévorer le cœur ! »

L'Ombre éclata de rire. Cette hilarité surprit davantage le Padre que si cet homme, cruel et arrogant, se saisissant d'une épée, eût voulu le pourfendre sur-le-champ.

À l'instar d'une averse tropicale, le rire cessa d'un coup :

« Je vais nuancer mon propos de tout à l'heure. Vous n'êtes pas un jésuite. Vous n'en avez finalement ni les façons hypocrites, ni les manières policées et je me demande qui vous êtes en réalité. »

Se levant, il alla se servir un verre de guildive sans en proposer à son hôte.

« Vous m'intriguez, monsieur l'Ibère et à ce titre, je consens à vous conserver la vie quelque temps encore, jusqu'à ce que je ne change d'avis. Allez maintenant, et laissez-moi seul. »

Au moment où Anselme allait sortir, d'une voix de stentor l'Ombre l'interpella :

« Est-ce vous qui avez eu l'outrecuidance de déplacer une pièce de mon jeu d'échecs ? »

Le Padre se retourna et répondit :

« Oui, je le confesse, c'est moi. »

Un fin sourire orna la face burinée du capitaine :

« Un fort joli coup. Mais, croyez-m'en, la partie est loin d'être jouée. »

Sous l'habile et autoritaire houlette de José, le charpentier de marine, les travaux de restauration avançaient vite, nonobstant d'inévitables heurts. La majorité des matelots du *Sans Dieu* vivait mal sa subordination à l'égard d'un ennemi vaincu, fût-il compétent artisan. Morvan avait dû intervenir à maintes reprises, afin d'éviter que les hommes n'en vinssent aux mains quand l'Espagnol dictait ses ordres d'une voix trop rude. En outre, les précieuses réserves de vivres et de vin subtilisées aux cales de l'*Urca de Sevilla* commençaient de s'épuiser. Le jour où elles le seraient tout à fait, le lieutenant savait d'avance qu'il ne pourra plus contenir la colère et la frustration des flibustiers. L'attitude d'Arzhur l'inquiétait. Ce dernier ne quittait plus sa cabine, bien que sa blessure fût presque guérie. Le lieutenant méditait ces sombres pensées quand Bois-sans-Soif vint le trouver. Il était de ceux qui avaient le plus contribué à la rénovation du brick, ayant compris que plus les travaux avançaient avec célérité, plus vite l'équipage quitterait cet endroit désolé, sans tonneaux à mettre en perce ou bonnes garces à culbuter. Son torse nu porté au rouge et affecté de vilaines brûlures témoignait des efforts accomplis sous les ardeurs d'un soleil implacable. Il jeta son marteau sur le sable aux pieds de Morvan, à la manière d'un guerrier vaincu qui rend les armes. Le lieutenant releva la tête et mit sa main en visière afin de mieux jauger la face de son interlocuteur :

« Qu'y a-t-il, Bois-sans-Soif ? »

L'intéressé cracha, mais nul jet de salive ne sortit de sa bouche asséchée.

« Y a, y a qu'il n'y a plus goutte à boire sur ce foutu rocher, à part cette infâme laitance qui se trouve à l'intérieur de ce damné fruit de bois ! »

D'un air dégoûté, il désigna une noix de coco tombée au pied d'un arbre avant de reprendre sa complainte :

« Y a que moi et les autres frères de la côte, on s'est bigrement bien battus et que le capitaine, il nous avait promis qu'on ferait relâche dans un vrai port et qu'avant, on toucherait notre part du butin du galion. Et le capitaine, ben, il a disparu comme ombre au soleil, et qu'on se demande tous s'il est encore notre chef. »

Morvan se redressa tout à fait :

« Oh là, oh là, Bois-sans-Soif ! Je constate que ta langue assoiffée est toujours aussi bien pendue, et que le soleil t'a autant chauffé l'esprit qu'il t'a tanné la couenne. Alors, laisse-moi te dire une bonne chose. Pendant que notre capitaine se remettait de sa blessure à l'épaule, il m'a confié le soin de la restauration du *Sans Dieu*. C'est mon rôle, et je m'en suis acquitté, tout comme toi, tout comme vous tous. Cette escale dont si fort vous rêvez, nous allons la faire. Et avant que nous ne reprenions la mer, chacun touchera la part, qui de droit, lui revient. Puisque tu t'es fait le porte-parole des gars, va donc toi-même le leur annoncer, à moins que tu n'aies encore des choses à ajouter ? »

D'un geste las, le flibustier ramassa son outil et répondit : « J'ai soif ! » avant de retourner vers la coque du *Sans Dieu.*

Ayant considéré ce qu'il venait d'entendre, Morvan décida de se rendre au plus vite auprès d'Arzhur pour lui rendre compte de la situation. Certes, il ne s'agissait point encore de mutinerie, mais, il le sentait, les esprits s'échauffaient et le feu pouvait prendre à tout instant comme mèche reliée à baril de poudre. Il fallait agir promptement. Chemin faisant, il entendit soudain grands cris et imagina nouvelle et rude empoignade entre les membres de l'équipage. À quelques pieds du chantier, un matelot se roulait dans le sable en poussant des hurlements effrayants. Faisant cercle autour de lui, une dizaine d'hommes assistaient, pétrifiés, à cet étonnant spectacle. Certains se signaient, déclarant à voix basse qu'il s'agissait d'un cas de possession. D'autres évoquaient les redoutables fièvres qui se pouvaient attraper en ces contrées maudites. Les bousculant sans ménagement, le lieutenant s'empressa auprès du malheureux. Ses yeux étaient exorbités et une bave blanche et mousseuse lui coulait de la bouche. Avant qu'il n'ait eu le temps d'esquisser le moindre geste, le Padre surgit comme un diable et, s'étant agenouillé, prit le visage de l'infortuné entre ses mains.

D'une voix tonnante, il cria :

« Il est atteint du haut mal ! Vite, trouvez-moi un petit morceau de bois afin qu'il n'avale point sa langue ! »

Comme tous demeuraient stupides, il hurla :

« Un morceau de bois tout de suite ! »

À ses pieds, Morvan trouva une mince branche de palme qu'il rompit afin de lui donner la taille idoine et la tendit au Padre.

Celui-ci eut toutes les peines du monde à la placer entre les lèvres du forcené, tant ce dernier se tordait comme un serpent enragé. S'installant à califourchon sur lui, il empoigna ses épaules et maintint solidement son torse immobile, tandis que ses jambes s'agitaient encore en tous sens. Au bout de quelques instants, il se calma tout à fait, au point que certains le crurent trépassé pour de bon. Anselme colla son oreille contre sa bouche et perçut un faible souffle. Il se redressa :

« Il semble que la crise soit passée. Qui est cet infortuné ? Est-il souvent sujet aux manifestations de cette maladie ? »

En se penchant sur le visage dont les traits, curieusement, offraient maintenant toute l'apparence de l'apaisement, Morvan reconnut « Cul-de-Plomb », ainsi nommé car son surpoids entravait fort la marche de ses mouvements. Se redressant, il leva les bras vers le Padre en signe d'impuissance :

« Je l'ignore. Cette fièvre se soigne-t-elle ? »

Anselme se releva en soupirant :

« Il ne s'agit point de fièvre. Le haut mal est en lui et peut se déclarer à tout moment. Je ne peux rien, à part lui donner une décoction que je vais préparer et qui le fera dormir un jour entier. »

Sur ces mots, Anselme s'en fut. Morvan ignorait tout du haut mal dont le nom, à lui seul, provoquait l'effroi. Il entendit les hommes parler de malédiction et d'une présence diabolique qui hantait ces lieux qu'il fallait décidément fuir au plus vite. Le lieutenant se précipita vers le *Sans Dieu*.

Après avoir frappé et reçu l'ordre d'entrer, il trouva son capitaine assis face à son jeu d'échecs, en proie à une intense concentration.

« Ce bougre de jésuite, on peut dire qu'il a réussi là un coup démoniaque, mais je n'ai pas dit mon dernier mot. »

Morvan n'en revenait pas. Ignorant tout de l'art subtil du Jeu des Rois et Roi des Jeux, il n'avait jamais pu partager cette passion avec Arzhur et savait qu'il avait pris coutume de jouer seul contre lui-même. Il s'étonna donc qu'il eût autorisé le Padre à l'affronter. Il regarda le plateau, les pièces de bois, et une fois de plus, ne comprit goutte aux règles en vigueur et à l'intérêt qu'elles offraient.

Il se racla la gorge :

« Capitaine ? »

Comme arraché à un songe lointain, Arzhur sursauta :

« Qu'y a-t-il ? »

Avec minutie, Morvan lui narra la teneur de son échange avec Bois-sans-Soif, puis acheva son récit par l'incident du haut mal qui avait tant frappé les esprits. L'Ombre l'avait ouï avec la plus grande attention, mais ne parut en rien surpris par ce qu'il apprenait. Il alla prendre deux timbales, les remplit à ras bord de rhum brun et en tendit une à son second.

« Ne sois point tant la proie de l'inquiétude, Morvan. Je connais nos forbans et leurs damnées superstitions. Demain soir, nous allons leur organiser fière ripaille. Je leur tiendrai alors discours que j'agrémenterai de guildive, car, toi-même l'ignores, mais j'en possède importante et secrète réserve. Ce matin, dès l'aube, je suis allé inspecter les travaux du *Sans Dieu*. Ils sont suffisamment avancés pour que nous puissions reprendre la mer sans dommages risquer. J'ai constaté que tu n'avais point oublié de faire rétablir les bossoirs d'ancre et cela est bien car j'aurai bientôt besoin de notre chaloupe. Tu as fait du bon travail et ton charpentier espagnol aussi. J'ai calculé la direction des vents, repéré les courants et la position du soleil. Nous mettrons à la voile dans deux jours pour l'île de New Providence. »

Obéissant sans délai aux ordres de son capitaine, pendant la soirée et tout le jour qui suivit, Morvan s'occupa des préparatifs du festoiement. Aidé des conseils de Tristan et de la diligence de trois autres flibustiers, il fit pêcher crabes et poissons, cueillir nombre de fruits et couper en tranches fines les ultimes réserves de viande salée. Certes, la ribote resterait frugale, mais le lieutenant comptait fort sur l'alcool qui serait servi en quantité au gosier des hommes. Il fit également préparer de grands feux sur la plage et s'en vint trouver Gant-de-Fer et Foutriquet. Ce dernier devait son sobriquet à sa taille, laquelle n'excédait pas celle d'un garçon de douze ans, mais il avait au combat la vivacité d'un furet.

Les deux possédaient un petit talent musical, l'un à la bombarde et l'autre au flûtiau, et leurs airs entraînants, Morvan l'escomptait, contribueraient fort à la réussite de la fête. Celle-ci débuta dès que le soleil plongea dans la mer. Les feux s'allumèrent et au même moment, la musique retentit. Morvan avait fait mettre en perce plusieurs tonnelets de rhum et, déjà égayés, les pirates se servaient sans restrictions.

Au son des instruments, certains commencèrent les danses bretonnes traditionnelles et rires et plaisanteries grasses allaient bon train. Sur les feux, les poissons grillaient et les crabes rougissaient.

Les hommes s'en emparaient et brisaient leurs carapaces à l'aide de noix de coco, avant que d'en manger la chair. Ils en regrettaient le manque d'abondance, habitués à celle bien pleine des dormeurs de la mer d'Iroise. Resté sobre pour l'occasion, Morvan avait l'œil à tout.

Assis sous un groupe de palmiers, le Padre, le charpentier et Tristan mangeaient, buvaient et devisaient en espagnol, car, en quelques semaines seulement, ce dernier, possédant bonne oreille, en avait acquis sinon les finesses, du moins les rudiments.

Soudain la cloche fixée sur le tillac du brick tinta et tous les regards se portèrent vers la charpente du *Sans Dieu*.

Chaussé de hautes bottes, vêtu d'une ample culotte noire surmontée d'une chemise blanche de batiste à larges manches, l'Ombre fit son apparition. À pas comptés, il avança et s'arrêta au beau milieu de l'assistance devenue muette. D'une voix forte et posée, il tint discours :

« Frères de la côte, je suis heureux de pouvoir assister à vos réjouissances ! Certes, j'aurais aimé vous faire préparer nombre de rôts, pâtés et autres cochonnailles, mais il a fallu faire avec les moyens du bord. L'essentiel étant d'avoir goûteuse guildive à se mettre au fond du gosier et ce n'est pas Boissans-Soif qui me contredira. »

De gros rires accueillirent cette dernière phrase, mais méfiants, les gars attendaient la suite.

« Grâce à vos efforts à tous, notre fier navire va pouvoir la mer reprendre et gagner l'escale que je vous ai promise. Nous y ferons relâche une semaine entière et vous pourrez vous livrer à la plus méritée des débauches et culbuter toutes les garces que vous convoitez à condition, bien sûr, qu'elles veuillent de vous. »

La voix de Palsambleu s'éleva :

« Oui-da, elles voudront des pauvres gueux crasseux que nous sommes, à condition que nous puissions payer l'ouverture de leurs cuisses ! »

Il s'approcha.

« Tripe Dieu capitaine, voici trop longtemps que nous attendons la part du butin qui nous revient. Et ce soir, cornecul, moi ainsi que tous les autres, aimerions voir la couleur de notre or et tâter de près sa bonne nature. »

La noirceur de cette nuit sans lune empêcha quiconque de voir à quel point le visage de l'Ombre avait viré à l'incarnat.

« Que veux-tu dire exactement, Palsambleu ? Oserais-tu par hasard insinuer qu'usant de feintise, j'aurais à mon seul avantage conservé les richesses gagnées par tous ? »

Involontairement, l'intéressé avait reculé d'un pas, tandis que, se tenant à l'écart du groupe, Morvan posait la main sur son épée.

D'une voix moins assurée, le pirate répondit :

« Non point capitaine, mais l'usage veut que dès qu'il y a richesses gagnées, le partage s'opère. C'est la règle. »

Faisant écho à ce qu'il venait de dire, plusieurs flibustiers s'écrièrent en levant leur timbale :

« Oui, Ma Doué, il a raison, c'est la règle ! »

La voix d'Arzhur tonna :

« La règle veut aussi que tous soient présents au moment du partage, et le capitaine qui a droit à la meilleure part au premier chef ! »

Il se retourna et fit un bref signe de tête. Quatre matelots s'avancèrent, portant avec difficulté deux gros coffres qu'ils posèrent lourdement sur le sable.

Dégainant son sabre, l'Ombre en glissa la lame dans l'interstice du premier et d'un coup, ouvrit le couvercle.

« Le voici votre or ! Et il y a aussi des perles, des émeraudes et nombre de pièces d'argent. Sans moi, jamais vous n'auriez pu faire main basse sur ces richesses. Alors n'oubliez pas qui est votre chef et ne vous en défiez plus ! »

Anselme observait tour à tour les hommes qui point n'osaient bouger. Après un pesant silence, Palsambleu déclara :

« Peste et disette, ce foutu partage peut bien attendre ! Pour le moment, buvons, chantons et réjouissons-nous de cette belle victoire et de votre rétablissement. »

Il leva haut sa timbale :

« À la santé de notre redoutable et redouté chef, *Yec'hed mat !* »

Avec un bel ensemble, tous reprirent :

« *Yec'hed mat !* »

Le surlendemain le *Sans Dieu* reprit la mer.

Profitant des vents favorables, Arzhur avait fait envoyer toute la voile, et le brick cinglait à belle allure vers l'île de New Providence. À bord, l'humeur des flibustiers était au beau fixe et beaucoup chantaient en exécutant les manœuvres. L'octroi de leur part du butin n'y était pas étranger car, pour la première fois de leur vie, elle surpassait de beaucoup les sommes jusque-là reçues. Tous se promettaient d'en faire large et jouissif usage, dès la terre ferme retrouvée. Se croisant sur le tillac ou au pied des mâts, s'interpellant d'une vergue à l'autre, les hommes échangeaient de lourdes plaisanteries qui leur arrachaient des rires tonitruants :

« Oh là Gant-de-Fer, sauras-tu encore te servir de ton boute-joie afin d'en régaler les drôlesses et émouvoir leur tréfonds ? »

L'intéressé répondait aussitôt :

« Et toi, Foutriquet, si ton appendice est proportionnel à ta taille, je gage que tu ne leur feras point grand effet et qu'elles s'en viendront me trouver afin que je les satisfasse à ta place ! »

Morvan n'était pas auprès d'eux.

Épuisé par les récents événements et tous les efforts qu'il avait déployés pour maîtriser une situation qui eût pu si mal tourner, il dormait d'un sommeil sans rêves à l'ombre de sa cabine.

Seul sur la hune, lunette en mains, Arzhur vérifiait la route qu'il avait dictée au pilote, tout en gardant un œil acéré sur ses matelots. Il notait avec précision ses observations sur une carte quand Anselme s'en vint le rejoindre.

« Capitaine, l'on m'a dit que vous aviez ordonné ma présence à vos côtés ? »

Après avoir noté un dernier point, Arzhur releva la tête et sourit au Padre :

« *Ordonné ?* Non point, monsieur l'Ibère, je vous ai simplement fait *mander*. »

Se rappelant mot pour mot leur premier échange, le Padre décida de ne pas répondre à cette nouvelle provocation, mais ne put empêcher de mettre un brin d'insolence dans sa réponse :

« Eh bien je suis là. Que puis-je faire pour votre service ? »

D'un geste preste, Arzhur referma sa lunette et la glissa dans sa chemise.

« Sauver votre roy, monsieur l'Ibère, car ma tour, je le crains, l'a placé en mauvaise posture. »

Au cours des jours qui suivirent, le *Sans Dieu* restauré ne connut aucun problème de navigation et filait bon train vers le cap fixé.

À bord, la bonne humeur perdurait grâce, notamment, à la cuisine de Tristan. Celui-ci s'était presque entièrement remis de sa blessure, bien qu'il conservât le souffle court quand il demandait trop d'efforts à son corps convalescent. Ces imprudences lui valaient de rugueuses admonestations du Padre. Chaque soir, ce dernier et Arzhur se livraient à une nouvelle partie d'échecs qui voyait tour à tour la victoire de l'un ou de l'autre. Dévoré par une coupable passion pour ce jeu, mais révulsé par la violence de l'Ombre, Anselme avait beaucoup hésité avant que d'accepter ces affrontements quotidiens. Il avait finalement arrêté qu'il y avait là occasion unique de se trouver seul face à cet être noir, dont il ne désespérait point de pénétrer les sombres secrets de l'âme et tenter d'y faire entrer la lumière de Dieu. Jamais jusqu'à ce jour, le jésuite n'avait été confronté à un tel défi. Un soir, en fin de partie, alors qu'il avait placé sa reine en position d'attaque, menaçant le fou adverse qui seul défendait son roy, il décida de passer à l'offensive :

« Capitaine, je suis conscient, et vous me l'avez dit à maintes reprises, d'être pour vous réel sujet d'étonnement. Vous-même constituez inépuisable objet de questionnements pour l'esprit curieux du religieux que je suis. »

Sans relever la tête de l'échiquier, Arzhur répondit :

« Et quelle est la nature de vos interrogations ? »

Anselme savait qu'il s'avançait en terrain délicat.

« Cela fait maintenant des semaines que je vous observe. Je vous ai vu faire montre de grand courage, mais aussi de la plus implacable cruauté, laquelle, pour moi, s'apparente à une forme de lâcheté. »

Quand il eut prononcé ces mots, Anselme s'était attendu à ce que l'Ombre lui sautât à la gorge afin de la lui faire rendre et tout son corps s'était tendu. Son adversaire se contenta de roquer, avant de dire d'un ton calme :

« Poursuivez donc votre propos, monsieur l'Ibère, il me semble que vous avez encore beaucoup à dire. »

Désarçonné par cette réaction, Anselme ne put s'empêcher d'élever la voix :

« Pourquoi, par exemple, avoir commis l'horreur de trancher les oreilles du capitaine de la Vega et l'achever de si atroce façon, alors que vous l'eussiez pu faire tenir comme prisonnier ? Ce fut acte de pure barbarie, et point n'aviez-vous besoin d'y recourir pour asseoir et votre victoire et votre autorité ! »

Relevant très lentement la tête, Arzhur plongea son regard dans les yeux exaltés du jésuite :

« Ceci est vrai. Mais à mon tour de vous poser une question : à l'instant même où j'accomplissais cet acte, qu'a donc fait votre maître ? »

Sur le moment, Anselme se méprit sur le sens que l'Ombre donnait à ce titre et crut que ce dernier faisait allusion à son souverain, le Roy d'Espagne. Il n'eut pas le temps de s'interroger plus avant. Se redressant soudain, son adversaire envoya voler l'échiquier à travers la pièce et se mit à hurler :

« Votre Dieu, mille diables ! Un Dieu d'amour et de bonté qui ne saurait tolérer de tels actes, mais les laisse s'accomplir sans jamais empêcher ou punir celui qui les exécute. Ce même Dieu qui a sacrifié Son Fils en vain, puisque rien n'a changé sur cette terre maudite : ni les massacres, les guerres, les famines, et encore moins, le plus abominable de tout, la mort d'un enfant ! Alors, je ne vois que deux explications à cette engeance : soit votre Dieu est aussi cruel que les hommes qu'Il a créés. Soit, Il n'existe pas. Maintenant, sortez monsieur l'Ibère, je vous abandonne à vos vaines prières et vos stériles méditations. »

Installés à la poupe du *Sans Dieu*, Tristan et Cul-de-Plomb avaient appâté plusieurs lignes, dont certaines avaient bien mordu. En témoignaient, frétillant dans les seaux emplis d'eau de mer, des poissons aux motifs géométriques et aux couleurs bigarrées dont ils ignoraient les noms, mais dont Tristan savait à présent accommoder la chair. Depuis le terrible accès de la mystérieuse maladie qui, parfois, le terrassait, Cul-de-Plomb avait été victime de la défiance, voire l'hostilité des autres matelots. Beaucoup l'évitaient, refusant même de partager avec lui les tâches assignées. Il en avait été fort contristé et était d'autant plus sensible à l'amitié témoignée par Tristan et sa demande d'assistance pour sa pêche et sa cuisine. Celui-ci était en train de lui exposer l'idée d'une nouvelle recette :

« Le Padre, qui a séjourné dans le sud des Amériques, m'a enseigné que des tribus indigènes mangeaient le poisson sans le faire cuire, mais en l'ayant d'abord fait mariner dans le jus des limes et recouvert de certaines herbes. Si d'aventure, nous trouvons ces ingrédients, j'essaierai volontiers cette préparation. »

Cul-de-Plomb en cracha de dégoût :

« Pouah, le coquelet ! Nous faire avaler du poisson cru ? Veux-tu donc te faire fouetter et pendre à la plus haute vergue du mât de misaine ? Mais silence ! Écoute… »

Tristan eut beau tendre l'oreille, il ne distingua aucun son inhabituel.

« Eh bien quoi ? »

« Le piaillement des oiseaux, Ma Doué ! Regarde le ciel, il en est plein. Cela veut dire que l'île est toute proche ! »

Au même instant, un cri retentit de la vigie :

« Terre en vue, terre en vue ! »

De toutes parts du brick, des hurlements de joie saluèrent la nouvelle. Les hommes dansaient, riaient, s'embrassaient et juraient comme jamais. Campés sur la dunette, indifférents à la liesse générale, Arzhur et Morvan étaient au cœur d'une discussion :

« Ainsi capitaine, vous n'avez point changé d'avis ? »

« Certes pas Morvan. Je n'ai nulle envie de me livrer à la débauche, qu'elle soit de table ou de lit. En outre, j'ai un petit compte à régler avec le jésuite, et pour cela, j'ai besoin d'être seul avec lui en un endroit secret. »

Levant la tête vers les mâtures, il ordonna aux gabiers :

« Mettez en panne ! »

Un instant surpris par cette manœuvre qu'ils estimaient prématurée, ceux-ci s'exécutèrent néanmoins et affalèrent les voiles.

Arzhur reprit :

« Tu vas faire mettre la chaloupe à la mer et y placer les provisions nécessaires pour quelques jours.

Pendant mon absence, je te laisse toute autorité pour diriger l'équipage et suis conscient que ce ne sera pas tâche toujours aisée. Dans un premier temps, il faudra laisser nos chers forbans céder à leurs débordements, mais après, il faudra les savoir contenir, même si pour ce faire, tu dois recourir à la force. J'exige aussi que le charpentier espagnol ne quitte le bord, et demeure sous l'étroite surveillance des matelots de quart qui se relaieront pour garder le *Sans Dieu*. Tu te feras seconder par Face-Noire qui possède ma confiance et la tienne. À la prochaine lune, nous nous retrouverons à ce point. »

Morvan saisit le morceau de papier tendu, le regarda et le dissimula dans un pan de sa chemise.

« Capitaine, j'ignore tout de vos desseins, mais en redoute la nature. Vous serez seul, loin de vos hommes et les eaux dans lesquelles vous allez naviguer recèlent bien des dangers. »

L'Ombre partit d'un grand rire :

« Que me contes-tu donc là ? Je serai accompagné d'un véritable envoyé de Dieu. De quelle meilleure protection pourrais-je jouir ? »

L'appareillage de la chaloupe prit moins d'une heure.

Avant de quitter son navire, l'Ombre avait dicté à l'ensemble de l'équipage les ordres qu'il venait de transmettre à son lieutenant, et leur avait intimé de lui obéir en tous points, sous peine de lourdes représailles.

Immobile comme une figure de proue, le Padre était déjà installé à l'avant de la chaloupe quand Arzhur hissa les deux modestes voiles de l'embarcation. Tenant d'une main ferme le gouvernail, il mit le cap sur une destination mystérieuse.

Anselme connaissait les manifestations du danger.

Au cours de sa vie tumultueuse, il avait appris à en ressentir les prémices : un raidissement de son échine et des picotements au bout des doigts. Ainsi alerté, son esprit lui dictait la conduite à adopter, pour sa survie propre ou celle de ceux qu'il tentait de protéger. Pour la première fois de son existence, à bord de cet esquif, il se sentait privé de toute liberté d'action, livré à la merci d'un pirate lourdement armé, dont il estimait l'esprit définitivement égaré.

Il se retourna et considéra la roide silhouette qui tenait la barre, et dont le visage embrassait le large.

Il se surprit à penser qu'il y avait de l'Ulysse en cet homme-là.

Mais quelle sorte d'Ithaque songeait-il à fuir ou à retrouver et quel genre de Pénélope espérait encore son retour ou y avait déjà renoncé ? Le Padre était la proie d'interrogations sans fin, au premier rang desquelles, sa mort inéluctable. Il se demandait pourquoi l'Ombre ne l'avait déjà expédié *ad patres* et quel sort ultime il lui réservait. Leur navigation ne dura qu'une journée. Au moment où un soleil énorme embrasait le ciel et la mer, les contours d'une petite île escarpée se dessinèrent à contre-jour. Elle était bordée par une plage de sable gris à l'extrémité de laquelle Arzhur laissa doucement la chaloupe s'échouer. Ayant affalé les voiles dont il roula et attacha la toile autour des mâts, il saisit les deux sacs qu'il avait embarqués et en lança un dans les bras du Padre.

« Si vous voulez souper ce soir, il va falloir m'aider. Suivez-moi. »

Depuis leur départ, c'était la première parole prononcée.

Après s'être frayés un chemin à travers une végétation d'une étonnante densité, ils gagnèrent un promontoire dont l'Ombre décida qu'il ferait un campement idoine pour la nuit.

Au moyen d'herbes sèches, il fit un feu et d'un geste, invita le Padre à s'asseoir à ses côtés. De son sac, il extirpa une bouteille de rioja, en remplit deux timbales et en tendit une au jésuite.

« Il s'agit de l'ultime flacon arraché aux tripes de l'*Urca de Sevilla*. Je le conservais précieusement, pieusement même devrais-je dire, pour une occasion spéciale et c'est aujourd'hui le cas. »

Anselme avait grande envie de refuser le verre tendu.

Non seulement, il abhorrait celui qui le lui propo-sait, mais en outre, cette mascarade lui rappelait le cordial rituel offert aux condamnés à mort. Il l'accepta finalement et le vida d'un trait avant d'éclater :

« Pourquoi m'avoir amené en ce lieu ? Quel plan infernal votre esprit pervers a-t-il nouvellement conçu ? Pourquoi ne pas en finir tout de suite et m'occire sur-le-champ ? »

Soudain, il ressentit une violente douleur au bras gauche et eut l'impression qu'une masse d'armes s'était abattue sur sa poitrine. Il s'effondra. Quand il reprit ses esprits, il découvrit le regard de l'Ombre posé sur lui. Un regard fixe qui n'était ni hostile, ni bienveillant.

Avec peine, tant il se sentait en faiblesse, Anselme se redressa.

« Que m'est-il arrivé ? »

Arzhur fourragea dans les braises pour relancer le feu qui s'étiolait.

« Votre cœur aura connu quelque méchant embal-lement. Avant que de vous pâmer, vous avez porté la main à votre poitrine et il semblait que vous pâtissiez beaucoup. Puis vous n'avez plus bougé et je vous ai bel et bien cru mort. Une fois dans ma vie, j'ai assisté à pareille crise. Un rebouteux était présent et a vigoureusement appliqué ses mains à plusieurs reprises sur le torse de l'infortuné. Celui-ci a souffle retrouvé, alors, j'ai eu l'idée de vous appliquer le même traitement. »

Avant de sombrer dans un lourd sommeil, le Padre pensa que l'Ombre lui avait sans doute sauvé la vie. Quand il s'éveilla à l'aube, il se sentit encore bien faible, mais l'atroce douleur qui tant lui avait comprimé le cœur avait disparu. Arzhur lui tendit une timbale d'eau et un reste de viande séchée.

« Monsieur l'Ibère, il semble que votre chemin de croix n'ait point pris fin cette nuit. Restaurez-vous avant que de me suivre, car j'ai quelque chose à vous montrer. »

À la vérité, Anselme était autant tenaillé par la curiosité que par la faim qui le taraudait. Il dévora la nourriture proposée tout en regrettant son manque d'abondance. D'un seul coup, le ciel s'assombrit et le Padre crut à l'imminence d'un orage tropical.

Mais à la place du grondement du tonnerre, il entendit des cris d'oiseaux dont l'inquiétante stridence laissait planer une pesante menace. Il se tourna vers Arzhur :

« Qu'est-ce donc ? Que diantre se passe-t-il sur cette île ? »

« Une chose à laquelle je souhaite que vous assistiez. Une cérémonie qui ne va plus tarder. Levez-vous et grimpez avec moi tout en haut de ce rocher. Je vais vous y aider. De là, vous verrez tout. »

Ils s'assirent tous deux sur une roche proéminente qui dominait la plage. Exécutant de grands cercles concentriques, des centaines de rapaces dont les cris formaient un effrayant concert, planaient au-dessus de la surface du sable. Celle-ci sembla soudain s'animer comme si la plage elle-même prenait vie. De toutes parts, des bébés tortues crevaient la surface de leur nid minéral, s'en extirpaient et, dans un immense et maladroit mouvement, couraient vers la mer.

À cet instant précis, les oiseaux fondirent sur ces jeunes proies.

Ils piquaient et repiquaient sans relâche, retournaient de leur bec les animaux sur le dos afin de se repaître de leurs fraîches entrailles. Seul un nombre infime de ces petites créatures réussit à gagner des flots faussement salvateurs, où les attendaient d'autres prédateurs. Le carnage dura tant qu'il resta un seul animal vivant, puis, tout cessa. Le ciel absorba cette nuée infernale qui disparut comme si elle n'eût jamais existé. Le silence et le soleil régnèrent à nouveau. Après de longues minutes, où, prostré, le Padre se tenait coi, Arzhur rompit le silence.

« Le voici donc dans Ses œuvres, votre Dieu de bonté. Sa création même est empreinte de sauvagerie et de cruauté. À peine nés, ces animaux n'avaient pas la moindre chance d'en réchapper. Selon la Bible, Dieu aurait créé l'homme à Son image ? Si tel est le cas, elle est aussi laide que mon âme dévoyée. »

Comme s'il avait subi la piqûre d'un scorpion, le Padre se dressa :

« Je vous interdis de citer la Sainte Bible ! Soit vous ne l'avez pas lue, soit vous n'avez rien ouï du sens sacré de ses enseignements. Que croyiez-vous donc me démontrer en me faisant assister à cette horreur ? Que le lion mange l'antilope ? Le crocodile l'oiseau ? Et le chat la souris ? Tous obéissent à leur instinct naturel, mais ne sont point dotés d'une âme qui est la grâce divine accordée à l'homme. Dieu nous a créés libres et dotés d'intelligence. Libres de choisir à tout moment entre le bien et le mal, libres de nous désasservir de nos plus vils penchants, libres d'aller vers Lui ou se tourner vers Satan, l'Ange déchu dont vous semblez avoir épousé la cause désespérée. »

À son tour, Arzhur se leva. Prenant grande inspiration, il déclama :

« *Heureux les pauvres de cœur, le royaume des cieux est à eux.*

Heureux les doux, car ils auront la terre en partage.

Heureux ceux qui pleurent, car ils seront consolés.

Heureux ceux qui ont faim et soif de justice, ils seront rassasiés... »

Puis, se tournant d'un coup vers le Padre, il lui lança :

« Comme vous le pouvez constater, j'ai lu les Écritures. Quand j'étais enfant, le recteur de ma paroisse m'a fait apprendre par cœur les Béatitudes. Mais au cours de ma vie, jamais je n'en ai constaté la véracité, ni vu les vaines promesses de ce sermon se réaliser. Les pauvres sont toujours aussi miséreux et désespérés. Ceux qui sont assoiffés de justice sont pendus haut et court par le suzerain qui les asservit encore et toujours. Les enfants meurent par centaines et rien ne pourra consoler le cœur d'une mère qui a perdu son premier ou dernier-né. Tout ceci n'est qu'un fatras de fariboles, et la seule vérité est : *Homo homini lupus est !* »

Avant que le jésuite n'ait pu rétorquer quelque mot que ce fût, l'Ombre avait ramassé son fusil et, à vives enjambées, s'était engagé dans la profondeur de la végétation.

Anselme était en proie à un vif courroux, mais ne pouvait exprimer son ire en l'absence de celui qui l'avait provoquée.

Maugréant, il finit par s'asseoir sur la roche qui dominait la grève. Quelques heures s'écoulèrent. Le Padre n'avait pas bougé de son promontoire, regardant sans la voir la plage qui avait été le théâtre de l'indicible carnage. Certes la nature était cruelle et le monde des hommes ne l'était pas moins. Le Christ s'était sacrifié afin de révéler que la félicité ne se trouvait point sur cette terre, mais que c'était pourtant ici bas qu'il la fallait gagner. Seul l'amour de son prochain et le pardon des offenses réussissaient là où la haine, inexorablement, échouait.

Au cours de sa vie, Anselme n'avait pas toujours réussi à appliquer les préceptes du Christ. Maintes fois, il avait rendu coup sur coup au lieu de tendre l'autre joue à ceux qui le voulaient violenter ou attenter à la vie des ouailles qu'il tentait de protéger. Chaque fois, il s'était interrogé sur ses choix, mais à la réflexion, n'avait jamais regretté les décisions qu'il avait prises ou les actes qu'il avait accomplis. Il se mit à penser qu'il n'était peut-être pas digne de la robe qu'il portait et des vœux sacrés qu'il avait prononcés. Il soupira et se mit à prier.

« Mon Dieu que tant de fois, j'ai offensé, je Te supplie de calmer ma colère et guider mon esprit tourmenté. Si Tu as placé cet homme sur mon chemin, c'est pour lui ouvrir la voie du cœur et non attiser sa haine. Qui suis-je pour le juger alors que je le connais à peine ? Avant de faire souffrir ses semblables, il semble qu'il ait lui-même beaucoup pâti. Afin que je le puisse aider, ô Seigneur, c'est moi qui, humblement, Te réclame Ton aide. »

Le ciel, à nouveau, s'obscurcit. De toutes parts il se zébra d'éclairs, lesquels, l'espace d'une seconde, illuminèrent la surface de la mer. Puis, comme trop longtemps contenu dans une violence larvée, le tonnerre éclata et roula en grondements furieux. L'on eût dit venu le temps de l'Apocalypse, et le Padre ne put s'empêcher de se signer. Une pluie diluvienne s'abattit, noyant la végétation sous un flot que rien ne semblait pouvoir endiguer. L'air lui-même était devenu liquide et Anselme respirait avec difficulté.

Soudain, reconnaissable entre toutes malgré l'épais rideau de pluie, la haute silhouette de l'Ombre se découpa devant lui. Sa voix tonna pour couvrir le bruit des éléments :

« Suivez-moi, j'ai trouvé une grotte où nous pourrons nous abriter. »

Trempés jusqu'à la moelle des os, dérapant sans cesse dans la boue qui se dérobait sous leurs chausses, ils parvinrent tant bien que mal à l'endroit repéré. L'entrée en était si étroite qu'Anselme se demanda comment l'Ombre l'avait seulement pu déceler.

À l'intérieur, l'obscurité était presque totale et ils n'avaient pas la moindre source de lumière à leur disposition. Progressant à tâtons, leurs yeux s'accoutumant peu à peu à la pénombre, ils découvrirent une cavité plus profonde qu'ils n'eussent pu l'imaginer. S'arrêtant net, Arzhur se retourna et dit au jésuite :

« Inutile d'aller plus loin, nous n'y verrions goutte. Revenons sur nos pas au plus près de l'entrée et attendons que l'orage soit passé. »

Se faisant face, chacun choisit une paroi de la grotte et s'assit pesamment. L'humidité de l'air était extrême et leurs vêtements fumaient comme le dos des chevaux après une course effrénée. Arzhur enleva sa chemise, dévoilant un torse puissant sur lequel nombre de blessures avaient laissé de profonds stigmates. Il ouvrit son sac et en sortit un iguane de belle taille qu'il jeta sur le sol.

« Je l'ai eu d'un seul coup de fusil, juste avant que l'orage ne se déchaîne. Malheureusement, je ne peux pas battre le briquet tant la pierre en est mouillée, ainsi que le bois que je n'ai même pas pris la peine de ramasser. Soit nous mangeons sa chair crue, soit nous nous passons de souper. »

Anselme eut un maigre sourire.

« Pour l'heure je ne suis pas en appétit. Attendons que cette tempête cesse, nous aviserons ensuite. »

Arzhur surprit le regard du Padre sur sa poitrine et demanda d'un ton brusque :

« Sont-ce mes cicatrices que vous contemplez ainsi ? »

« Je tentais d'évaluer le nombre de combats vous aviez menés pour en avoir autant. Je me demandais aussi combien d'âmes vous aviez expédiées au cours de ces affrontements. À la toute fin, ce n'est pas cette arithmétique qui m'intéresse, c'est l'histoire de votre vie. »

Arzhur se raidit :

« Oh non, monsieur l'Ibère, vous ne vous en tirerez pas comme cela ! »

Il se leva, quitta la grotte, renversa la tête en arrière et ouvrit le gosier pour y boire à grands traits l'eau qui tombait du ciel.

S'étant ébroué comme l'eût fait un chien au sortir d'une mare après la chasse, il rentra et regarda le jésuite droit dans les yeux :

« Je vous propose un pacte, monsieur l'Ibère. C'est vous qui, le premier, allez me conter votre histoire. Si je vous crois sincère, je vous promets de vous narrer la mienne à mon tour. Attention, nulle tricherie, nulle omission. Je connais assez bien les hommes pour savoir quand ils usent de cautèle. »

L'effervescence régnait sur l'île de New Providence.

Nombreux étaient les navires pirates qui y avaient fait escale et des hordes de flibustiers de tous horizons déferlaient comme vagues sur la grève. Pas une taverne, pas un bouge qui ne fût pris d'assaut par ces brutes assoiffées de vin et affamées de femmes. Les ribaudes ne chômaient pas, mais n'étaient pas suffisantes pour satisfaire l'appétit inextinguible de ces mâles trop longtemps restés en mer. Sans cesse, des bagarres éclataient car l'on se battait pour tout : une putain que l'on se disputait, quelques pièces d'or perdues au pharaon ou aux dés, une seule parole ou un regard mal interprétés. L'or, si péniblement gagné, changeait constamment de mains et l'on pouvait se voir ôter la vie pour un rien. Les assassins ne craignaient point qu'un sergent du Roy les arrêtât et les pendît, car la seule loi qui prévalait sur l'île était celle du plus fort, ou celui dont la traîtrise d'esprit trouvait pleinement matière à s'exercer.

Les matelots du *Sans Dieu* ne firent pas exception à la règle.

À peine débarqués, ils se ruèrent vers les plaisirs escomptés et s'y livrèrent tant et plus. Au cours d'une beuverie mémorable, quand Bois-sans-Soif, Gant-de-Fer et Foutriquet eurent appris que Tristan n'avait jamais connu de femme, ils décidèrent de lui offrir la plus belle catin de l'île, une jeune négresse que tous convoitaient. Pour l'avoir, ils durent faire le coup de poing avec d'autres pirates, et céder au tenancier qui la possédait une somme bien supérieure à celle habituellement mandée. L'affaire conclue, ils conduisirent le coquelet jusqu'à la mansarde désignée, lui prodiguant moult et paillards conseils, qu'accompagnaient leurs rires les plus gras, avant que de s'en aller. Une fois la porte refermée, Tristan n'osa geste esquisser.

À l'intérieur de la modeste pièce, une jeune fille, debout, se tenait. Les cernes profonds qui ornaient ses yeux ajoutaient à la détresse de son regard. Tristan comprit qu'elle avait aussi peur que lui, mais sûrement pas pour les mêmes raisons. Il en fut bouleversé.

Ne sachant quoi dire, il lui demanda son nom. Comme elle ne bougeait ni ne répondait, il pensa qu'elle n'entendait peut-être point son langage. Se désignant lui-même, il dit en détachant les mots :

« Je me nomme Tristan. Et toi, quel est ton nom ? »

Sans davantage répondre, elle se dirigea vers la paillasse qui tenait lieu de couche, s'y étendit, ferma les yeux et ouvrit ses cuisses. Tristan ne put s'empêcher de crier :

« Non, non, ce n'est pas ce que je veux ! »

Doucement, il s'approcha d'elle et lui prit la main. Elle sursauta et se redressa. D'une voix grave qui contrastait fort avec la jeunesse de ses traits, elle prononça ces mots :

« Alors que veux-tu ? Tous les hommes puants qui viennent ici désirent la même chose. S'affaler sur mon corps, le pénétrer et le labourer jusqu'à ce qu'ils grimacent et se mettent à grogner comme des pourceaux. Tu as payé pour ce droit, alors ne t'en prive pas ! »

Submergé par une vague de souvenirs qu'il croyait avoir oubliés, Tristan prit sa tête dans ses mains et se mit à pleurer. Il revoyait cette nuit où, à bord d'une baleinière qui voguait vers Terre-Neuve, il avait été brutalement extrait de son hamac par trois mauvais bougres. À tour de rôle, ils l'avaient forcé, lui arrachant des cris qui ne trouvèrent aucun écho auprès des autres pêcheurs qui feignaient le plus lourd sommeil. L'acte abominable s'était répété, mais, envahi d'une indicible honte, jamais Tristan n'avait osé se plaindre ou en parler à quiconque. Seul Ambroise, l'imposant coq qui officiait à bord, avait senti la détresse du jeune mousse et en avait flairé la cause. Il était allé trouver le capitaine et avait argué qu'il avait grand besoin d'un aide pour sa cuisine et que, pour lui mieux prodiguer ses enseignements, il n'était pas inutile que l'aide en question dorme dans sa cabine. La chose se sut vite. Quand, dès la nuit venue, les violenteurs vinrent réclamer leur paquet de chair à la porte d'Ambroise, celui-ci l'ouvrit violemment et agita sous leur nez son hachoir le plus aiguisé.

« Écoutez-moi bien, mes doux lascars, vous avez intérêt à vous trouver une autre proie, car celle-ci est désormais mienne. Je vous conseille vivement de ne pas faire d'histoires, car j'en aurais beaucoup à raconter sur votre compte, notamment le vol inexpliqué de viande séchée et d'un tonnelet de vin. Je suis certain que vous saisissez ma pensée. »

Ce fut désormais la main de la jeune fille qui s'en vint presser celle de Tristan. D'une voix devenue douce, elle dit ces quelques mots :

« On me nomme Isabella. Mais il ne s'agit pas de mon prénom. J'ai oublié le mien depuis que l'on m'a arrachée à mon pays et à ma famille et il y a beaucoup d'autres choses dont je préférerais ne pas me souvenir. »

Au cours de ses voyages, le coquelet avait eu vent de ce qu'on appelait la traite négrière, ou plus hypocritement, le commerce du bois d'ébène. À la plupart des Européens, elle semblait nécessaire, tant les terres du Nouveau Monde avaient besoin d'une main-d'œuvre abondante pour prospérer. Lui-même n'avait jamais réfléchi plus avant au sort de ces hommes et ces femmes arrachés à leur terre et leur liberté et en conçut grande honte. Séchant discrètement ses larmes, il osa enfin la regarder :

« Que t'est-il arrivé ? »

Pendant une heure, elle lui conta son histoire.

La beauté farouche de sa terre bordée de mer, les coutumes de son village, sa nombreuse famille, l'extrême rudesse de leur vie, sa douceur aussi. Jusqu'à l'arrivée du bateau.

À peine débarqués, le corps ceint de métal, à cheval ou à pied, les Blancs s'étaient livrés à une chasse effrénée, traquant le sauvage comme ils l'eussent fait du plus ordinaire gibier. Les Noirs couraient à perdre haleine pour échapper à ces prédateurs dont ils ne connaissaient point les ruses. Après avoir volé dans les airs, des filets s'abattaient, piégeant les fuyards qui ne savaient comment se défaire de cette maille qui se resserrait en les entravant davantage. Les femmes et les enfants ne furent pas davantage épargnés et à la fin de la journée, la majorité du village se retrouva regroupée et attachée sur la plage étroitement gardée par des hommes en armes.

À ce point du récit, hébété, Tristan se rendit compte à quel point la fille maîtrisait son langage et lui fit part de son étonnement. Elle se tourna vers lui :

« Mon père disait que j'avais un don. Celui de reconnaître et de reproduire tous les chants ou les cris des animaux. Il disait que j'avais l'oreille de la forêt, celle du ciel, et que je pouvais sûrement ouïr aussi les paroles de nos ancêtres. Celles-là, je ne les ai jamais entendues et il en fut déçu. »

« Où se trouve-t-il aujourd'hui ? »

Dès qu'il posa cette question, Tristan la regretta.

Reprenant son histoire, la jeune femme narra l'abominable voyage vers une terre inconnue. Les hommes et les femmes enchaînés comme du bétail, hissés sur le pont de l'immense bateau, puis précipités dans ses noires et puantes entrailles. Avant que d'y être descendus à coups de fouet, certains avaient préféré se jeter dans la mer. Lestés par le poids de leurs fers, ils avaient aussitôt disparu de la surface des flots. Au nombre desquels son père et deux de ses frères. Voguant plein ouest, le navire n'avait fait qu'une brève escale.

Seul un groupe de femmes y fut débarqué, livré et vendu.

Tristan voulut parler mais ne trouva point les mots.

La porte s'ouvrit brusquement et un forban d'imposante stature pénétra céans. Voyant que la place n'était point libre, il se courrouça et apostropha le jeunot :

« Hé, rat de cale, tu as eu toute la nuit pour besogner la donzelle. C'est maintenant mon tour et tu vas sitôt me vider le plancher ! »

Tristan sauta sur ses pieds, prêt à en découdre, mais Isabella s'interposa :

« Il a raison, le jour est sur le point de se lever, car au loin, j'ai entendu le coq chanter. Pars maintenant, pars Tristan. »

Comme il ne bougeait pas et serrait davantage les poings, le flibustier grimaça un mauvais sourire avant de s'avancer :

« Eh ben, t'as pas entendu la dame ? Je crois qu'elle a grande envie de se trouver seule avec moi. Allez, ouste ou je m'en vais te caresser les côtes d'importance. »

La jeune fille envoya un tel regard à Tristan qu'il lui obéit, battit en retraite et sortit. L'aube, en effet, se levait, nimbant le ciel de teintes rosées, qui s'affirmaient entre les sombres nuages de la nuit passée. La beauté de ce jour naissant fit au coquelet l'effet d'un coup de poing, tant la poésie d'un instant peut heurter les cœurs outragés. En ce moment, le sien débordait d'amour, de haine et de honte.

Des images affreuses s'imposaient à ses yeux. Le corps gracile de la jeune fille ployant sous le poids du rustaud, les gestes infâmes et les restants de pudeur forcés. Il se mit à courir droit devant lui, jusqu'à ce qu'un spasme violent n'arrête sa course éperdue, le forçant à s'agenouiller, lui faisant vomir sa rage et son désespoir.

Ayant pris chambre au Perroquet Rouge, Morvan s'était abandonné au confort d'une véritable couche et, vingt-quatre heures durant, y avait dormi tout son saoul. Après son réveil, quelques ablutions et un frugal repas, il était sorti et avait gagné l'anse où tant de bateaux étaient au repos, se balançant au gré des flots. Pendant un long moment, il les avait observés. Puis, s'approchant des matelots de quart, avait discussion entamée, les interrogeant sur leur provenance et surtout leur destination. Subitement, une faim farouche avait malmené son estomac, lui rappelant qu'il avait rendez-vous au Cochon Sauvage avec Face-Noire. Quand il y parvint, ce dernier avait déjà pris table et achevait un jambonneau de porc rôti à la broche. Le fumet en était si odorant, qu'en abondance, l'eau vint à la bouche de Morvan. Avant même de saluer le marin, il héla la grasse tenancière pour lui faire même commande. Marrie, elle répondit :

« Las, mon p'tit gars, c'est qu'y en a plus ! Mon cochon et la manière dont je le prépare est si renommé que dès potron-minet, il le faut venir déguster. Bon, j'm'en vais voir en cuisine ce qu'il me reste. »

154

Lorgnant l'os nu du jambonneau de Face-Noire, Morvan soupira :

« D'accord bonne femme, mais d'abord, apporte-nous ton vin et ton meilleur. »

Il considéra le taciturne boucanier qui lui faisait face :

« Comment se comportent nos hommes ? »

À l'aide de la pointe de son couteau, celui-ci commença par extraire un morceau de viande coincé entre ses dents :

« Ils ont force garces culbutées, bu tant et plus, et se sont souvent battus. Avec les gars de l'Albinos, surtout. Donc, je dirais que tout est normal. »

Large sourire aux lèvres, la cuisinière revint à la table :

« Il me reste un bon bout de lard que je peux vous préparer avec une omelette car mes poules ont bien donné ce matin. »

Morvan se figea. Une vague de souvenirs le submergea. Le lard, les œufs, tout lui rappela la cuisine de Barbe. En un instant, ce qui n'était le matin même qu'un vague projet se mua en décision. La femme s'étonnait de l'attitude de cet étrange client.

« Alors, cette omelette ? »

« Préparez-la, il y a trop longtemps que je n'en ai dégusté ! »

Tout en se restaurant, il confia à Face-Noire son projet.

S'embarquer pour le royaume de France et retrouver, pour quelque temps, la terre de son enfance. Se reservant timbale de vin, le boucanier ne posa qu'une question :

« Notre capitaine est-il au fait de ce voyage ? »

Morvan tressaillit.

« Non point. Mais je suis sûr qu'il le comprendra, car je pourrais des nouvelles de sa famille rapporter. Tiens, je te confie les coordonnées du point où tu le devras retrouver. »

La pluie avait cessé. Un soleil de plomb absorbait l'humidité, séchant la végétation et faisant fumer la petite île tout entière. Arzhur put enfin allumer un feu sur lequel le corps de l'iguane, par ses soins écorché, rôtissait doucement.

« Bien monsieur l'Ibère. Le moment est venu d'ouïr le récit de votre vie et je suis certain qu'il va me plaire. Et me surprendre aussi. Prenez votre temps, le mien vous est tout acquis. »

Le Padre soupira, puis considéra qu'il fallait peut-être en passer par là pour commencer d'apprivoiser cette âme tourmentée.

« Je suis né à Santander, au bord de l'Atlantique.

Mon père avait hérité du sien une petite armada de barques de pêche. Cette activité prodiguait à notre famille de quoi la nourrir, mais, face à une concurrence grandissante, il eût fallu la développer pour la faire prospérer, et mon père ne travaillait pas assez. Il avait un fort penchant pour la bouteille, le jeu, les *señoritas* et passait le plus clair de son temps entre leurs bras. Quand il rentrait à l'aube, passablement éméché, ma mère se mettait à crier, et j'entendais les coups tomber. Un soir, j'avais quinze ans à peine, j'ouïs une dispute plus violente que toutes celles que j'avais jamais entendues. Je sortis à tâtons de la chambre où mes jeunes frères et sœurs dormaient, puis me rendis à la salle à manger. Mon père avait étendu ma mère sur la table et tentait de l'étrangler. Je fus sur lui en un instant. L'arrachant au corps de sa victime, je le redressai d'une main, et lui faisant face, lui lançai : "*Señor*, c'est à moi que désormais vous aurez affaire."

J'étais persuadé qu'il allait me battre ou me tuer sur-le-champ, ce dont je n'avais cure. Au lieu de cela, il partit d'un rire si méprisant que ma rage en fut accrue à l'extrême. Je lui décochai si formidable coup de poing au visage que tout son corps tournoya et vint s'écrouler au bord de la table qu'il heurta de la tête. Il ne bougea plus. Ayant souffle repris, ma mère se précipita sur le corps inerte, tenta en vain de le faire bouger et se mit à hurler. Quand je m'agenouillai auprès d'elle, elle se redressa et me regarda avec une telle haine que j'eus un mouvement de recul.

"Il est mort ! Tu as assassiné l'homme de ma vie. Sois maudit, tu n'es plus mon fils."

Sur le moment, je crus avoir mal compris. Toute sa vie, ma mère avait été trompée, humiliée, battue par ce mauvais époux qui venait de tenter de lui ôter la vie. En cet instant suprême, je n'arrivais pas à comprendre quelle sorte d'amour délétère elle lui vouait, mais surtout quel lien infernal les unissait.

"Mère, il a tenté de vous étrangler et je vous ai défendue. Je ne voulais pas le tuer, ce fut un accident."

Elle darda sur moi sa prunelle noire :

"Quitte cette maison à l'instant, elle n'est plus tienne. Je te renie." »

L'iguane était rôti à point. À l'aide de sa dague, l'Ombre y découpa un morceau d'importance et le tendit au jésuite.

« Restaurez-vous monsieur l'Ibère, et poursuivez votre fascinant récit. Pour l'instant, il ne me déçoit point. »

Le Padre n'avait plus faim et dédaigna fièrement la chair proposée. Comme il demeurait muet, Arzhur insista :

« Et après ce *fâcheux* épisode, que fîtes-vous ? »

Se retenant à grand-peine de céder à cette nouvelle provocation, Anselme poursuivit :

« La seule chose que je pouvais faire. M'enfuir au plus loin.

José García était l'un des meilleurs patrons pêcheurs de l'entreprise familiale, et Pedro son fils, mon plus cher ami. Nous avions coutume de nous retrouver à l'aube, afin qu'il m'emmène à la pêche en cachette de mon père, lequel goûtait fort peu que je fraie avec les gens qu'il employait. Quand Pedro m'aida à monter à bord de la barque, il remarqua le maigre ballot que j'avais pris soin d'emporter et s'étonna :

"Où donc comptes-tu te rendre, ainsi équipé ?"

"Le plus loin possible, car chez moi désormais, je ne puis rester."

Tout en enroulant une amarre, il envoya par-dessus bord un long jet de salive.

"Ton père t'a-t-il encore battu après avoir frappé ta mère ?"

"Crois-moi, il ne me battra plus et ma mère pas davantage."

Pedro hocha simplement la tête. À ce seul mouvement, je sus qu'il avait tout compris. Il mentit à son père, bon et naïf, lui expliquant qu'après la pêche, il me devait débarquer dans le port de Santander afin que j'y retrouve le jésuite responsable de mes études. Ayant grand respect pour tous ceux qui possédaient savoir et portaient soutane, le père de Pedro obtempéra. Lorsque je sautai enfin sur le quai, mon ami d'enfance me lança un long regard. Ses yeux disaient la certitude que jamais plus nous n'aurions la joie de nous revoir. Il me fit le signe de connivence, lequel depuis toujours, était notre code, puis se retourna et s'occupa des voiles. »

À lentes bouchées, l'Ombre savourait la chair du produit de sa chasse.

« J'imagine qu'en cet instant précis, vous avez dû vous sentir très seul et empli de questionnements. »

Le Padre sursauta. S'agissait-il d'une nouvelle perfidie destinée à le faire sortir de ses gonds ou d'un authentique élan de compassion ?

« Que voulez-vous dire ? »

« Eh bien, qu'à quinze ans à peine, banni par votre mère après avoir occis votre père, soit un gouffre de désespoir vous absorbait tout entier, soit s'ouvrait devant vous un monde de liberté. Un monde que jusqu'alors, vous n'auriez pu envisager. »

Cette parole frappa Anselme en plein cœur.

Elle résumait parfaitement ce qu'il avait ressenti ce jour-là sur le quai, son misérable ballot à ses pieds. La fin de son enfance et de son innocence, la possibilité enfin, d'accomplir son destin.

À New Providence, grâce aux contacts qu'il avait su nouer, Morvan put sans difficulté à bord d'un sloop embarquer. En quelques jours, celui-ci avait rejoint Hispaniola d'où de nombreux navires appareillaient pour l'Europe. Sur place, il n'avait eu aucun mal à se faire engager comme simple matelot, tant les marins expérimentés faisaient défaut. Après trois mois de traversée, il posa enfin son sac sur les quais du port de Brest, lequel lui était parfaitement inconnu. Il ne s'y attarda pas, tant l'impatience de regagner son Morbihan natal le taraudait. Comme il ne savait monter à cheval, il ne se hasarda pas à monture acheter et usa de différents moyens de locomotion afin de rejoindre la terre de son enfance : charrettes de paysans, carrioles de commerçants, à pied, le plus souvent, retrouvant sur son visage la mordante piquette d'une petite bruine, et dans son corps tout entier, la délicieuse sensation de frissonner. L'on était en octobre. Un fort vent de noroît arrachait aux arbres leurs dernières feuilles et un pâle soleil d'automne disparaissait chaque soir un peu plus tôt. Morvan n'était pas impécunieux, mais il ne descendit jamais dans des auberges renommées ou simplement trop fréquentées, de crainte d'attirer l'attention sur l'origine de ses fonds. Un jour en fin d'après-midi, après avoir parcouru plusieurs lieues, un paysan et sa mule l'avaient laissé en bordure d'une vaste forêt. La lumière déclinait mais, à travers la cime des arbres, éclairait encore des champs de fougères et des clairières moussues. Il s'écarta de la sente et pénétra plus avant dans les bois.

Comme il le pressentait, ils étaient là, à ses pieds, offerts au premier qui les voudrait ramasser. Cèpes, girolles, trompettes-de-la-mort et autres pieds-de-mouton. Il les cueillit délicatement, se gardant d'en arracher le pied, afin que la repousse se fît bien. Puis il s'assit au pied d'un chêne centenaire et se mit à déguster les champignons crus, retrouvant l'impression sauvage et sensuelle d'embrasser la forêt à pleine bouche. Alors, il poussa grand cri de joie, et se jura de ne plus déserter cette terre de Bretagne qui était son seul et véritable ancrage. Trois jours plus tard, il aperçut enfin le clocher de Plouharnel qui, tel un phare, lui indiquait qu'il n'était plus qu'à une lieue de la seigneurie de Kerloguen. L'émotion étreignit tant son cœur qu'au lieu d'accélérer son pas, il l'arrêta. Qu'allait-il donc trouver après sept années d'absence ? Comment expliquer son brutal départ et son surprenant retour ce jourd'hui. De tous ceux qu'il connaissait, lesquels étaient passés, lesquels étaient encore en vie ? Retrouvant les habitudes d'antan, il coupa à travers landes et bois et arriva devant les modestes écuries qui servaient aussi d'étables.

Il entendit des hennissements et comprit que Kerloguen s'enorgueillissait à nouveau de la présence de chevaux.

Un son familier tinta à ses oreilles, le bruit d'un marteau qui frappait avec régularité un fer sur une enclume. Il fit quelques pas et s'arrêta à l'entrée du bâtiment. La forge était allumée. Un homme s'y affairait. La silhouette s'était voûtée, mais restait reconnaissable entre toutes. Celle de Maël le boiteux, l'ancien métayer devenu maréchal-ferrant à la suite d'un accident. Sous le poids des ans, elle s'était affaissée, mais le vieux exécutait encore son ouvrage avec patience et précision. Morvan se gratta la gorge avant de l'interpeller :

« Maël, c'est moi Morvan. »

Comme l'autre ne réagissait point, il s'avança de trois pas et répéta d'une voix plus forte. Au lieu de s'abattre de nouveau, le marteau resta suspendu et lentement, le visage du boiteux pivota et son regard jaugea le visiteur :

« Morvan ? Non, c'est impossible. Il est parti il y a longtemps de cela et jamais ne reviendra. »

Le ton se fit menaçant :

« Qui êtes-vous et que diantre voulez-vous ? »

« Je te le répète, c'est moi, Morvan. Je suis revenu à Kerloguen. S'il te faut une preuve, je sais qu'un jour d'hiver, tu as perdu l'usage de ta jambe gauche suite à la vicieuse ruade d'un percheron rétif, le seul que tu n'aies réussi à dresser. À la suite de cet accident, notre maître t'a confié la charge de maréchal-ferrant, tâche que tu continues à accomplir, manifestement. »

Toujours incrédule, le vieux s'approcha et scruta les traits du visiteur.

« Oui, c'est toi. Je te reconnais à tes yeux singuliers. L'un bleu, l'autre brun, mais aujourd'hui, ils sont marqués de rides, bien que tu sois dans la fleur de l'âge. En outre, cette vilaine barbe qui te mange le visage en ôte tous les contours. Que fais-tu donc ici aujourd'hui et pourquoi, à l'époque de la famine maudite, es-tu parti ? »

« J'ai fait un long voyage et suis fatigué. Ne pourrions-nous pas nous poser afin de causer ? »

Ils se rendirent dans la modeste masure qu'habitait le boiteux.

De son cellier, il tira un cruchon de cidre, servit deux bolées, s'assit et attendit. Morvan ne savait par où commencer son histoire. Ayant grande soif, il avala le frais breuvage d'un trait et tendit sa bolée afin que Maël le resservît. D'une voix lasse, il entama son récit.

« Je n'ai aucune famille et tu le sais mieux que personne. Je n'ai jamais connu mon père et l'on m'a dit que ma mère était morte en me mettant au monde. J'étais le petit bâtard de la seigneurie, mais fus bien traité, grâce, notamment, à la bonté de Barbe. »

À peine son nom prononcé, il s'en voulut de ne s'être point plus tôt enquis de l'état de la vieille et fidèle servante.

« Barbe, comment va-t-elle ? Dis-moi qu'elle est encore de ce monde et que je la pourrai revoir. »

Maël soupira.

« À la vérité, elle n'est pas très vaillante et n'a plus la force de quitter sa couche. Je me charge de lui porter pitance, car la fille de ferme qui l'a remplacée aux cuisines n'a pas plus de cœur qu'un menhir. »

Morvan se leva si brusquement qu'il renversa son tabouret.

« Je m'en vais la visiter de ce pas. »

164

Dans la modeste chambre qu'elle occupait dans les dépendances de la seigneurie, allongée sur son petit lit, Barbe somnolait. La douleur qui la taraudait ne lui laissait aucun répit. Elle sentait qu'un mal mystérieux lui rongeait le corps, et de tous ses vœux, appelait la mort. Tous ceux qu'elle aimait étaient partis. Gwenola, sa chère maîtresse devenue folle après le trépas de son dernier petit, s'était retirée dans un couvent et, dans ses rares moments de conscience, priait sans relâche pour le salut de l'âme de ses trépassés.

Le seigneur Arzhur, que tout le village appelait désormais le Démon, depuis qu'il avait saccagé la sainte église de Plouharnel, et dans le néant s'était évanoui. Et jusqu'à son cher Morvan, lequel avait également disparu dans l'oubli. Elle ne se sentait plus l'envie de vivre, mais remettait l'heure de son ultime passage entre les mains du Seigneur. Elle n'entendit pas la porte de sa mansarde s'ouvrir avec douceur, mais ouït le pas d'un homme qui s'avançait vers sa couche.

« Maël, c'est toi ? C'est curieux, je ne reconnais point ton pas. »

L'émotion comprima tant le cœur de Morvan qu'il ne put répondre. Il contempla le drap mince tant de fois ravaudé qui recouvrait à peine un corps si amaigri que l'on eût dit qu'il était déjà parti.

Les sanglots se précipitaient dans sa gorge. Il les retint et vint s'asseoir au bord du lit. De sa voix la plus sereine, il dit :

« Barbe, c'est moi, Morvan, ton p'tiot. J'étais parti au bout du monde, mais en suis revenu pour te voir. »

Sous la toile, le corps frémit, mais n'eut pas la force de se redresser.

« Mon p'tiot, mon tout petit à moi, oui, je reconnais ta voix. Que c'est gentil à toi de me venir visiter. Quel jour sommes-nous donc ? »

Morvan l'ignorait. Mais cette question même l'inquiéta davantage encore que la déchéance physique évoquée par le boiteux et qu'il ne pouvait que constater. Se forçant à la gaîté, il mentit :

« Dimanche, ma bonne Barbe, le jour du Seigneur que tant tu aimes et vénères ! »

La vieille cuisinière s'agita.

« Quelle heure est-il ? Mon Dieu, aurais-je donc raté l'office ? »

« Non point ! Il est tôt encore, tu as tout le temps d'y assister et d'ailleurs, je t'y accompagnerai. »

À ces paroles, elle sembla s'apaiser et son souffle se fit plus régulier. Morvan saisit sa main et ne la lâcha plus. Installé à son chevet, épuisé, il s'endormit aussi. Il fit un songe étrange.

Jehan, le dernier fils du seigneur Arzhur, n'était pas mort de la famine, avait grandi, et large corps pris. Il riait et proposait fière partie de pêche en le mettant au défi :

« Je suis sûr que j'attraperai bien plus de bars et de saint-pierre que tu ne saurais en rêver ! Parions, je suis certain de l'emporter. »

Alors, à bord d'une barque, ils souquaient ferme afin de gagner le coin le plus poissonneux. Comme il l'avait crânement annoncé, Jehan faisait pêche miraculeuse et extirpait de l'eau des poissons toujours plus gros. Il riait à gorge déployée, lorgnant la ligne de Morvan qui restait vierge de toute prise. La colère montait en lui. D'un ton sans appel, il exhortait Jehan à faire silence, mais il s'esclaffait plus fort encore.

Fou de rage, il se jetait sur lui et, d'une violente poussée, le précipitait par-dessus bord. Jehan, ne sachant point nager, faisait avec ses bras de grands gestes désespérés. Il hurlait :

« Au secours, aide-moi, ne vois-tu point que je suis en train de me noyer ? »

Au lieu de lui porter assistance, Morvan souriait, attendant patiemment que la mer finisse par engloutir le corps du jeune homme et fasse taire à jamais l'appel de sa voix.

Il se réveilla en sursaut, le cœur battant et le corps en nage.

La pénombre s'était installée, et dans un premier temps, il ne put discerner en quel lieu il se trouvait. Puis, la mémoire lui revint. Il se pencha au-dessus de la couche de Barbe, s'assura de son souffle et remonta délicatement le drap froissé jusqu'à la naissance de son cou flétri. Ayant fait, il sortit dans la nuit. Maël le boiteux l'y attendait.

« Fils, ce n'est pas que mon souper soit princier, mais j'avais mis quelques têtes de poisson de côté et en ai fait point trop mauvaise soupe. Suis-moi et allons manger. »

Au cours du repas, ils n'échangèrent nulle parole. Puis, le vieux s'en alla chercher un cruchon d'eau-de-vie de prune de sa fabrication, qu'il conservait pieusement pour de rares occasions. Ils trinquèrent en silence et burent le puissant breuvage à lentes et petites lampées, faisant claquer leur langue après l'avoir ingurgité. Comme Morvan restait muet, Maël finit par demander :

« Hé, qu'as-tu fait au cours de ces nombreuses années ? »

Comme s'il s'était trouvé confiné dans le réduit sans jour d'un confessionnal, Morvan le bâtard, Morvan le lieutenant, Morvan le second lui narra son histoire, depuis l'heure de son départ jusques à celle de son retour. Du seigneur Arzhur de Kerloguen, il ne dit pas tout. Il parla de sa dureté, mais tut sa cruauté, loua son courage tout en passant sur ses iniquités. Quand il eut achevé, le boiteux prononça cette seule phrase :

« Ainsi tu as suivi dans l'antre de son enfer celui qui fut notre maître. »

Il sursauta, car il avait escamoté bien des épisodes de son récit.

« Que veux-tu dire ? »

Maël haussa le ton :

« Qu'il a Christ profané, famille, titre, gens et domaine abandonnés, et si j'ai bien ouï, au cours des détestables aventures qui ont suivi, tu fus son bras armé ! »

Depuis qu'il avait atteint l'âge d'homme, c'était la première fois qu'il entendait le forgeron l'admonester. La rage s'empara de lui.

« C'était notre maître et tu l'as dit. Quant à moi, rien ne me retenait ici. À qui donc dois-je rendre compte ? À toi, certainement pas ! Valet tu es né, valet tu resteras. C'était ton choix, non point le mien. J'ai voulu parcourir le vaste monde et voir d'autres horizons. Notre seigneur m'en a donné l'occasion. En quelques années, j'ai vécu mille aventures dont tu ne saurais pas même imaginer la nature, attaché que tu es à cette maudite forge que tu n'as jamais eu le courage de quitter. »

D'une voix sourde, Maël répondit :

« D'un maigre champ, on peut faire tout un horizon et la valeur d'un homme ne se mesure qu'à l'aune de ses décisions. Les miennes m'appartiennent et je n'en regrette aucune. J'espère qu'avec le temps, tu pourras en dire autant. Va te coucher maintenant, je m'en vais apporter à Barbe sa décoction. »

Resté seul, Morvan était en proie aux sentiments les plus divers. Honte, rage, dépit, son âme en colère ne lui laissait aucun répit, mais une fatigue extrême eut raison de lui. Il choisit le foin des écuries pour y passer la nuit, fermement décidé à reprendre la route dès l'aube du lendemain. Il dormait à poings fermés quand une large main, d'une simple pression, le vint réveiller. Éclairé par la lueur d'une chandelle, le visage du boiteux était penché sur lui.

« Barbe est en train de nous quitter. Avant, elle veut te parler. »

Le cœur de Morvan se serra. Il se leva et suivit Maël jusqu'à l'huis de la petite mansarde.

« Je te laisse, elle souhaite causer avec toi en tête à tête. »

Bouleversé, il franchit le seuil et s'approcha à pas lents de la couche de celle qu'il appelait Mamé lorsqu'il était enfant.

Maël avait pris soin de laisser brûler deux bougies qui éclairaient les abords du lit. La tête de Barbe reposait sur un oreiller et toute trace de souffrance avait disparu de son visage. Elle lui sourit faiblement.

« Assois-toi mon p'tiot et écoute-moi, car dans peu de temps, j'aurai l'honneur et la joie de me présenter devant le Seigneur Notre Dieu. »

La gorge serrée, il se récria.

« Barbe, tu racontes des sornettes, ta mine est meilleure et... »

« Ne m'interromps donc point, car les heures me sont comptées et je voudrais te confier un secret qui me pèse et que je conserve depuis de trop longues années. Approche ton oreille de ma bouche, car je crains que bien vite, le souffle ne me manque. »

Elle lui conta alors l'histoire de sa naissance et celle de sa mère, infortunée fille de ferme prénommée Marie. Sa famille était si miséreuse qu'elle avait dû la placer comme souillon à la seigneurie de Kerloguen.

De l'aurore à la brune, elle y accomplissait les tâches les plus rudes et les plus ingrates, mais jamais ne se plaignait car elle possédait un doux secret, elle aimait. À lui seul ce sentiment lui donnait tous les courages et la parait de toutes les grâces, car elle n'était point belle, mais depuis peu, il émanait d'elle comme une sorte de lumière. Un soir de pluie, elle était venue trouver Barbe, en proie au plus vif désespoir. Depuis deux mois, ses menstrues n'étaient point venues et elle redoutait d'être grosse. Après l'avoir examinée, la cuisinière n'avait pu que confirmer ses craintes et lui avait demandé le nom du misérable qui était responsable de son état. Marie avait tenu bon et refusait farouchement de confier l'identité de celui qui l'avait déshonorée. Barbe eut beau amadouer, supplier, menacer, rien n'y avait fait, la petite restait emmurée dans son secret. Elle lui avait conseillé de bander sa taille au moyen d'une large toile, afin de dissimuler à tous la honte de sa situation. Le subterfuge fonctionna et personne ne se douta de rien.

Puis arriva ce jour terrible où tout le monde s'enquérait de Marie qui demeurait introuvable. Délaissant sa cuisine, Barbe la chercha partout. Elle n'était ni auprès des poules qui réclamaient leur grain, ni auprès des porcs dont la soue avait grand besoin d'être nettoyée. Folle d'inquiétude, elle gagna les champs, mais n'osa donner de la voix pour l'appeler. Ce fut au détour d'une sente qu'elle la trouva. Allongée sur le dos, le visage hagard, le souffle rauque et la robe trempée. Barbe avait calculé qu'elle venait juste de dépasser le huitième mois de sa grossesse, mais il était évident que la jeune fille venait de perdre les eaux et était en train d'accoucher. Elle râlait :

« J'ai mal, ô mon Dieu, j'ai tellement mal ! »

S'agenouillant auprès d'elle, la cuisinière remonta sa vêture et lui écarta les cuisses. Elle vit une petite touffe de cheveux et comprit que le bébé arrivait. Alors elle fit ce qu'il y avait à faire. Attrapant la minuscule tête entre ses mains, avec des gestes précis, elle aida le reste du corps à sortir du ventre de sa mère. Au moment de l'expulsion, celle-ci se redressa et poussa un hurlement de bête avant de retomber, épuisée. Barbe avait recueilli entre ses bras un petit être couvert de sang. Comme il ne pleurait pas, elle lui donna ferme tape dans le dos. Le nouveau-né poussa enfin un cri et se mit à brailler. Elle le posa délicatement dans les herbes avant de se pencher vers l'infortunée. Ses yeux semblaient comme révulsés, mais un pâle sourire ornait ses lèvres.

« Est-ce… Est-ce un garçon ? »

Barbe lui serra fort la main et répondit :

« Oui ma belle, un beau p'tit gars que tu viens de nous faire là. À présent, repose-toi. »

« J'en aurai bientôt tout loisir car je sens la vie me quitter le corps, tout comme cet enfant qui vient de sortir de moi. À toi maintenant, je puis le confier. Son père est celui que j'aime, le jeune seigneur Arzhur. »

La cuisinière ne put retenir un cri de surprise. Dans un souffle à peine audible, Marie prononça ses dernières paroles :

« Il ne faut pas qu'il sache, jure-le moi ! »

Barbe prêta serment à l'instant où la petite expirait.

Morvan était abasourdi. Après l'hébétude, la colère s'empara de lui.

« Arzhur de Kerloguen, mon père... Un scélérat, un fieffé misérable qui a abusé d'une malheureuse fille de ferme et l'a tuée ! »

Barbe s'agita faiblement.

« Non, tu te trompes, il n'était lui aussi qu'un enfant, âgé de quatorze ans seulement. Nombre de nobliaux ont pucelage perdu entre les bras de ces filles-là. Mais ta mère était sincère. Elle s'est donnée au seul garçon qu'elle ait jamais aimé et je suis sûre qu'elle a connu avec lui l'unique bonheur de sa courte vie. Je n'ai trahi son secret que pour apaiser ton âme tourmentée. Que du ciel où elle demeure, elle veuille bien me pardonner. »

Deux coups brefs se firent entendre à la porte. Le vieux Maël entra, précédant un jeune prêtre vêtu d'une soutane noire et qui portait en ses mains les objets du dernier sacrement. La vieille servante sourit.

« Laisse-moi maintenant. Pour partir en paix, je dois auprès d'un homme de Dieu achever la confession de mes péchés. Va mon p'tiot, sois heureux et ne t'inquiète point pour ta vieille Mamé. »

Bousculant Maël et le jeune recteur, Morvan s'enfuit dans la nuit.

Anselme était épuisé. L'heure qu'il venait de passer à narrer le terrible épisode de son adolescence l'avait bouleversé. Il en voulait à celui qui l'avait contraint à le raconter, mais, paradoxalement, en éprouvait comme une sorte de soulagement. D'une voix rugueuse, il déclara :

« Êtes-vous content ? Votre odieux chantage a porté ses fruits et vous savez maintenant que le religieux a commencé sa carrière en tuant son père. »

D'un ton qui eût pu passer pour amical, l'Ombre rectifia.

« Nenni, vous l'avez dit vous-même, ce fut un accident. Et pour tout dire, à votre place, j'en eusse fait tout autant. J'attends la suite de votre destinée avec impatience, mais vous avez mérité de faire une pause. Une partie d'échecs ? »

Le Padre n'en revenait pas. Une fois encore, il pensa que cet homme insaisissable était probablement fou. Nonobstant lui vint irrésistible envie de l'affronter. Incrédule, il demanda :

« Ne me dites pas que vous avez ici votre jeu ? »

Le capitaine partit d'un grand rire.

« Non, je n'y ai point pensé. Mais nous l'allons nous-mêmes fabriquer ! »

Ils descendirent sur la grève.

À l'aide d'une palme, Arzhur traça les contours précis d'un carré de belle taille. Puis, au moyen d'une branche plus fine, se mit à dessiner les lignes croisées des soixante-quatre cases.

Pendant ce temps, au bord de l'eau, Anselme ramassait une multitude de coquillages. Il s'appliquait à les choisir en fonction de leurs tailles, leurs formes et leurs couleurs. Celui-ci, d'aspect conique, pourrait fort bien figurer une tour. Cet autre, plus tourmenté, ferait un excellent fou. Et ces hippocampes séchés, de parfaits chevaux. Quant aux pions, ces petits galets roses et blancs en rempliraient parfaitement l'office. Restaient le roy et la reine. Ne trouvant aucun organisme qui eût pu s'accorder à leur majesté, le Padre opta pour des algues séchées. Il s'agenouilla et les contempla. Certaines, en mourant sous l'ardeur d'un soleil aveuglant, avaient pris formes si belles et si singulières, qu'elles faisaient songer aux ogives des cathédrales ou à la cime ordonnée des arbres. Avec moult précautions, il porta ses trouvailles jusqu'à l'échiquier de fortune et les étala. D'un simple hochement de tête, Arzhur approuva le choix des pièces et chacun se mit à placer les siennes. Ayant fait, Anselme se redressa et lança :

« Comme j'ai gagné la dernière partie, il me revient l'avantage d'entamer celle-ci. J'aimerais cependant y adjoindre un pari. »

Arzhur achevait de poser son dernier pion. Sans relever la tête, il demanda :

« Quel est-il ? »

« Si je gagne, j'interromps le récit de ma vie et c'est vous qui commencez celui de la vôtre. Acceptez-vous cet enjeu ? »

Arzhur se leva et s'approcha du Padre jusqu'à le toucher :

« J'accepte, monsieur l'Ibère. »

Au cours de leurs affrontements, chacun avait tiré de l'autre de précieux enseignements. Toujours, Anselme était à l'attaque, négligeant parfois sa défense. Arzhur, quant à lui, rendait la sienne presque inviolable, mais retardait par trop ses offensives. Au début, ils jouèrent très vite et sacrifièrent nombre de pièces. S'en trouvant fort éclairci, l'échiquier offrait l'image d'un champ de bataille après un violent assaut. Le cerveau du Padre était en ébullition. Quoi que l'Ombre jouât, il était certain de vaincre et jouissait d'avance de la victoire escomptée. Il réfléchissait et prit long temps avant que de déplacer l'une des rares pièces maîtresses qui lui restait. Anselme ne vit pas son sourire quand il fit traverser à son fou toute la diagonale du plateau de sable.

« Échec et mat. »

Incrédule, le Padre se leva et ne put que contempler son roy acculé. Nul doute, de quelque case qu'il avança ou recula, il se retrouvait dans la ligne de mire de ce maudit fou ou du piège de la tour. Furieux autant qu'humilié, il attendit de son adversaire un détestable cri de victoire. Mais c'est d'une voix douce qu'il prononça ces paroles :

« Voyez-vous, monsieur l'Ibère, vous avez fort bien joué et, je le confesse, eussiez dû l'emporter. Vous êtes si sûr de détenir la vérité, qu'une fois encore, votre excès de confiance vous a aveuglé. »

Il se leva soudain et sa voix changea de ton :

« Tout comme pour votre Dieu, votre religion et son infâme cortège de certitudes : le paradis pour les bons et l'enfer pour les autres ? Quelle est donc la frontière exacte de ce partage ? Combien de bonnes actions accomplies pour les élus et d'horreurs commises pour les damnés ? Sont-ce vous, gens d'Église, qui tenez cette hasardeuse comptabilité ? Ou Dieu lui-même qui la calcule sur un boulier ? »

Sous le feu nourri de ces anathèmes, curieusement, le Padre s'était calmé. Il considéra celui qui lui faisait face et déclara :

« Je ne possède point toutes les réponses aux questionnements à l'origine de vos foudres. Vous seriez surpris d'apprendre que je les trouve d'autant plus légitimes, que je me suis moi-même longuement interrogé sur ces épineuses questions. Je puis cependant vous dire ceci : au cours de ma tumultueuse existence, j'ai croisé des hommes et des femmes de tous âges, races et conditions. Quelles que soient les épreuves qui les tourmentaient ou les maux qui les accablaient, ceux qui étaient dans la croyance de Dieu les supportaient mieux et, dans leur ordinaire quotidien, étaient plus heureux. Il émanait d'eux une confiance benoîte, presque enfantine, et c'était d'autant plus vrai au moment où ils mouraient, un pâle sourire aux lèvres, certains de rejoindre leur Seigneur vénéré. Car au cours de ma vie, j'ai confessé bien des agonisants. Ah, la terreur que j'ai pu lire dans les yeux des véritables athées. Cette angoisse indicible à l'idée de disparaître corps et âme dans un abîme sans fond pour l'éternité ! »

D'une voix qui trahissait une violence mal contenue, Arzhur intervint :

« Tout comme vous, semble-t-il, j'ai lu le fameux pari de Pascal : *Examinons ce point et disons que Dieu est ou n'est pas. Si vous gagnez, vous gagnez tout et s*: *vous perdez, vous ne perdez rien.* Mais dites-moi une seule chose, monsieur l'Ibère, vous qui, à ce que je sache, n'avez engendré nulle descendance, face à votre enfant agonisant, l'auriez-vous entretenu de ce genre de philosophie ? Au seuil de la mort, vous seriez-vous mis à dialoguer avec lui ? Discuter du bien-fondé de telle ou telle thèse ? Répondez-moi mille diables, qu'auriez-vous fait ? »

Le Padre répondit d'une voix égale :

« Ce que j'ai fait souvent, lors qu'il ne s'agissait pas de mon propre enfant : le prendre dans mes bras et le bercer doucement. »

En prononçant cette dernière phrase, Anselme avait tenté de contenir son émotion, tant la souvenance d'instants tragiques hantait encore son esprit. Plus encore, il redoutait la violence de son imprévisible contradicteur, dont le cœur ardent était toujours à feu et à sang. Mais l'Ombre ne répondit rien et, relevant le visage, se mit à scruter le ciel. Quand il replongea son regard dans celui du Padre, il ne prononça que ces seuls mots :

« Il nous faut maintenant partir monsieur l'Ibère, car le vent enfin se lève et nous avons un rendez-vous à honorer. »

Comme il s'y attendait, en dépit de l'autorité qui lui avait été conférée, Face-Noire eut toutes les peines du monde à rassembler l'équipage du *Sans Dieu*.

Au Cochon Sauvage, il avait retrouvé Bois-sans-Soif, Cul-de-Plomb, Foutriquet et quelques autres, tant fin saouls qu'ils ne l'avaient pas même reconnu. Il leur avait distribué nombre de taloches pour les faire réagir, mais seul l'envoi d'un seau d'eau en pleine face eut l'effet escompté, provoquant au passage belle salve de rires au sein de l'assistance. Trempés et penauds, ils le suivirent clopin-clopant jusqu'au Perroquet Rouge. Depuis le début de leur escale, Gant-de-Fer n'en avait guère quitté la table de jeu et avait presque tout son pécule perdu. Il s'apprêtait à miser ses dernières piastres sur un ultime coup de dés, quand Face-Noire l'attrapa par le col et lui ordonna rudement de le suivre. La chose ne fut point du goût de ses adversaires, fort mécontents de perdre un si bon client. Levant un regard bravache, l'un d'eux défia l'importun :

« Oh là compère, en voilà des manières ! Nous enlever notre précieux partenaire juste à l'instant où il allait fortune refaire ? »

Faisant fi de l'intervention, Face-Noire redit à Gant-de-Fer :

« Nous partons à l'instant et regagnons notre bord, c'est un ordre. »

Avant que l'intéressé n'ait eu le temps de répliquer, les trois autres s'étaient levés et avaient couteaux et dagues dégainé.

Le plus fort en gueule s'approcha à le toucher de l'ancien boucanier :

« Hé, le Nègre ! Car ta vilaine face ne te distingue point des noirs indigènes que l'on expédie vers les Amériques. Apprends que l'on me nomme "Colas-Tranche-Gorge" et que j'ai expédié des matelots pour moins que cela. »

Pris de court, Face-Noire n'avait pas eu le temps de se saisir de la précieuse lame qui jamais ne quittait le tour de son mollet. Il sentait l'affaire bien mal engagée, flanqué qu'il était de trois ivrognes à peine dessaoulés. Au moment où il s'apprêtait à parer une première attaque qui eût pu être la dernière, Bois-sans-Soif survint à ses côtés et enfonça jusqu'à la garde sa courte épée dans le flanc de l'agresseur qui poussa bel hurlement. Cette aide inopinée donna des ailes au boucanier. D'une puissante bourrade, il envoya un des mauvais drôles goûter le parterre. Mais, rapide comme l'éclair, l'autre navra Cul-de-Plomb d'un méchant coup de couteau au beau milieu de sa proéminente panse. Ce voyant, Gant-de-Fer se rua sur lui et lui envoya beau concert de coups de poing à la face, faisant gicler son sang et voler ses dents. Profitant de la déroute provisoire de leurs adversaires, les pirates du *Sans Dieu* quittèrent promptement l'inhospitalité des lieux.

Soutenant avec peine Cul-de-Plomb qui gémissait en retenant, comme il pouvait, le sang noirâtre qui s'échappait de ses entrailles, ils parvinrent à regagner l'anse où le *Sans Dieu* avait jeté l'ancre. Campé sur le pont, les mains posées sur le bastingage, Palsambleu les y attendait :

« Mortecouille ! Dans quel piteux état vous voilà ! »

Se tournant vers les matelots de quart, il les héla :

« Alors foutre de bougres de rats de cale, qu'attendez-vous pour les aider à regagner le bord ? Faut-il que je vienne vous piquer le fondement à la façon du Grand Fourchu pour vous y inciter ? »

Une fois les hommes montés, ils étendirent Cul-de-Plomb sur le pont et Gant-de-Fer, qui en avait vu d'autres, examina sa blessure. L'odeur âcre et la noirceur du sang qui s'en écoulait lui parurent de mauvais augure. Un organe important avait été atteint et le blessé pâtissait beaucoup. Le géant se releva et dit à Face-Noire :

« Il faut sa plaie nettoyer et la panser serrée. S'il passe la nuit, nous pourrons quelque espérance concevoir, mais je crains fort que ce ne soit point le cas. Dommage que le Padre ne soit pas à bord, lui seul saurait ce qu'il convient de faire et de quels remèdes user. »

À la façon d'un fer rouge, cette dernière parole rappela à Face-Noire qu'il devait l'ancre lever et rejoindre le point de rendez-vous indiqué par Morvan. Avant de ce faire, il réunit sur la hune les hommes afin de vérifier qui était présent à bord. Deux simples matelots manquaient encore, et aucun des autres flibustiers ne put raconter s'ils avaient été tués au cours d'une rixe ou avaient simplement leur poste déserté. La chose arrivait fréquemment, tant l'appel de la débauche trouvait écho aux oreilles de ces êtres frustes avides de plaisirs. Palsambleu, que la faim commençait de tarauder, se frappa subitement le front :

« Le coquelet ! V'là trois jours qu'il n'a point reparu. »

Face-Noire se tourna vers Bois-sans-Soif, Gant-de-Fer et Foutriquet :

« Hé, vous autres qui étiez aussi en permission à terre, savez-vous ce qu'il est advenu de lui ? »

D'un ton benoît, Foutriquet répondit :

« Ben, quand on a appris qu'il était toujours puceau, avec les autres gars, on s'est cotisé pour lui offrir gueuse à besogner, la plus belle putain de l'île en vérité. »

Il partit d'un grand rire salace que rien ne semblait pouvoir endiguer. Celui-ci s'arrêta pourtant net quand Face-Noire lui administra violent soufflet en pleine face. Au moment où, stupéfait, il frottait sa joue qui avait viré à l'incarnat, Gant-de-Fer s'interposa :

« Oh là Face-Noire, de quelle autorité te sens-tu investi pour distribuer à l'envi autant d'ordres que de torgnoles, hein ? »

Cet instant, le boucanier l'avait redouté entre tous, dès qu'à son corps défendant, de l'équipage, Morvan lui avait confié le commandement. Ne voulant à aucun prix montrer la moindre défaillance, il répondit d'un ton sans appel :

« En l'absence de notre capitaine élu, reconnu et accepté, c'est le lieutenant Morvan qui assure l'autorité à notre bord. Ayant importante tâche à accomplir, il me l'a confiée, comme en témoigne cette lettre qu'il m'a donnée. »

Il la brandit, comptant sur le fait qu'aucun des flibustiers du *Sans Dieu* ne savait lire. Bois-sans-Soif s'en empara et la parcourut attentivement.

« Que nous chantes-tu donc là, Face-Noire ? Sur ce misérable papier ne sont inscrits que des chiffres ! Parce que nous ne savons ni lire, ni écrire, nous prendrais-tu pour des simples d'esprit ? »

Le boucanier contre-attaqua :

« Pauvre imbécile, il s'agit là d'un code au cas où ce parchemin tomberait en de mauvaises mains. À chaque chiffre correspond une lettre et si tu en connais le sens, tu peux aisément décrypter la teneur du message qui t'a été remis. »

Le premier, Palsambleu baissa la garde :

« Eh bien morbleu, éclaire-nous, que dit-il ? »

Sentant qu'il avait provisoirement gagné la partie, Face-Noire répondit :

« Que l'Ombre nous a rendez-vous fixé, en un certain point à une date et une heure précises. Nous n'avons pas un instant à perdre si nous voulons obéir à cet ordre. Je n'ai certes besoin de vous rappeler les fureurs à venir de notre capitaine si notre présence faisait défaut. »

Tous hochèrent la tête en silence. Seul Gant-de-Fer intervint :

« Et le coquelet, allons-nous appareiller sans lui ? »

D'un ton sans réplique, Face-Noire répondit :

« Nous n'avons plus loisir de l'attendre. Oh là, gabiers, hissez et mettez à la voile et vous autres matelots, larguez les amarres ! »

Profitant vent arrière d'une fière brise de sud, le *Sans Dieu* filait bon train vers le nord. Du haut de la dunette, Face-Noire surveillait ceux qui achevaient d'exécuter ses derniers ordres. À l'instar des voiles, ses nerfs étaient tendus à craquer, tant il ressentait l'hostilité des autres flibustiers face à sa relative autorité. À tout moment, il le savait d'expérience, ce fragile pouvoir était susceptible de basculer et laisser place à un désordre qui pouvait préfigurer une mutinerie. Au fond de lui-même, il ressentait une sourde rancœur à l'égard de Morvan pour lui avoir légué pareille situation. Il sursauta quand Gant-de-Fer, suivi de Palsambleu, s'en vint le rejoindre. Le ton dont usa le géant n'avait rien d'amical :

« Eh bien Face-Noire, où donc cette route que tu nous fais prendre va-t-elle nous mener ? »

Se saisissant de la lunette pour scruter le large, le boucanier prit le temps de formuler sa réponse.

« Comme je l'ai dit, à l'endroit précis où notre capitaine nous a fixé rendez-vous. Une fois rejoint, il va sans dire que je lui remettrai le commandement du *Sans Dieu* et toute l'autorité qui va avec. »

Palsambleu cracha avec rage sur le pont :

« Peste et disette ! Cette petite excursion ne me dit rien de bon. S'il voulait le Padre occire, pourquoi ne l'a-t-il point fait à notre bord ? Ce n'eut certes point été la première fois, car il nous a déjà régalés du spectacle des tourments qu'il aime à administrer. »

Le boucanier referma son instrument d'un coup sec :

« Je n'en ai pas la moindre idée, j'exécute les ordres qu'on m'a donnés, un point c'est tout. Maintenant, rejoignez tous deux votre poste, car nous ne sommes pas à l'abri de faire de fâcheuses rencontres et tous les hommes doivent s'y préparer. »

À son grand soulagement, les deux pirates obtempérèrent.

Trois heures passèrent qui lui parurent autant de siècles.

Sous aucun prétexte, il n'aurait quitté le relatif refuge de son poste d'observation, ne cessant d'observer l'horizon. Soudain, son cœur battit plus vite, car une voile minuscule en barrait la ligne.

Au même instant, la voix de la vigie retentit :

« Esquif droit devant, esquif droit devant ! »

Du bout de sa lorgnette, Face-Noire reconnut enfin la forme caractéristique d'une voile qu'il connaissait bien. Celle de la chaloupe du *Sans Dieu*.

Naviguant vent contraire, celle-ci ne cessait de tirer des bords pour se rapprocher du brick. Quand Face-Noire vit que le Padre tenait la barre, il n'en crut pas ses yeux. Ainsi, du duel sans merci qui les opposait sans cesse, le père Anselme en serait-il sorti victorieux ? Non, car la haute silhouette de l'Ombre apparut soudain dans sa lunette, fort occupée semblait-il, à réparer une drisse défaillante qui laissait par trop flotter la toile. Avant même qu'il n'eût besoin de lancer son ordre, deux matelots s'étaient chacun saisi d'une longue gaffe afin d'arrimer la chaloupe. La voix de Palsambleu tonna :

« Foutre de bougres de marins d'eau douce, abaissez les bossoirs, fixez-y la chaloupe et faites-la remonter, corne du diable ! »

Le boucanier abaissa sa lunette, son commandement s'arrêtait là. Sans les voir, il entendit les hommes saluer le retour de leur chef avec un mélange de crainte et d'obséquiosité qui lui inspira le plus vif dégoût. Dans un grand bruissement de poulies et d'écoulement d'eau, la chaloupe fut hissée et solidement arrimée. Le premier, Arzhur en jaillit et sauta sur le pont. Il usa d'un ton qui eût pu passer pour cordial à l'égard de ceux qui ne le connaissaient pas :

« Ravi de vous revoir messieurs, j'espère que vous avez profité tant et plus de votre petite escale, car nous allons aussitôt la mer reprendre. Où diable se trouve le lieutenant Morvan ? »

Un sourire contrit relevant ses lèvres minces, Foutriquet répondit :

« Ma Doué, mais cela fait des jours qu'il a déserté notre bord ! Et c'est ben pour cela que Face-Noire a pris sa place. »

Glacial, l'Ombre s'enquit :

« Face-Noire... Et où se trouve-t-il en cet instant ? »

À pas pesants, le boucanier descendit de la dunette pour rejoindre le pont principal :

« Ici capitaine. En cette heure et ce point précis, je guettais votre chaloupe, ainsi que le lieutenant m'a ordonné de le faire. »

Arzhur considéra celui qui lui faisait face et de la loyauté duquel, il n'avait jamais douté. Nonobstant, il lui ordonna sans ménagement :

« Dans ma cabine ! »

Foutriquet fut mortellement déçu. Il n'avait pas oublié l'humiliation du coup reçu devant tous et avait secrètement espéré que le chef punirait en public celui qui, revendiquant un pouvoir incertain, avait eu l'outrecuidance de le lui administrer. Incrédule, Gant-de-Fer assistait au sain et sauf retour du Padre. Comme les autres, il ignorait tout des tortueux desseins qui avaient conduit l'Ombre à partir seul avec le jésuite pour une destination inconnue. Il aida le moine rebouteux à s'extraire de la chaloupe et lui confia aussitôt ses craintes sur l'état de santé de Cul-de-Plomb.

« Il respire toujours mais n'a plus sa conscience. J'ai beau nettoyer sa blessure et la bander toujours plus serrée, un sang noir comme l'encre continue d'en suinter. »

Anselme suivit le géant jusqu'au hamac où le malheureux avait été installé. Il défit doucement le bandage qui enserrait la plaie et comprit aussitôt que l'estomac avait été touché.

« Il n'y a plus rien à faire et il va bientôt périr. »

Devant le regard perdu de Gant-de-Fer, il posa la main sur son épaule et ajouta d'un ton plus doux :

« Tu as fait ce qu'il fallait, mais ce genre de blessure ne pardonne pas. Je n'aurais pas davantage pu le sauver. Tu l'aimais bien, n'est-ce pas ? »

« Je n'aime personne, mais c'était un bon compère et une fois, il m'a sauvé la vie. »

Roide campé sur ses jambes, Face-Noire affrontait la colère du maître de bord qui arpentait sa cabine de long en large.

« Comment cela, parti sur le continent ? Voir sa famille ? Ce bougre de bâtard n'en a point ! S'enquérir de la mienne ? Ce ne sont pas ses affaires et je n'en ai plus. C'est un couard de la pire espèce, un déserteur, un traître ! Et toi, hein ? Qu'as-tu tenté pour l'en empêcher, mille diables ? »

D'une voix égale, le boucanier répondit :

« Rien. Il était résolu. Il m'a confié le commandement du *Sans Dieu* et il est parti. »

Face-Noire avait beau s'y attendre, le coup de poing qu'il reçut en pleine mâchoire le surprit par sa force. Il vacilla, mais ne tomba pas. Le sang affluait dans sa bouche ainsi que deux dents qui n'avaient pas résisté au choc. Il entrouvrit la porte de la cabine et cracha le gluant mélange sur le pont avant que de reprendre sa position. L'Ombre se campa devant lui :

« Tu me surprends, Face-Noire. Pas un tremblement, pas une plainte, pas un cri. Estimes-tu injuste le fait d'avoir été frappé ? »

« Je n'ai pas à en juger, vous l'avez fait, c'est tout. »

Malgré lui, Arzhur fut impressionné par la hardiesse et le sang-froid du boucanier.

« Tu n'es décidément pas un gaillard ordinaire et cela n'est point pour me déplaire. Assieds-toi et partageons un flacon de rhum afin de faire le point sur la situation, car j'imagine que tu as d'autres néfastes nouvelles à m'apprendre. »

L'alcool incendia la chair à vif des gencives du Boucanier, mais il n'en laissa rien paraître et réussit à articuler :

« Oui-da. Deux simples matelots manquaient à l'appel lorsque nous avons dû appareiller, ainsi que le coquelet qui avait disparu depuis plusieurs jours. »

« Tristan ? Que diantre lui est-il arrivé ? »

Face-Noire narra le peu qui lui avait été rapporté. Arzhur s'était levé et déambulait de long en large :

« L'imbécile, s'enticher de la plus précieuse ribaude de l'île, laquelle appartient en outre aux sbires de l'Albinos. Nous ne pouvons rien faire pour lui à part déclencher une guerre fratricide dont personne ne sortirait vainqueur. »

Il se rassit et fit ses comptes.

« Il nous manque donc quatre hommes : Morvan, Tristan et ces deux damnés matelots. Impossible pour l'instant de nous livrer à la moindre attaque de vaisseau. En attendant de nouvelles recrues, le choix d'un autre coq me semble essentiel pour maintenir le moral du bord. D'après toi, lequel d'entre eux pourrait remplir cet office ? »

Sans hésiter, Face-Noire répondit :

« Le Padre, puisqu'en fin de compte, vous ne l'avez point tué. »

Pendant ce temps, Anselme avait assisté Cul-de-Plomb jusqu'au bout de sa lente agonie. Ce dernier n'avait conscience repris, ce qui n'avait pas empêché le jésuite de lui administrer les ultimes sacrements de sa foi. Il était persuadé qu'en ces instants, l'esprit pouvait avoir déserté le corps, mais pas l'âme qui l'animait jusqu'alors.

Quand Gant-de-Fer s'en vint le trouver, il se contenta de demander :

« Est-ce fini ? »

Le Padre releva la tête et contre toute attente, lui sourit :

« Bien au contraire. Pour lui, tout commence. »

Le géant haussa les épaules avant de marmonner :

« Je vais prévenir le capitaine, car il faut sans tarder lui faire rejoindre la mer. »

La cérémonie fut des plus brèves. Une fois encore, un membre de la flibuste quittait ses frères de la côte, attaché à une planche de bois dont la verticale plongée lui ferait rejoindre l'abysse tant redouté. Ayant banni du *Sans Dieu* toute manifestation religieuse, de quelque source qu'elle émanât, l'Ombre seul, prononça de sobres paroles, puis la dépouille bascula. De la vision de ce spectacle, seul Gant-de-Fer se détourna.

Après sa courte allocution, le ton d'Arzhur changea :

« Messieurs, l'escale promise que vous avez hautement méritée nous a coûté fort cher. À Cul-de-Plomb, la vie, après une lente et pénible agonie. À la plupart d'entre vous, l'or, si durement acquis. Aux matelots déserteurs, la feinte et dangereuse promesse de prolonger leur avidité de plaisirs. Quant à notre coquelet, il semble qu'aucun d'entre vous ne sache dans quel piège il s'est jeté ni quel funeste sort il a subi. »

La voix de Bois-sans-Soif s'éleva :

« Et le lieutenant Morvan, a-t-il lui aussi déserté notre bord ou a-t-il été occis ? »

La question frappa Arzhur au vif, mais il n'en laissa rien paraître.

« Il se trouve que j'ai confié à mon second une mission secrète de la plus haute importance. C'est la raison pour laquelle il a demandé à Face-Noire de le suppléer. À lui devant tous, je renouvelle cette autorité ainsi que ma confiance. Celui qui lui manquera, c'est à moi qu'il fera offense et vous en connaissez tous le châtiment. »

Anselme remarqua les regards en dessous qui scrutaient la partie tuméfiée du visage de l'impassible boucanier. L'Ombre poursuivit :

« Comme nous ne pouvons sans coq demeurer, c'est à notre otage espagnol que je délègue cette responsabilité. »

Le Padre ne put s'empêcher de protester :

« Mais je ne suis point cuisinier et de cette lourde tâche, ne saurais m'acquitter ! »

191

« Vous apprendrez monsieur l'Ibère. Il y va de notre intérêt à tous, surtout du vôtre. »

Désigné pour l'aider, Palsambleu montra au jésuite où les réserves de vivres étaient répertoriées et rangées et lui remit solennellement les clés du cellier. Lors de leur escale, faisant office de magasiniers, les matelots de quart restés à bord du *Sans Dieu* avaient moult provisions acheté, et bourré jusqu'à la gueule les cales du brick : jambons, saucissons et lards fumés, poissons séchés ou saumurés, fruits et légumes en variété, longs chapelets d'aulx et d'oignons, précieuses réserves de tonnelets de vin et de rhum. L'achat de poules vivantes allait en outre permettre la consommation régulière d'œufs frais, selon le bon vouloir des capricieux gallinacés. Après cette visite au cours de laquelle Anselme n'avait pas décoléré, Palsambleu conduisit le Padre à ses nouveaux quartiers au sein desquels il devrait dorénavant officier. Le coquelet avait eu à cœur de laisser les lieux dans une parfaite ordonnance : Billot nettoyé, couteaux rangés, épices répertoriées. Cela émut fort le Padre et sa colère s'en trouva allégée. En dépit de son jeune âge, le garçon témoignait de la passion pour son nouveau métier et du travail bien fait. Le cœur du jésuite se serra.

Que diantre lui était-il arrivé ? À peine l'amour rencontré, la mort s'était-elle invitée ? Les misérables qui exploitaient le corps de ces malheureuses avaient-ils occis le naïf jeune damoiseau afin de lui faire payer le prix de son impudence ? Ces questions torturaient Anselme et il décida de s'en ouvrir à l'Ombre. Il le trouva sur la dunette en train de converser avec Face-Noire quant au choix de la nouvelle route du *Sans Dieu*.

« Capitaine, je souhaiterais m'entretenir au plus vite avec vous. »

Arzhur leva un sourcil ironique.

« D'accord monsieur l'Ibère, suivez-moi dans ma cabine. Soyez bref, car j'ai fort à faire. »

Après avoir prié le jésuite de s'asseoir, il lui déclara :

« J'imagine sans peine l'objet de votre courroux. Vous pensez que je ne vous ai confié le poste de cuisinier que pour mieux vous humilier ? Il n'en est rien. Quatre hommes manquent à bord, et nous sommes tous obligés de faire plus que notre part, moi y compris. »

Anselme s'agaça :

« Il ne s'agit pas de cela. Tous ici, nous apprécions le coquelet, son honnêteté et sa bravoure. Je suis donc révolté à l'idée que vous l'ayez abandonné sans avoir rien tenté pour le sauver. »

Avec peine, Arzhur se contint, mais n'en éleva pas moins le ton :

« Votre jeune protégé n'est qu'un sot qui s'est jeté lui-même dans la gueule du loup. Vous êtes bien placé pour savoir qu'au moment des faits, je n'étais point à bord. L'eussé-je été, je n'aurais rien entrepris ! Entre frères de la côte, il existe une loi non écrite que nous respectons tous : ne point attenter à la propriété d'autrui, si ce n'est au péril de sa vie. »

Anselme était hors de lui :

« La propriété d'autrui ? Ai-je bien ouï ? Est-ce ainsi que vous parlez d'une malheureuse jeune fille condamnée à se prostituer ? Et d'un brave qui a sans doute tout risqué pour l'arracher à l'abomination de sa condition ? »

Blême de rage, Arzhur répondit :

« Une fois de plus, monsieur l'Ibère, vous vous égarez et parlez à tort et à travers de ce que vous ignorez. Rejoignez votre cuisine pendant que je m'occupe de la réparation des bossoirs. »

Traversant le pont, excédé, Anselme se heurta à un groupe de matelots qui tentaient à grand-peine d'extirper de l'eau un poisson de taille impressionnante. En dépit de la ligne qui entravait ses mouvements et de l'hameçon qui déchirait ses branchies, l'animal se tordait en tous sens, plongeant et replongeant dans les flots en arrosant copieusement les hommes. Après quelques minutes de lutte acharnée, deux d'entre eux, s'étant chacun armé d'une pique, parvinrent enfin à le hisser à bord. Encore fort vivace, le marlin, car c'en était un, ne luttait plus que contre l'asphyxie. Après d'ultimes soubresauts qui firent prudemment s'écarter les pêcheurs, il ne bougea plus. Sur le pont, des hurlements de triomphe saluèrent son agonie. Empli de fierté, un des gabiers dit au Padre :

« Pour le premier repas que vous allez nous préparer, avouez que nous vous avons pêché une pièce de choix ! »

Anselme était aussi impressionné qu'épouvanté :

« Certes, je ne saurais le nier, mais comment pourrai-je transporter un poisson de ce poids ? »

Les marins rirent à gorge déployée.

« Nous allons vous y aider, regardez. »

À la hache et au couteau, ils eurent tôt fait de couper la tête et la queue de l'animal. Puis, à l'aide d'une épée, l'un d'eux ouvrit le ventre du monstre. De ses sanglantes entrailles, une multitude de poissons se déversa sur le pont, dont certains, fraîchement avalés, étaient encore vivants. Palsambleu, qui avait rejoint le groupe, salua cette manne inespérée :

« Par les cornes du diable ! Je gage que dès ce soir, nous aurons du poisson frais à nous mettre sous la dent. »

Ayant découpé la bête en plusieurs morceaux d'importance, les marins du *Sans Dieu* les portèrent jusqu'à la cuisine et sans plus de cérémonie, les jetèrent sur le billot. Resté seul, le Padre sentit un immense découragement le gagner. Que faire de ces paquets de chair dont le sang commençait de se déverser, comment les cuisiner ? Soudain, il se souvint de la façon dont son cher ami Ima et les femmes de sa tribu amazonienne accommodaient le poisson ainsi que certaines viandes. Au lieu que de les livrer à la voracité et à la noirceur des flammes, ils les laissaient mariner dans du jus de citron, ce qui les cuisait lentement, préservant et révélant toute leur saveur. Il décida de procéder ainsi et se mit au travail.

La chaleur accablante de la journée avait laissé place à une température d'une douceur exquise. Fort désireux d'apaiser les esprits, notamment les plus rebelles, Arzhur décida que tous souperaient ensemble sur le pont. Des matelots aidèrent le Padre à servir le repas et moult cruchons furent ouverts pour l'occasion. Le premier, l'Ombre goûta au plat proposé et

195

chacun avait l'œil rivé sur lui. Il fit claquer sa langue et déclara :

« Voyez-vous monsieur l'Ibère, une fois de plus, j'avais raison. En vous confiant la cuisine de notre bord, vous vous êtes concentré sur les nourritures terrestres, les seules qui vaillent, plutôt que de nous asséner vos insipides nourritures spirituelles qui n'ont jamais rempli le ventre d'un homme. »

De gros rires saluèrent la plaisanterie, même si peu d'entre eux pouvaient en apprécier tout le sel. Voyant que leur chef n'était point mort empoisonné, l'équipage se rua sur le contenu des gamelles. Les craintes du Padre se trouvèrent vite estompées, tant l'appétit de ces rudes gaillards semblait ne pouvoir atteindre la satiété.

Ce fut Foutriquet qui posa la question qu'il redoutait :

« C'est étrange, ce poisson est goûteux, mais il semble à son aspect qu'il n'ait point été grillé. Comment diable l'avez-vous cuit ? »

Avant que de répondre, Anselme surprit le regard ironique de l'Ombre. Il s'éclaircit la gorge :

« En fait, il se trouve que c'est le jus des limes qui s'en est chargé. Entre autres propriétés remarquables, son acidité cuit la chair aussi sûrement que ne le ferait le feu et... »

Il n'eut point le temps d'achever. Avec un bel ensemble, plusieurs flibustiers crachèrent avec dégoût les morceaux qu'ils s'apprêtaient à avaler. L'un d'eux exprima son indignation :

« Nous faire manger du poisson cru ? C'est une abjection contre-nature et nous allons tous périr ! »

Déployant sa haute taille, Arzhur se leva et vint se planter devant le gabier Yvon-Courtes-Pattes.

« Réponds-moi, toi qui viens d'engloutir deux gamelles de cette infecte nourriture. Ne l'as-tu donc point trouvée goûteuse ? »

Mal à l'aise, le marin se dandinait d'un pied sur l'autre.

« Si fait, mais c'est nourriture de sauvage et ses néfastes effets s'en feront bientôt sentir dans nos entrailles. »

L'Ombre éleva le ton :

« Laisse-moi te dire ceci, gabier de poulaine ! Il y a quelques mois de cela, il n'y avait plus de vivres à bord du *Sans Dieu*, et la tempête qui sévissait nous empêchait de pêcher. Visage-sans-Viande, notre coq de l'époque, était venu me trouver. Pour remédier à la famine qui nous guettait, il me proposa de tuer une dizaine des rats qui avaient élu domicile dans notre cale et de les cuisiner en ragoût. J'acceptai, ayant moi-même dû parfois manger de cet animal et n'en étant point mort. Tous, vous avez raffolé de ce plat. Mais si ton estomac est aussi délicat que celui d'une donzelle, tu mangeras dorénavant la nourriture que tu trouveras et que toi-même prépareras. »

Ayant dit, Arzhur retourna à sa place et acheva son repas. En silence, tous l'imitèrent. Après que la nuit fut tombée, le Padre était encore à l'ouvrage dans le réduit qui faisait office de cuisine, nettoyant et rangeant couteaux et autres ustensiles. Il était en nage et se sentait épuisé. Un pas lent et lourd se fit entendre devant la porte qu'il avait laissée grande ouverte, afin que le moindre souffle d'air frais y pénètre.

« Eh bien monsieur l'Ibère, il semble que vous ayez hautement réussi dans la nouvelle tâche que je vous ai confiée. »

Anselme sortit de sa cuisine et se trouva nez à nez avec l'Ombre.

La voix du religieux siffla :

« Croyez-vous ? Je vous le dis et le répète, je ne suis point cuisinier et ne saurai renouveler un tel exploit. J'ai compris que des hommes manquaient à la tâche, mais celle-ci ne pourra jamais être mienne, sauf si vous voulez provoquer un début de mutinerie que vous avez provisoirement évité. »

Arzhur éclata de rire :

« Des débuts de mutinerie, j'en ai affronté pléthore et toujours, je les ai tués dans l'œuf, même si pour ce faire, j'ai dû avoir recours à des moyens disons, pas très catholiques... »

Anselme goûta peu l'allusion à sa religion et rétorqua d'un ton aigre :

« Je vois. Un petit égorgement par-ci, cent coups de fouets par-là ou un bain forcé parmi les *tiburones*, c'est cela ? »

Arzhur empoigna le Padre par le haut de sa robe :

« Nous ne sommes point ici dans un presbytère, monsieur l'Ibère, et les hommes que je dirige ne sont pas des enfants de chœur. Gueux, renégats, assassins, voleurs et autres gibiers de potence. Tous ont quitté leur village, fui leur famille, renié le pouvoir du Roy et le joug de sa loi. Mais pas la mienne. Saviez-vous qu'un capitaine pirate est élu à la majorité des voix et qu'à tout moment, cette autorité, s'il en abuse, triche ou vole, peut lui être retirée par simple vote ? Nous n'avons pas inventé la démocratie et ce n'est certes

198

pas à vous que je vais rappeler qu'elle est l'apanage des Grecs. Depuis des siècles, nous sommes sans doute la première société civile à l'appliquer, si modeste soit-elle. C'est pour cela, aussi, que nous faisons si peur aux pouvoirs en place, de quelque royaume qu'ils s'exercent. En pillant, tuant et rançonnant, nous ne faisons rien d'autre que ce qu'accomplissent les corsaires qui agissent pour le compte d'un Roy qui n'en tire profit que pour mieux remplir ses caisses, fomenter de nouvelles guerres et affamer davantage son peuple. La seule différence, c'est que nous ne rendons de comptes à personne et qu'aucun souverain ne touche son infâme dîme de cinquante pour cent sur la vente d'un navire ou la rançon de son équipage. Nous sommes les seuls armateurs de la vie que nous avons choisi de mener et, si vous me permettez cette formule, les premiers apôtres d'une nouvelle forme de liberté. Bonne nuit monsieur l'Ibère. »

Les jours passèrent.

Le *Sans Dieu* voguait au gré des vents sans destination précise. Avec un équipage restreint, aucune nouvelle attaque n'était possible sans lourde défaite risquer. Un beau matin, Face-Noire vint rejoindre l'Ombre sur la dunette.

« Suivant vos ordres, les hommes nettoient, réparent et entretiennent le brick. Ils obéissent aux ordres, mais… »

Comme souvent, le boucanier laissa sa phrase en suspens.

« Mais ? »

« Je pense qu'en dépit des nombreuses tâches auxquelles vous les avez assignés, ils s'ennuient ferme et ont grand besoin et désir d'en découdre. »

Arzhur regarda son nouveau second droit dans les yeux :

« Tu sais parfaitement que notre situation rend la chose impossible. Recruter de nouveaux matelots compétents et point enclins à la trahison relève du plus délicat exercice. Mais sur cette affaire, j'ai mon idée. »

Face-Noire haussa un sourcil :

« Puis-je la connaître ? »

« Nous allons faire route sud, sud-est en direction d'Hispaniola. Nous mouillerons au large et tu viendras avec moi à bord de la chaloupe. Nous nous ferons passer pour des négriers et, le plus légalement du monde, achèterons des esclaves. Ces gaillards sont souvent forts, courageux et je gage que, les ayant libérés du sort funeste qui les attend au nord des Amériques, leur loyauté sera sans pareille. Ton rôle sera donc de les former et les intégrer au reste de l'équipage. »

Le boucanier soupira :

« Je crains que ce ne soit là où le bât blessera, capitaine. Jamais nos flibustiers ne se feront à l'idée d'être les égaux des Nègres. »

L'Ombre s'emporta :

« Ils accepteront ou il leur en cuira ! Peu me chaut l'origine, la race ou la condition de mes hommes. Pour moi, dorénavant, seuls compteront le courage, la compétence, et plus que tout, la loyauté. »

Les poules embarquées à bord du *Sans Dieu* s'étaient acclimatées à leur sort et pondaient avec une régularité d'horloge. Anselme avait découvert la joie de recueillir leurs œufs presque chaque matin et les prélevait dans la paille avec de maternelles précautions. En secret, il avait donné un nom à chacune de ses chères pondeuses : María, Teresa, Constanza, Cristina, Virginia… Ces prénoms ensoleillés lui rappelaient la terre et les filles de son enfance, mais aussi la recette d'un plat traditionnel, dont la seule évocation lui mettait l'eau à la bouche et les larmes aux yeux, la *tortilla*. Ce plat aussi simple que goûteux se prêtait à toutes les variations, pour peu que l'on y alterne différents ingrédients.

Patates douces, oignons roses, herbes fraîches, poivrons, piments, jambon fumé ou lard séché. Ce plat cuisiné avait remporté un vif succès auprès des flibustiers, tant et si bien qu'il faudrait sans tarder d'autres poules acheter. Un soir, le Padre descendit dans les cales qui abritaient le cellier afin d'y évaluer ses réserves et trouver l'inspiration du plat du lendemain. Il tenait en mains la liste établie lors de l'inventaire réalisé en présence de Palsambleu, liste qu'il réévaluait sans cesse en fonction des denrées qu'il prélevait. Certaines manquaient : deux saucissons, quelques oignons, des bananes, une livre de patates douces, un cruchon de vin. Un voleur se trouvait donc à bord. Mais comment diantre opérait-il ? Anselme vérifia la grosse serrure dont seul, il détenait la clé et constata qu'elle n'avait point été forcée. Perplexe, il se demandait de quelle façon le larcin avait été possible. Portant devant lui sa lanterne, il se mit à inspecter chaque recoin de la cale. N'ayant rien décelé d'anormal, il allait abandonner ses recherches lorsqu'il entendit des bruits étranges. Guidé par son ouïe, il s'approcha de la source du son, laquelle, à n'en pas douter, était d'origine humaine. Au fond de la cale, deux planches de bois avaient été ôtées de façon à créer un minuscule passage. Les bruits reprirent, mélange de soupirs étouffés et de mots murmurés.

Le Padre s'approcha, s'agenouilla et regarda. Il vit le dos zébré par les lanières du fouet d'une jeune femme noire qui bougeait lentement, comme si elle se livrait à une danse envoûtante. Son corps chevauchait celui d'un homme dont Anselme ne put que distinguer les jambes. Soudain, il comprit tout. Tristan avait bel et bien enlevé l'objet de sa flamme. Traqué par les sbires de l'Albinos, ne sachant où aller, c'est dans les cales du *Sans Dieu* qu'il avait trouvé refuge avec sa dulcinée. Mais le danger n'en était pas moins écarté.

Si d'aventure l'Ombre apprenait leur présence à son bord, son ire serait peut-être plus redoutable encore. Violant sa pudeur, il décida de manifester sa présence en toussant. Brusquement arrachés à la passion charnelle qui les animait, les deux amants se retournèrent. Tous trois se contemplèrent hébétés. D'un bond, la jeune fille se leva et disparut du champ de vision du religieux.

D'une voix étranglée, le coquelet rompit le silence :
« Padre, est-ce vous ? »

Malgré lui, le jésuite entra dans une sourde colère :
« Tristan, aurais-tu perdu la raison ? Enlever cette fille à ses souteneurs et la cacher ici ? Combien de temps croyais-tu pouvoir tenir avant que votre présence ne soit découverte, engendrant des conséquences aussi dangereuses que funestes ? »

Se redressant, le jeune homme répondit d'un ton farouche :
« Les tourments que pourrait nous infliger le capitaine ne seraient rien en comparaison de ce qu'Isabella a déjà subi. Quant à moi, je suis prêt à périr pour elle, car elle est devenue ma seule raison de vivre ! »

Anselme soupira. En ses vertes années, il avait connu semblable embrasement à l'égard d'une jeune fille prénommée Virginia.

Pour elle, il eût renié Dieu et tous les saints du paradis afin de connaître, entre ses bras, un seul instant d'extase. Face au coquelet, il se reprit et fronça les sourcils :

« Pour l'heure, je suis le seul détenteur de votre secret et le saurai garder. Mais il est impossible que celui-ci ne s'inscrive dans la durée. Laisse-moi réfléchir à la meilleure façon de remédier à votre situation et toi, penses-y fermement de ton côté. Et de grâce, ne vole plus aucune denrée, je me charge de vous ravitailler. »

Après avoir refermé la porte à double tour, le Padre regagna le pont supérieur aussi vite que si le feu avait envahi la Sainte-Barbe et menaçait de faire sauter le bateau tout entier. Il avait grand besoin de respirer, mais le moindre souffle d'air semblait avoir été absorbé par la lune qui était pleine. S'approchant de la lisse tribord du *Sans Dieu*, il se surprit à la contempler. Ronde, énorme, parfaite, elle lui faisait penser au ventre d'une femme sur le point d'accoucher.

À ses yeux, elle incarnait pleinement l'élément féminin, aussi tentateur que perturbateur.

« Elle est belle, n'est-ce pas ? »

Avant même qu'il n'ait entendu sa voix profonde, Anselme avait cru entrevoir la haute silhouette de l'Ombre. Prenant sur lui, il répondit :

« Belle et inquiétante. Lorsqu'elle se montre ainsi, pleine et rousse, elle inspire autant les fous que les assassins. »

« Il m'amuserait de connaître la catégorie dans laquelle vous me rangez. Les deux, sans doute. Mais vous sentez-vous bien, monsieur l'Ibère ? Vous semblez à bout de souffle comme si le diable lui-même vous avait poursuivi depuis le tréfonds de la cale. »

« C'est que… j'y ai vu un rat immense et je l'avoue, ne supporte pas la vision de cette repoussante créature. »

« Je puis le comprendre, éprouvant moi-même pour les nuisibles de toutes sortes la plus profonde aversion. Dès l'aube, j'enverrai Palsambleu dans les cales traquer l'animal et ses éventuels congénères afin de les éradiquer une bonne fois pour toutes. »

Anselme se mordit la langue, mais tenta d'assurer le ton de sa voix :

« Non point, je m'en chargerai moi-même. Dans l'ordre auquel j'appartiens, il importe de faire montre de courage et d'affronter ses peurs. En outre, si l'animal abrite la redoutable peste, moi seul, après examen, saurai m'en assurer. »

Arzhur hocha la tête.

« À votre guise, monsieur l'Ibère. Si toutefois vous échouez dans votre traque, veuillez m'en tenir informé. Je ne saurais en effet, à bord de mon navire, laisser le moindre rat en vie. Je vous souhaite de bien reposer. »

Cette nuit-là, Anselme ne put fermer l'œil.

Pendant tout le temps qu'avait duré son échange avec l'Ombre, il n'avait cessé d'accroire que ce dernier se doutait de quelque chose, et jouait avec lui, comme un chat eût fait d'une souris. L'affaire était mal engagée, car tôt ou tard, la présence de Tristan et de la fille serait décelée. Le jésuite n'avait cure de ce qu'il pourrait lui arriver. Il redoutait surtout le mauvais sort réservé à ses protégés. Ne trouvant nulle réponse à ses questions, il finit par s'endormir au moment où l'aube commençait de poindre à l'horizon.

Confinés à fond de cale dans leur réduit exempt d'air et de lumière, Tristan et Isabella s'interrogeaient. La première, elle rompit le silence qui s'était installé entre eux après l'intrusion du Padre :

« Quel est cet homme étrange qui semble si bien te connaître et prétend vouloir nous aider ? »

« Un père jésuite que le capitaine a capturé à bord d'un vaisseau espagnol. Il a eu pour moi de paternelles bontés, m'a soigné et guéri d'une méchante blessure quand j'eus, en pleine poitrine, l'éclat d'un boulet reçu. »

La jeune fille se rapprocha et, d'un doigt délicat, parcourut la poitrine nue de son amant.

« Voici donc l'origine de ces vilaines marques. Je croyais que toi aussi avais été battu. »

Repensant à tout ce qu'Isabella avait déjà enduré, Tristan eut un pâle sourire.

« Non point, ce sont là véritables blessures de guerre. La dernière fois que j'ai été frappé, ce sont mon père et ma mère qui s'en sont chargés. C'est la raison pour laquelle j'ai fui leur maison et, à bord du premier bateau en partance, me suis engagé. »

Le regard de la jeune fille exprima colère et incompréhension.

« Dans ma tribu, aucun parent ne bat ses enfants. En cas de faute, seul notre chef décide de la punition à infliger. La plupart du temps, elle consiste à accomplir des corvées pour le reste de la communauté. Si la faute est vraiment grave, il envoie le coupable plusieurs jours dans la forêt. Là, il doit tenter de survivre seul et rencontrer l'esprit de ses ancêtres afin de demander leur pardon. S'il ne revient, c'est qu'il n'était pas digne de l'épreuve. »

Malgré l'implacable chaleur, Tristan frissonna.

« Cela veut-il dire que... »

« Qu'il peut être dévoré par les bêtes sauvages ou succomber à une fièvre ou une morsure ? Oui, mais c'est notre loi et elle est juste. »

Le coquelet se rebella :

« À la toute fin, je crois que je préfère la violence des coups portés par mon père à un destin si funeste qui te voue à une mort presque certaine. C'est là acte de pure barbarie. »

S'étant couverte d'un morceau de toile, Isabella se retourna avec fureur :

« Barbarie ? Je ne connais pas le sens de ce mot. Je devine sans peine qu'il désigne une forme de férocité. »

Elle s'approcha de lui :

« Selon moi, la véritable barbarie consiste à traverser les mers pour venir capturer des hommes et des femmes libres et les réduire en esclavage. D'après toi, est-ce une bonne définition du mot que tu viens de m'enseigner ? »

Tristan ne trouva quoi répondre. Il tenta de prendre Isabella dans ses bras, mais celle-ci se déroba à son étreinte et s'en fut à l'extrémité de la cale.

Suivant les ordres de l'Ombre, Face-Noire avait fait mettre le cap sur l'île d'Hispaniola. La brise était favorable et il gageait qu'en moins de trois jours, le *Sans Dieu* aurait rallié sa destination.

Depuis que devant tous, le capitaine lui avait renouvelé sa confiance, les flibustiers lui obéissaient, mais à chaque instant, il ressentait leur hostilité. Quand il les croisait sur le pont, les conversations cessaient aussitôt, puis reprenaient dès qu'il s'éloignait. Son cœur débordait d'amertume. Jamais il n'avait revendiqué le moindre pouvoir, et n'avait exercé son provisoire commandement qu'à son corps défendant. Il payait au prix fort la désertion de Morvan et lui en tenait rigueur car, quels que fussent les véritables motifs auxquels ce dernier avait obéi, au boucanier, il ne s'était point confié.

Des frappements répétés à la porte de sa modeste cabine tirèrent brutalement Anselme de son lourd sommeil. Il n'avait pas encore recouvré ses esprits que les coups redoublèrent. Sans prendre le temps de se vêtir, il alla ouvrir et se trouva nez à nez avec

Bois-sans-Soif. Surpris de découvrir l'enrobé religieux nu comme un ver, il ricana :

« Eh ben Padre, il semble que votre séjour parmi nous vous profite ! Vous voici lardé comme poularde apprêtée pour le repas de la Noël. »

Revêtant à la hâte sa robe de bure, Anselme répondit d'un ton rogue :

« Je suppose que ce n'est point pour parler de ma bedaine que tu es venu me trouver. Que se passe-t-il ? »

« Notre chef. Il requiert votre présence en sa cabine. »

Sans plus de cérémonie, le flibustier tourna les talons.

Une sourde inquiétude étreint le cœur d'Anselme. Comment avait-il pu dormir aussi longtemps et baisser la garde de la vigilance qu'il avait promise à Tristan ? Nul doute, l'Ombre avait découvert la cachette des tourtereaux et s'apprêtait à exercer sur eux de barbares représailles. À grands pas, il s'en vint le trouver et découvrit sa cabine ouverte.

« Entrez donc, monsieur l'Ibère, nous avons à causer. »

Les nerfs tendus comme arc bandé, Anselme pénétra céans.

Une fois encore, il fut saisi par l'étrange atmosphère qui hantait ces lieux. Penché devant sa table de cartes, le capitaine traçait de mystérieuses et nouvelles lignes de route.

« En premier lieu, je voulais savoir si vous aviez pu attraper votre rat et vous en débarrasser enfin. »

Anselme se racla la gorge :

« Il se trouve que je n'ai point eu à le faire. Répugnant, comme vous le savez, à traquer si vil animal, j'ai préféré répandre en divers endroits les

209

graines d'une certaine plante dont je connais les propriétés délétères. L'appât a fonctionné et j'ai retrouvé son cadavre roide mort devant le cellier. »

Arzhur se redressa lentement :

« C'est donc par subtile ruse que vous avez eu la peau de l'animal. Bien joué, monsieur l'Ibère. Et après, que fîtes-vous de son corps ? »

« Comme je vous l'avais annoncé, je me suis assuré qu'il n'était point véhicule de la peste bubonique et, après minutieux et rassurant examen, l'ai jeté pardessus bord. »

Reposant sa mine et son compas, Arzhur invita le religieux à s'asseoir.

« Je voulais solliciter votre avis, monsieur l'Ibère, votre conseil, voire. Comme vous le savez, l'équipage du *Sans Dieu* manque d'hommes, à la manœuvre et au combat. Je suis bien placé pour savoir qu'en matière de recrutement, les heureuses surprises sont rares. C'est la raison pour laquelle j'ai imaginé avoir recours à des gens de couleur. Vous qui avez tant voyagé, pensez-vous que cette idée soit judicieuse ? »

Anselme ne savait plus sur quel pied danser. Cette question était-elle posée afin de le mieux égarer ou augurait-elle d'un témoignage de confiance et d'amitié ?

« Je ne saurais me prononcer. Mes diverses pérégrinations m'ont permis de rencontrer nombre de tribus indiennes, mais pas le moindre indigène d'Afrique. Je crains donc fort de ne pouvoir éclairer votre lanterne sur ce point. »

« Je me fierais donc à mon intuition, laquelle seule, jusqu'ici, ne m'a jamais trahi. »

Espérant l'entretien clos, Anselme s'était levé et allait le seuil franchir. Mais la voix grave retint son départ :

« Que vous le vouliez ou non monsieur l'Ibère, vous êtes pour moi une prise de guerre. Vous êtes aussi devenu l'otage de ma pensée. Si d'aventure, vous imaginiez que notre histoire était sur le point de s'achever, laissez-moi vous dire qu'elle ne fait que commencer. »

Le Padre se retourna, exempt de crainte et empli de défi :

« Fort bien. Dans ce cas, vous m'octroyez tout le temps de m'adresser à votre âme seule, s'il en subsiste la moindre parcelle. »

Le *Sans Dieu* n'était qu'à quelques encablures de l'île d'Hispaniola. Après avoir revêtu habit ni trop modeste, ni trop somptuaire, afin de le faire passer pour authentique marchand, l'Ombre rejoignit Face-Noire sur le pont.

« Comment me trouves-tu ? »

L'ayant un instant considéré, le boucanier répondit :

« Décidément, l'habit fait le moine. Il reste cependant une question à régler. Souhaitez-vous que "l'échange" ou devrais-je dire, la transaction, ait lieu à terre ou à bord de notre chaloupe, l'usage, comme vous le savez, permettant les deux. »

Posant ses mains puissantes sur le bastingage, Arzhur répondit :

« À terre, sans doute aucun. Je veux y prendre tout le temps d'apprécier les hommes que je vais recruter et qui partageront, disons, nos aventureuses destinées. »

Se faisant violence, car il n'aimait guère parler, Face-Noire intervint :

« Dois-je vous rappeler que l'île d'Hispaniola regorge d'espions au service des royaumes de diverses nations et abrite en outre certains des plus redoutables forbans de l'Albinos ? Ce dernier est non seulement votre rival, mais surtout votre pire ennemi. Plus longtemps vous y séjournerez, plus vous risquerez d'être repéré. En outre, je vous le répète, capitaine, engager des Nègres à notre bord, si forts et valeureux soient-ils, engendrera des tensions qu'auprès de vos hommes, je ne suis point sûr de pouvoir contrôler. »

L'Ombre pivota et haussa le ton :

« Tu le pourras parce qu'il le faudra et que nous n'avons plus d'autre choix. Quel genre de profession crois-tu avoir embrassé ? Drapier, notaire, tailleur de pierre ? Nous autres frères de la côte, avons tout renié pour vivre cette dangereuse et impensable liberté. Alors, Face-Noire, serait-ce donc la mort qui t'effraie tant ? »

Le boucanier eut un rire amer :

« Effrayante, la mort ? Mais elle sera au contraire pour moi une sœur bien-aimée ! Car je suis mort le 26 avril 1698, lorsqu'une horde de marauds surgie de l'enfer investit mes maigres terres et viola dans la cour de ma ferme ma femme grosse de huit mois. Après que chacun outragea son corps à plaisir, ils l'égorgèrent et l'étripèrent. Retenu par quatre d'entre eux, je vis les autres extirper de son ventre encore chaud le corps sanguinolent de mon enfant avant de le donner à manger aux pourceaux. Jamais je ne saurai pourquoi ils me laissèrent en vie avant que de repartir, et pour moi, c'est cela le pire. »

Arzhur s'était figé. Au bout d'un long moment, il se surprit à demander :

« Quel est ton véritable nom ? »

« Avant ce jour maudit, je me nommais Bertrand de Carcouët. »

Descendue sans encombre des bossoirs restaurés, la chaloupe fut mise à flot.

Avant que d'y embarquer, l'Ombre avait longuement hésité quant au choix de celui qui l'accompagnerait dans sa délicate transaction. Face-Noire eût bien sûr été le candidat idéal, mais il avait dû y renoncer, car en l'absence de Morvan, il était le seul auquel il pouvait le commandement du *Sans Dieu* confier.

Quelques heures auparavant, dans sa cabine, il avait mentalement recensé chaque homme suceptible de se faire passer pour le commis d'un marchand : Gant-de-Fer ? Tout en lui exhalait le remugle du pirate. Bois-sans-Soif ? Son courage et sa loyauté sans pareille étaient par trop fragilisés par son penchant avéré pour la bouteille. Foutriquet ? Malin comme un singe, mais aussi sournois qu'une vipère. Aucun de tous les autres, simple matelot ou gabier, n'était en mesure de remplir cette hasardeuse mission. Ne restait donc que l'ombrageux jésuite.

Ce dernier officiait en sa cuisine, découpant salaisons et légumes de saisons. Il sursauta lorsque l'Ombre pénétra en son antre, et se retourna, couteau tenu à pleine main.

« Tout doux monsieur l'Ibère. C'est en ami que je m'en viens vous visiter et vous libérer du joug que je vous ai imposé. J'ai besoin de vos services pour une aventure autrement exaltante que la préparation de la cuisine du bord. »

La lame du Padre ne s'était point abaissée. Méfiant, il s'enquit :

« Quelle nouvelle sournoiserie a pris place dans votre esprit ? »

Prélevant un morceau de lard qu'il savoura délicatement, Arzhur répondit :

« Comme je vous l'ai déjà expliqué, quatre hommes manquent à mon bord et je vais donc acheter des Nègres pour les remplacer. Aucun marchand ne se déplace seul et vous jouerez donc le rôle du commis qui m'accompagne. Il ne vous servira à rien de protester comme à l'accoutumée, car je l'ai déjà décidé. »

Baissant son couteau, Anselme le regarda droit dans les yeux :

« Ainsi vous allez enrôler de force ces malheureux et leur enseigner à voler, tuer et molester, faisant d'eux les complices du mal qui vous ronge et les vouer à la damnation. »

Arzhur se fit glacial :

« La damnation, dites-vous ? Je constate que vous n'êtes pas très au fait du sort infâme qui les attend aux Amériques. Damnés, ils le sont déjà sur cette maudite terre. Je vais donc m'employer à leur rendre la liberté qui leur a été volée. Allez immédiatement dans votre cabine, j'y ai fait déposer des vêtements simples qui devraient vous aller. Nous appareillons dans moins d'une heure. »

Le Padre allait s'emporter, puis calma son ardeur car une idée venait de germer en son esprit. Obtempérant à l'ordre qui venait de lui être signifié, il revêtit la tenue préparée puis se rendit discrètement à fond de cale et appela Tristan. Ce dernier mit quelque temps avant que d'apparaître. Ses yeux étaient rougis. En peu de mots, le Padre lui résuma la situation :

« J'imagine que le capitaine et moi-même serons absents durant deux ou trois jours. Mon plan est fort simple, mais risqué et tu vas le suivre à la lettre. Écoute-moi attentivement. »

Palsambleu tenait la barre de la chaloupe, car il eût été étrange que deux commerçants emplissent eux-mêmes cet office. Il fallait en outre qu'un homme sûr gardât l'embarcation et se tînt prêt à toute éventualité. Au cours de la traversée, nulle parole ne fut échangée.

Arzhur ne cessait de repenser au récit du bouca-nier, lequel l'avait fortement ébranlé. Quelques mots avaient suffi pour qu'il se représente la scène dans toute son abomination, car au sein de sa contrée même, il avait eu vent de ce genre d'exactions. Ainsi, comme lui, Face-Noire avait été le modeste hobereau de sa seigneurie. Comme lui, il avait connu l'hor-reur de perdre un enfant, en des circonstances bien plus tragiques encore. Pour la première fois de sa vie, il eut honte de lui. Après que son lieutenant eut achevé son récit, il aurait dû lui poser cent ques-tions : « As-tu retrouvé ces misérables ? Pourquoi ne t'être point suicidé ? Avais-tu des parents ? D'autres enfants ? Pourquoi avoir fui plutôt que de chercher à les venger ? » Au lieu de cela, il n'avait pu que lui demander : *Quel est ton véritable nom ?* Une autre chose frappa son esprit. Le flibustier avait cité un jour précis, *le 26 avril 1698*. Or, Arzhur avait beau fouiller dans son infaillible mémoire, il n'avait nulle souvenance de la date de la mort d'aucun de ses enfants, pas même celle de Jehan.

Sans regarder l'Ibère qui se tenait à la poupe de la chaloupe, il eut une fugitive pensée pour sa dernière parole prononcée. N'y avait-il donc plus en lui la moindre parcelle d'âme ? Non, sans doute, mais après tout, à quoi bon, car une fois encore, *Dieu* confirmait son implacable cruauté. Il se retourna vers Palsambleu :

« As-tu bien embarqué l'argent et les denrées nécessaires à la transaction ? »

Tout en évitant habilement les écueils affleurant, le pirate répondit :

« Oui-da, avec Face-Noire, nous y avons foutrement veillé : livres tournois, fusils en nombre, poudre à canon, plomb en balles, barres de fer, cordes, pintes d'eau-de-vie et rolles de tabac en quantité. Quelles que soient les exigences de ces bougres de négriers, vous serez en mesure de les satisfaire. »

Ils abordèrent Hispaniola par sa côte occidentale, non loin de l'anse de Trou-Bordé. Cette région était davantage connue sous le nom de l'Hôpital, depuis que des flibustiers français y avaient édifié une maison de soins. Au cours de l'hiver 1707, le gouverneur François-Joseph, comte de Choiseul-Beaupré, avait en vain bataillé afin de faire passer le rare et précieux édifice sous sa houlette. Mais les forbans qui

216

régnaient en maîtres sur cette partie de l'île s'étaient tant montrés rétifs à cette demande, qu'ils avaient préféré fermer l'établissement, plutôt que le céder à une autorité qu'ils ne reconnaissaient pas.

Dix années auparavant, en l'an de grâce 1697, la Caraïbe avait été scindée en deux. Arzhur avait eu connaissance du fameux traité de Ryswick, en vertu duquel, après avoir plusieurs combats d'importance perdu, les Espagnols renonçaient définitivement à l'ouest de l'île, le royaume ibérique ne conservant que la partie est dont le nom était et demeurait Santo Domingo. À l'instant où la chaloupe du *Sans Dieu* s'arrimait près des rochers, une pluie diluvienne s'abattit sur ses passagers. En quelques secondes, les vêtements qu'arboraient l'Ombre et le Padre furent détrempés et Palsambleu jura comme à l'accoutumée :

« Cornecul ! Comme vous v'là maintenant attifés ! Je gage qu'avec la mine que vous affichez, l'on vous prendra davantage pour de pauvres gueux que d'opulents marchands. »

Arzhur marcha sur lui et lui saisit les génitoires qu'il serra fortement.

« Je regrette que ce soit toi qui nous aies accompagnés, Palsambleu ! Désormais, il te faudra apprendre à grande gueule fermer, de sorte à ne nous faire courir aucun danger. Tu vas t'ancrer plus loin, à couvert et y attendre notre retour. J'espère que tu goûtes ta propre compagnie, car d'ici deux ou trois jours, tu n'en auras point d'autre. »

Grimaçant sous la douleur tout en sentant qu'il avait outrepassé certaines limites, le flibustier offrait piteuse mine.

« Pardon capitaine et n'ayez crainte, je serai foutrement sur mes gardes et veillerai à la vôtre. »

L'averse tropicale cessa aussi brutalement qu'elle avait commencé. L'on était au milieu de septembre, au cœur de la saison humide.

Sous l'ardeur implacable du soleil revenu, les vêtements d'Arzhur et d'Anselme fumaient comme viande sur brasier. Après avoir longé la côte pendant une demi-lieue, ils entamèrent une pénible ascension pour rejoindre la région de l'Hôpital, car l'île présentait moult reliefs montagneux. Après une heure d'efforts, ils parvinrent enfin jusqu'au lieu-dit Turgeau où ils se mirent en quête d'une bonne taverne. Arzhur désirait autant s'y restaurer qu'y glaner précieux renseignements quant à la date de la prochaine vente d'esclaves et ses modalités. Son choix se porta sur celle qui répondait au curieux nom du Joyeux Tiburón, car elle semblait la mieux achalandée. Des clients de tous horizons et tous acabits s'y relayaient en effet au milieu d'un brouhaha de rires, de crachats et de jurons.

Ils prirent discrètement place autour d'un large tonneau qui faisait office de table juste devant l'entrée. Au bout d'un moment qui leur parut fort long tant la soif et la faim les taraudaient, un gaillard au visage grêlé par la petite vérole vint prendre leur commande.

« Bonjour, m'sieurs les marchands. J'espère que vous ferez pas trop les difficiles, car y a plus que des crabes sautés à la sauce locale, laquelle est un peu trop pimentée à mon goût. C'est que mon cuisinier vient de mourir des fièvres et qu'il m'a fallu le remplacer au pied levé. Sinon, mon vin est bon et le rhum, meilleur encore. Alors ? »

L'Ombre se contenta de répondre :

« Va pour les crabes. S'agissant de la boisson, nous prendrons ton vin s'il est aussi bon que tu le prétends et ne le cèdes pas à un prix éhonté. »

Le tavernier partit d'un gros rire qui tordit davantage sa bouche déformée :

« Dans les auberges de notre beau royaume de France, il est spécifié "Qui dort dîne". Ici ce serait plutôt "Qui boit dort". Si vous prenez chambre, le vin vous coûtera moins de piastres. »

Réfrénant l'ire qui commençait de le gagner, Arzhur rétorqua :

« Il n'est pas impossible en effet, que nous séjournions ici une nuit ou deux. Mais tu l'as dit, nous sommes marchands et pour nous, temps vaut argent. Nous sommes venus acheter des esclaves et désirerions savoir où et quand la prochaine vente se tiendra. »

L'aubergiste s'étonna :

« Quoi, vous n'êtes donc point au courant ? »

« Au courant de quoi ? »

Avant de répondre, l'homme se signa :

« Que notre Roy Louis le Quatorzième a passé à cause d'une méchante humeur à la jambe qui lui a gagné le corps tout entier. En attendant de savoir qui va lui succéder, la plupart des activités marchandes de l'île sont suspendues et ce, jusqu'à nouvel ordre. Je reviens tout de suite avec le vin. »

Anselme ne put s'empêcher d'afficher un petit rictus qui agaça souverainement Arzhur :

« Qu'avez-vous à dire ? »

« Que cette succession risque d'être fort compliquée, puisque votre regretté souverain a tous ses enfants perdu, ainsi que la majorité de ses petits-enfants.

Le duc d'Anjou excepté, puisque son défunt grand-père l'avait imposé sur le trône de mon pays. L'héritier légitime du trône de France est l'arrière-petit-fils du Roy Soleil, mais il n'a que cinq ans. Il faudra donc désigner un régent. »

Arzhur ne put cacher son étonnement :

« Comment diable pouvez-vous être au fait de tout ceci, alors que j'en ignore moi-même la plupart des arcanes ? »

Anselme prit le temps de boire une gorgée du verre de vin que le grêlé venait de servir :

« Avant que vous n'attaquiez le galion sur lequel je me trouvais et ne tranchiez de si belle façon les oreilles du capitaine de la Vega, figurez-vous que je me suis servi des miennes. Bien que Philippe V, l'actuel Roy d'Espagne, soit le petit-fils de son ibère aïeule, il n'en demeure pas moins qu'au regard de mes compatriotes, il est avant tout français, ce que la plupart des Grands d'Espagne ne considèrent pas d'un très bon œil. En outre, rien, finalement, ne pourrait l'empêcher de revendiquer une double couronne et diriger à ce titre nos deux puissants royaumes. Mais je gage que cette folle audace ne serait pas plus du goût des Espagnols que de celui des Français. Vous avez sûrement souvenance que le prétexte au démarrage de la guerre de Cent Ans entre la France et l'Angleterre, n'eut d'autre motif. »

Arzhur réfléchissait. La conduite des affaires de la France et les intrigues politiques qui en découlaient l'avaient toujours laissé indifférent, et il avait par trop négligé que de s'y intéresser.

À l'instar de la majorité des sujets du Roy Soleil, il n'avait connu que ce souverain absolu dont le règne avait couvert plus de trois générations, et venait de s'achever après soixante-douze années.

Nul doute, des alliances nouvelles allaient être conclues, des trêves voler en éclat et de nouveaux foyers de guerre se déclarer.

Les crabes cuits en leur carapace encore fumante furent servis par le grêlé qui avait apporté nouveau cruchon de vin.

« Si la sauce aux piments vous met le feu au gosier, vous aurez besoin de vin frais absorber. Alors, cette chambre, vous la prenez ? »

Arzhur sortit de sa poche une bourse gonflée et l'agita sous le nez busqué du tavernier :

« Nous la prenons pour deux nuits, après nous verrons. Donne-nous la plus confortable et traite-nous bien, tu en seras récompensé. »

Satisfait, le tavernier s'en fut.

Au moment où ils allaient enfin leur repas attaquer, un homme qu'ils n'avaient point repéré vint rejoindre leur tablée :

« Pardon messires, je n'ai pu m'empêcher d'ouïr le motif de votre visite céans. Il semble que vous désiriez esclaves acheter ? »

Oubliant le rôle de subalterne que l'Ombre lui avait assigné, Anselme répondit d'un ton rogue :

« Nous avons cru comprendre que depuis le décès de notre Roy, ce genre de transactions n'avait plus cours. »

L'inconnu exprima sa surprise :

« D'où donc venez-vous, car votre rugueux accent laisse augurer que vous n'êtes point français ? »

Le Padre allait vertement répondre, quand Arzhur lui écrasa le pied :

« Mon insolent commis est originaire du Pays basque, versant français s'entend. Mais comme il est né à l'exacte frontière des Pyrénées et a toute sa famille française perdu, il a en partie été élevé par la branche ibère de ses aïeux et parle aisément ces deux langues. Il s'agit pour moi d'un atout précieux lors de certaines délicates transactions. »

Sans y avoir été invité, l'homme prit place au milieu d'eux, un fin sourire ornant ses lèvres minces.

« Ceci explique donc cela. S'agissant de l'affaire dont vous discutiez et que je n'ai pu m'empêcher d'entendre, sachez que d'aucuns pourraient discrètement opérer la transaction que vous envisagez, pour peu que vous consentiez à me faire confiance. »

Arzhur considéra celui qui lui faisait face. Son expérience lui avait enseigné que la plupart des mots employés disaient souvent l'inverse de ce qu'ils étaient censés signifier.

« Confiance ? Voici un terme, vous en conviendrez, auquel un marchand accorde fort peu de crédit, et ce d'autant plus de la part d'un parfait inconnu. Monsieur, monsieur ? »

Le sourire disparut et la voix se fit sifflante :

« Connaître mon nom ne vous servirait à rien, car je ne suis qu'un simple courtier. À la toute fin, si vous voulez rapidement des esclaves acheter, il faudra en passer par mon intermédiaire ou y renoncer. »

Arzhur eût volontiers sauté à la gorge de l'impudent, mais se souvint à temps qu'il tenait le rôle d'un pacifique commerçant.

D'une voix hésitante, il demanda :

« Quelles seraient alors les modalités de cette discrète transaction et où aurait-elle lieu ? »

Le sourire revint orner la face ingrate de celui qui s'obstinait à taire son identité.

« Dans votre intérêt et le mien, cela, je ne le puis révéler. En outre, il me faut de plus amples informations : combien de Nègres voulez-vous acheter et quelle somme êtes-vous prêts à proposer ? »

Tout en attaquant la chair de son crabe, Arzhur se plut à jouer au boutiquier :

« Prenons les choses dans l'ordre. J'ai besoin de trois gaillards en parfaite santé, mais souhaite les choisir moi-même. Je sais que le prix en vigueur oscille entre trois cent quatre-vingts et quatre cent dix livres tournois. J'imagine sans peine qu'en ces temps troublés, vous me demanderez un léger supplément. »

La réponse ne se fit pas attendre :

« Cent livres de plus par pièce. C'est le prix à payer pour les risques encourus par moi et mes associés. »

Arzhur fut secoué d'une violente quinte de toux, tant provoquée par le piment rouge qu'il venait de croquer que le montant annoncé.

Anselme lui administra fortes claques dans le dos avant de lui tendre un verre d'eau qu'il s'empressa d'avaler avant d'éructer :

« Peste et disette ! Cette sauce est aussi impossible à avaler que le prix éhonté que vous osez demander. Dans ces conditions, je renonce à cette affaire, car moi aussi, j'ai des comptes à rendre. »

Marri, l'inconnu fit mine de se lever, hésita, puis se rassit :

« Disons soixante et l'affaire est conclue. »

Au grand dam d'Arzhur, l'Ibère intervint à nouveau :

« Manifestement, mon maître a un malaise. J'ai beau n'être que son commis, je n'en connais pas moins les termes d'une juste transaction. Voici donc notre ultime proposition : trente livres de plus par esclave et pas un denier de plus ! Cependant, comme vous l'a dit mon maître, nous voulons voir de près la marchandise. Alors où et quand ? »

Après quelques instants de réflexion, l'inconnu répondit :

« Cinquante livres et l'affaire est conclue. Puisque selon toute apparence, vous allez ici prendre logis, aux alentours de la minuit, un homme sûr viendra vous chercher pour vous conduire jusques au lieu où vous ferez votre marché. »

Anselme s'empressa d'ajouter :

« Je gage qu'il n'est donc pas à des lieues d'ici. C'est heureux, car les oignons que j'ai aux pieds et la goutte aux genoux me font cruellement pâtir. Soit, nous l'attendrons. Mais comment diantre pourrons-nous avoir la certitude que ce messager est bien votre envoyé ? »

« Un simple mot de passe y pourvoira : *Notre sire n'est plus.* »

Après le départ du négrier, Arzhur laissa éclater son ire, tout en se gardant de ne point parler trop fort :

« Je vous avais demandé de jouer le rôle discret d'un commis de marchand, pas de négocier à ma place, outrepassant ainsi votre fonction, la chose pouvant éveiller grands soupçons. »

Tout en savourant enfin son crabe tiédissant, Anselme rétorqua :

« N'êtes-vous point content ? Ce manant allait belle somme vous extorquer et il me semble au contraire avoir habilement parlé. Nonobstant, je ne saurais lui

224

accorder la moindre confiance et vous recommande à nouveau d'abandonner votre absurde projet. »

« Nenni et vous le savez bien. Je ne vous ai point attendu pour me méfier de tout et de tous, raison pour laquelle je suis toujours en vie. En outre, sous mes neutres habits se cachent plusieurs armes et j'irais même jusqu'à vous en confier une pour notre rendez-vous de cette nuit. Mais dites-moi, comment faites-vous pour avaler sans périr cette nourriture du diable ? »

« Je la trouve divine au contraire. Puis-je finir votre assiette ? »

La chambre que le taulier leur avait réservée était de proportions modestes, mais propre et bien agencée. Dans l'unique lit qu'ils furent obligés de partager, tous deux sombrèrent dans un profond sommeil. Une faim de loup éveilla Arzhur à la tombée de la nuit.

Abandonnant l'Ibère à la puissance de ses ronflements, il descendit dans l'espoir de gagner la salle à manger et s'y restaurer. Il allait franchir la dernière marche de l'escalier, lorsque la rumeur étouffée d'une conversation retint son pas.

« Ainsi ces deux larrons ne seraient pas ce qu'ils prétendent être ? Alors qui sont-ils et que veulent-ils ? »

Arzhur reconnut la voix acide du grêlé :

« Cela, point ne le sais. Mais s'ils sont d'authentiques marchands, moi je suis un envoyé du pape ! »

« Tu as eu raison de me faire mander et l'Albinos t'en saura gré. Partout, il traque ses ennemis et l'un d'eux, fort dangereux, en particulier. À minuit, tes deux lascars suivront benoîtement notre homme et chemin faisant, nous nous emparerons d'eux. Après cela, nous saurons les faire parler. »

Dans le plus grand silence, Arzhur remonta l'escalier et regagna la chambre. Il secoua le Padre qu'il eut toutes les peines du monde à réveiller. Ce dernier ouvrit des yeux hagards :

« Quoi, qu'y a-t-il ? »

Attrapant leurs affaires à la volée, l'Ombre siffla :

« Il y a que nous devons au plus vite déguerpir de ce piège. Habillez-vous et sautons par la fenêtre pour fuir par le jardin. »

Tout en se vêtant à la hâte, Anselme ne put s'empêcher d'observer :

« Il semble que la Divine Providence contrarie vos plans. N'avais-je pas raison en arguant que votre entreprise n'était que pure folie ? »

Poussant sans ménagement l'Ibère vers la fenêtre, Arzhur lui intima :

« La folie serait de rester une minute de plus en ce lieu. Sautez le premier, je vous suis. »

Une lune argentée éclaira leur équipée. Elle pouvait tout aussi bien indiquer leur chemin que montrer à leurs éventuels poursuivants la route empruntée par les deux fuyards. Celle-ci descendait parfois si abruptement qu'il leur fallut course ralentir afin de ne point choir sur les nombreux accidents qu'elle présentait. Après un quart d'heure d'efforts, ils s'arrêtèrent pour reprendre souffle. La côte s'offrit enfin à leur vue, bordée par la mer qui scintillait doucement sous l'éclat de la lune. Ils allaient repartir quand ils entendirent des pas rapides et une respiration haletante. Sans hésiter plus avant, l'Ombre extirpa sa dague pour occire le poursuivant. À peine se retourna-t-il pour bloquer l'assaillant que celui-ci le percuta violemment. Le choc les fit choir tous deux et dévaler la pente escarpée. Arzhur réussit à planter sa dague dans le sol afin d'arrêter sa chute éperdue, mais l'inconnu était parvenu à s'agripper à sa jambe. Rudement estourbi, Arzhur n'en perdit pas pour autant l'esprit et se rua sur le corps de l'assaillant qu'il chevaucha. Sa lame était prête à s'enfoncer dans son cou quand il vit qu'il était aussi nu que noir de peau. Interloqué, il retint son geste et interrogea :

« Qui diable es-tu, qui t'envoie et pourquoi me poursuis-tu ? Parle ou je t'expédie sur l'instant ! »

Le fuyard cessa de se débattre :

« Faites-le ! Je ne veux pas qu'on me reprenne vivant, jamais ! »

Arzhur écarta la pointe de sa lame :

« Ainsi donc tu serais un esclave en fuite ? Qu'est-ce qui me prouve tes dires et que l'on ne t'a point commandité pour me tuer ? »

« Mon dos. Regardez-le. »

Arzhur relâcha sa prise et l'homme se retourna.

Le spectacle de sa peau torturée ne laissait aucun doute sur la nature des châtiments endurés. Le fouet maintes fois appliqué en avait arraché la surface, montrant béance de plaies où du sang encore frais affleurait. Un pas lourd assorti d'un souffle court se fit entendre.

Arme toujours au poing, Arzhur bondit sur ses pieds et se retrouva nez à nez avec le jésuite, lequel ne fut pas moins surpris.

« Ainsi vous ne vous êtes point rompu les os ! Vu d'en haut, votre chute eût pu laisser augurer du contraire. Qui est-ce ? »

Arzhur baissa la garde :

« Un Nègre marron qui fuyait droit devant lui et a fait, disons, une brutale rencontre. »

Il se tourna vers lui :

« Ton nom ? »

Terrorisé, l'homme n'en eut pas moins un regard farouche :

« À quoi bon mon nom ? Tuez-moi ou laissez-moi repartir. »

« Tu sais très bien que tu seras à nouveau repris et cette fois, battu à mort. Ta seule chance est de nous suivre. »

Méfiant, l'esclave balançait encore, lorsque, tout en haut de la colline, Arzhur aperçut la flamme dansante de torches qui venaient dans leur direction.

« L'heure n'est plus à l'hésitation. Ils sont déjà à tes trousses et sans doute aux nôtres. Allons ! »

Après s'être écorchés sur les épineux agoualalys, ils retrouvèrent enfin la sente qui descendait vers la côte et en suivirent les contours. Ils les menèrent non loin de l'anse où ils avaient laissé la chaloupe du *Sans Dieu*. La lueur d'un maigre feu guida leurs derniers pas.

Une voix forte les interpella :

« Qui va là ? Nous sommes plusieurs ici et fortement armés ! »

« C'est moi, l'Ombre. Éteins immédiatement ta braise, Palsambleu, et largue l'amarre, je t'aiderai à la rame avant que nous ne mettions discrètement à la voile. »

Le vent était à la traîne et la chaloupe peinait à s'éloigner de la côte. Les lumières s'étaient dangereusement rapprochées du rivage. La voix du chef de ceux qui les brandissaient résonna dans la nuit :

« Ils ne peuvent pas être loin. Trouvez-moi ces chiens et ramenez-les vifs plutôt que morts, j'aurai plaisir à m'en occuper ! »

Ce entendant, l'esclave sans nom regarda Arzhur :

« Vite, tendez-moi la plus longue de vos cordes. Je vais plonger dans l'eau et tirer le bateau pour l'amener dans le courant. Là seulement, il pourra prendre le vent. »

Avant même la réponse de l'intéressé, il avait plongé. Palsambleu déroula son plus long bout et le lança dans sa direction. À pleines dents, il s'en saisit et, nageant sur le dos, fit lentement progresser la chaloupe vers le large. À la force de la rame, Arzhur et Anselme aidèrent autant qu'ils le purent à sa progression. La lueur des torches avait atteint le rivage.

Déchirant la nuit claire, des tirs de mousquet retentirent. Trop éloignés, ils manquèrent leur cible et les balles se perdirent dans les flots. Distinguant soudain des ailerons qui signaient la présence de nombreux *tiburones*, Anselme cria au nageur :

« Saisissez-vous de la corde à pleines mains, nous allons vous remonter immédiatement à bord ! »

Au mépris du danger, celui-ci répondit :

« Pas encore, le courant n'est plus très loin, je le sens. »

Anselme se tourna vers Arzhur et hurla :

« Qu'attendez-vous ? Tirez ! Il faut à l'instant l'arracher à une mort atroce ! »

L'Ombre lui opposa un regard froid :

« Pas encore, il l'a dit lui-même, il y est presque. »

Une nouvelle salve de tirs partit de la plage. Palsambleu poussa bel hurlement avant que de s'écrouler sur le pont. Arzhur se précipita pour reprendre la barre, l'orienta d'un quart tribord et sentit enfin le vent gonfler la voile. Il cria :

« Qu'attendez-vous monsieur l'Ibère, remontez notre nouvelle recrue et occupez-vous de Palsambleu ! »

Contenant à grand-peine sa colère, le Padre s'exécuta.

Il lui fut des plus malaisés d'examiner le blessé, tant ce dernier se tordait de douleur. Encore trempé, l'esclave l'aida à le maîtriser et ce voyant, Palsambleu jura comme jamais :

« Foutre de foutre, me voici déjà en enfer ! Bas les pattes, suppôt de Satan et retourne chez le diable d'où tu viens ! »

Sans réfléchir, Anselme lui administra fort soufflet à la face :

« Cet envoyé du diable, comme tu dis, vient de nous sauver la vie. Cesse donc de gueuler et laisse-moi examiner ta blessure. »

Lui offrant aide involontaire, Palsambleu se pâma et ne bougea plus. La balle de plomb avait atteint son épaule gauche, déchirant muscles, ligaments et présentant vilaine allure. Ne disposant d'aucun remède à bord, le Padre ne pouvait rien faire, à part nettoyer et comprimer la plaie. L'esclave observa :

« Mauvaise blessure. Le sorcier de ma tribu saurait quoi faire, seulement il faut certaines herbes. »

Piqué, Anselme ne put s'empêcher de rétorquer :

« Cela je le sais et en connais et les noms et les vertus curatives, mais n'en dispose point céans. »

Se radoucissant, il considéra celui qui avait parlé d'une voix égale :

« Pardonne-moi, nous venons de connaître des heures difficiles et j'ai craint pour ta vie et la nôtre. Tu as fait montre de beau courage en te jetant à la mer et nous te devons beaucoup. Comment t'appelles-tu ? »

L'homme prit une inspiration avant de répondre :

« Sur la grande pirogue qui m'arrachait à la terre de mes ancêtres, on m'a plongé plusieurs fois la tête dans un tonneau empli d'eau. Après, un Blanc vêtu d'une robe a fait des signes étranges. Il m'a dit que mon nouveau nom était Baptiste et que, si je n'y répondais pas, je serais fouetté jusqu'au sang. Mais je suis Kunta. »

À l'aube naissante, habilement pilotée par l'Ombre, la chaloupe s'arrima le long des flancs du *Sans Dieu*.

Du pont où la majorité des flibustiers s'étaient rassemblés, les remarques ne cessaient de fuser :

« Brève expédition en vérité... »

« Et pour nous ramener qui ? Un sauvage noir comme l'enfer. »

« Regardez, Palsambleu ne bouge plus, on dirait qu'il est mort ! »

Relevant le chef, Arzhur tonna :

« Il le sera bientôt et vous tous avec, si vous ne nous remontez pas à l'instant ! »

Face-Noire se rua :

« N'avez-vous point entendu notre capitaine ? Arrimez et hissez la chaloupe immédiatement ! »

Les hommes, enfin, s'empressèrent. Deux d'entre eux portèrent le corps de Palsambleu jusqu'à la cabine du Padre, suivis par ce dernier et l'immense l'esclave. Restés seuls, Anselme se tourna vers lui :

« Veille sur lui le temps que je prépare ma médecine. »

« Es-tu sorcier ? »

Le mot employé frappa au cœur le Padre.

Il lui rappela sa profonde amitié pour Ima qui lui avait enseigné le secret des plantes de sa forêt et tous les remèdes qui en découlaient.

Il lui rappela aussi les heures les plus noires de son pays à l'époque où la Sainte Inquisition avait outrepassé tous ses pouvoirs.

Accusations d'hérésie, procès en sorcellerie, soumission à la question, tous les moyens avaient été mis en œuvre pour terroriser et asservir la population. Des membres de l'Église eux-mêmes avaient pâti de cette engeance, pour peu qu'ils eussent professé une interprétation différente des Saints Évangiles. Souvent, Anselme s'était pris à songer que s'il avait vécu sous le règne d'Isabelle la Catholique, il eût probablement achevé sa carrière ecclésiastique sur le bûcher.

Un cri de douleur l'arracha à ses sombres pensées, lui rappelant à quel point Palsambleu avait urgent besoin de ses soins. Il courut vers sa cuisine préparer le remède *ad hoc*, nonobstant l'absence cruelle de plusieurs herbes et racines. Au sortir de son réduit, il croisa l'Ombre.

« Alors monsieur l'Ibère, pouvez-vous sauver notre gueulard ? »

« Je l'espère, mais je manque d'ingrédients pour apaiser ses douleurs. »

« L'allons-nous donc ouïr jurer toute la nuit ? »

Avec humeur, le Padre répondit :

« S'il ne passe pas, c'est plus que probable. »

Sur le même ton, Arzhur enjoignit :

« Soyez prompt à lui administrer votre douteux élixir car je souhaite votre présence au plus vite sur le pont. »

Anselme eut toutes les peines du monde à faire prendre à Palsambleu son breuvage, tant ce dernier se débattait et pestait.

La chose enfin faite, il l'abandonna à son ire et rejoignit l'équipage. Aux côtés de Kunta qui, fait rarissime, le dépassait d'une tête, l'Ombre se tenait devant les hommes réunis. Apercevant le jésuite, il l'apostropha vertement :

« Par le diable, vous seriez-vous perdu en chemin pour me faire tant languir ? »

Indigné, il allait rétorquer, mais l'Ombre ne lui en laissa pas le loisir. D'une voix puissante, il déclara :

« Messieurs, pour compenser nos pertes et certaine perfide désertion, j'ai voulu cette escale afin d'y recruter les hommes qui manquent à la bonne marche de notre navire. Malheureusement, rien ne fut aisé dans cette expédition car nos ennemis, toujours aux aguets, ont essayé de nous tendre piège. Celui-ci a échoué comme tous les autres, mais il a fortement contrarié mes plans. Un heureux hasard a placé cet esclave en fuite sur notre chemin, et il a décidé de lier au nôtre son destin. Ce faisant, il m'a fait économiser au passage belle bourse de livres tournois ! »

Cette dernière phrase fut prononcée avec un sourire dans la voix.

Quelques flibustiers s'esclaffèrent, tandis que d'autres affichaient mine hostile. Feignant de l'ignorer, l'Ombre poursuivit sa diatribe :

« Puis nous fûmes lâchement attaqués à presque dix contre un. Palsambleu a écopé d'une balle de mousquet et sans la bravoure de ce gaillard qui a risqué sa vie pour amener notre chaloupe dans le vent, nous aurions les pieds outre en cet instant. »

Yvon-Courtes-Pattes s'avança d'un pas :

« Fort bien ! Et à bord du *Sans Dieu*, à quelle tâche ce sauvage sera-t-il assigné ? »

En quelques enjambées, Arzhur fut sur lui. Le saisissant à la gorge, il le souleva du pont :

« Sauvage, as-tu dit ? Toi que j'ai vu culbuter de force des filles à peine sorties de l'enfance et tuer un âne à coups de pierre juste pour te distraire ! Dis-moi, quelle est ta définition du mot de sauvage ? »

Comme la face du pirate virait au violacé, Arzhur desserra son étreinte. Après une violente quinte de toux qui le secoua tout entier, l'homme parvint à articuler :

« Enfin, ces Nègres ne sont pas faits comme nous, et en plus ils mangent de la chair humaine et cela est abomination ! »

Une rumeur d'assentiment fit écho à son propos. Sans lâcher sa proie, Arzhur se retourna vers Kunta :

« Est-ce vrai ? Toi et les tiens vous repaissez-vous de la chair de vos semblables ? »

D'une voix neutre, il répondit :

« Ni moi ni ma tribu. Je sais seulement qu'avant que les Blancs les tuent presque tous, certains Indiens caraïbes avaient coutume de dévorer le corps et le cœur de leurs ennemis. »

Arzhur opina avant de s'adresser au petit Malouin :

« Écoute-moi bien Yvon-Courtes-Pattes, si tu n'étais pas si habile gabier, voici longtemps que je t'aurais expédié au fond des flots. Quant à vous tous, considérez désormais cet homme comme l'un des vôtres ! Avec les mêmes devoirs, les mêmes gratifications et, en cas de manquement, les mêmes punitions. Après les avoir évaluées, Face-Noire lui attribuera un rôle en fonction de ses compétences. Et maintenant, que chacun regagne son poste. »

Pendant tout le temps qu'avait duré le discours de l'Ombre, Face-Noire, comme à son habitude, s'était tenu en retrait sur la dunette, armé et prêt à intervenir. Une fois l'équipage dispersé, il vint retrouver son capitaine.

« N'avais-je point raison ? Cette hasardeuse expédition a failli vous coûter la vie. S'agissait-il une fois encore des sbires de l'Albinos ? »

« Sans nul doute. Ce forban est attaché à mes basques comme une sangsue à mon dos ! Je gage qu'en dépit de la jolie somme que je lui ai versée pour connaître la route du galion espagnol, ce misérable n'ait point digéré la perte d'un revenu dix fois plus considérable. »

Le second hocha la tête :

« Et Palsambleu ? »

« Le Padre s'en occupe et a bon espoir de le tirer de ce mauvais pas. Pourquoi diable souris-tu ? »

« Parce que c'est la première fois que vous l'appelez Padre. Il me faut maintenant vous relater un fait important. »

Deux jours auparavant, exécutant, non sans appréhension le plan du Padre, Tristan avait attendu la nuit qui avait suivi son départ avec l'Ombre pour l'île d'Hispaniola. Il était sorti de son noir refuge, suivi d'une Isabella récalcitrante, tant le projet du jésuite lui apparaissait insensé. Tous deux progressaient à pas de loup, craignant à chaque instant d'attirer l'attention des hommes de quart. Par chance, ceux-ci s'étaient regroupés sur le tillac où ils disputaient une partie acharnée de pharaon, comme en témoignaient les cris de victoire ou de rage des différents joueurs.

Après avoir rampé de longues minutes, ils parvinrent enfin à la poupe. La lune aussi semblait les protéger, car de lourds nuages en voilaient la clarté. À voix basse, Isabella interrogea :

« Et maintenant que fait-on, on saute ? »

Parlant plus bas encore Tristan répondit :

« Non, notre plongeon ferait trop de bruit. Dans le cellier, j'ai trouvé une corde que je vais attacher et le long de laquelle nous allons descendre. »

Pris d'une soudaine angoisse, il s'enquit :

« Mon Dieu, sais-tu nager au moins ? »

D'un ton farouche, elle rétorqua :

« J'ai appris à nager avant même de savoir marcher. Et toi ? »

Furtivement, le coquelet se remémora son inhumain apprentissage dans les eaux glaciales du Labrador. Le fantasque capitaine de son bateau de pêche ayant en effet décrété qu'un marin digne de ce nom devait, à tout le moins, savoir flotter et progresser dans l'eau. En dépit des implacables mâchoires du froid qui avaient meurtri tous ses membres, Tristan s'était miraculeusement sorti de l'épreuve.

Son camarade Méréal avait eu moins de fortune et avait coulé à pic entre deux blocs de glace. Ce terrible incident avait grandement marqué les esprits et un début de révolte avait éclaté à bord du morutier. Le capitaine l'avait arrêté net dans sa course :

« Depuis l'temps que je bourlingue sur les océans, j'en ai vu des matelots choir dans les flots et s'y noyer. Pour un qu'a disparu, dix, peut-être ben cent j'en ai sauvé en leur apprenant à nager ! Bougres de bougres de marins d'eau douce, j'l'aimais bien le Méréal, qu'est-ce que vous croyez ? »

Un murmure courroucé d'Isabella ramena Tristan à la réalité :

« Qu'est-ce que tu attends ? »

Sans lui répondre, il fit un nœud coulant, accrocha la corde et en assura la prise.

« Vas-y, laisse-toi doucement glisser, je te suis. »

Comme elle hésitait, il s'aperçut qu'elle tremblait.

« Sont-ce les *tiburones* que tu redoutes ? »

« Non, c'est ce damné capitaine. Jamais il ne croira à notre histoire et tu es bien fol d'accroire le contraire ! »

Tristan tenta d'affermir le ton de sa voix :

« S'il nous découvre ensemble à son bord, ce sera pire encore. Quant à regagner la terre, tu devines quel sort funeste nous y attend. Nos chances sont minces, mais nous n'en avons pas d'autres. »

Résignée, la jeune fille attrapa la corde. Ils se retrouvèrent dans la sombre tiédeur des flots et nagèrent autant qu'ils le purent sous la surface de l'eau pour s'éloigner du bateau. Puis, brassant en silence, ils décrivirent un large arc de cercle de façon à revenir vers la proue du *Sans Dieu*. Lorsque la distance qui les en séparait leur parut raisonnable, ils se mirent à crier pour se faire entendre des hommes de quart.

Gant-de-Fer était d'exécrable humeur. Il avait quantité de piastres perdues au profit de Bois-sans-Soif dont la rubiconde face affichait large et insolent sourire. Sans crier gare, le colosse se rua sur lui et commença de le molester d'importance en l'accusant d'avoir triché.

Au lieu de les séparer, les autres joueurs se mirent à parier sur la victoire de l'un ou de l'autre. Alerté par le bruit de leur lutte, Face-Noire parut sur le tillac :

« Cessez votre rixe ! Dois-je vous rappeler que vous êtes de garde et que notre sécurité à tous repose sur... »

Il arrêta net sa phrase.

« Chut, faites silence ! Entendez-vous ? »

Les gars se figèrent et tendirent l'oreille. Après quelques instants, de nouveaux cris de détresse retentirent. Ayant enfin décelé leur provenance, tous se ruèrent à tribord. Le premier, Gant-de-Fer distingua les naufragés :

« Là ! Deux hommes à la mer ! »

Prompt comme l'éclair, Face-Noire ordonna :

« Toi et toi, aidez-les à monter ! Et vous autres, armez-vous et soyez prêts à intervenir au cas où il s'agirait d'un piège, car nous ignorons à qui nous avons affaire. »

Les premiers matelots désignés lancèrent des cordages dans les flots, tandis que les autres saisissaient sabres et poignards.

Feignant l'épuisement, Isabella et Tristan avançaient avec peine.

Ce n'est qu'à l'instant où ce dernier se saisit de la corde tendue que Bois-sans-Soif le reconnut :

« Morbleu ! Aurais-je la berlue ou est-ce notre coquelet qui est à la baille ? »

Incrédules, tous écarquillaient les yeux.

« Si fait, c'est ben lui... »

« V'là que pendant tout ce temps où on l'a cru mort, il était vivant ! »

« Et là, regardez, y a un jeune Nègre avec lui ! »

Une fois les naufragés remontés, la stupeur s'empara du bord. Suivie d'un immense éclat de rire quand les flibustiers découvrirent que le compagnon de Tristan n'était autre que la noire putain qui l'avait dépucelé. Des remarques salaces fusèrent et certains s'avancèrent. Percevant tous les dangers que pouvaient engendrer une telle situation, Face-Noire comprit l'urgence de passer à l'action.

Tendant à la jeune fille un morceau de toile qui traînait sur le pont, il lui enjoignit de s'en revêtir et de l'attendre à la proue du navire. Comme Tristan la voulait suivre, il l'arrêta d'un geste ferme et d'une voix forte, s'adressa à tous les hommes :

« Il suffit ! Comme vous le savez, notre loi interdit la présence d'une femme à bord, mais... »

Avançant de plusieurs pas, Bois-sans-Soif rigola :

« Sauf que c'est pas une femme, c'est une catin ! Et son métier consiste à nous régaler de ses talents et, de toute évidence, notre bien-aimé coquelet semble les trouver grands. Alors, écarte-toi et laisse-nous lui faire quelque argent gagner, tout le monde y trouvera son compte. »

Avant même que Face-Noire ne réponde, Tristan s'était jeté sur le pirate. Un instant surpris par la fureur de l'assaut, ce dernier reprit vite le dessus et commença de le régaler de coups de poing. Sabre au clair, Face-Noire bondit et pointa sa lame à la naissance de sa gorge :

« Cette fois, c'en est trop ! Je te mets aux arrêts et c'est devant notre chef que tu auras à répondre de tes actes. »

Des cris d'indignation et de soutien à Bois-sans-Soif fusèrent. L'accalmie vint de Gant-de-Fer :

« Face-Noire a raison, jusqu'à un certain point. Sans son intervention, Bois-sans-Soif aurait massacré le coquelet, bien que ce soit lui qui le premier a attaqué. Alors, selon moi, les torts sont partagés. »

Le lieutenant balançait quant à l'attitude à adopter et la décision à prendre. Sans le vouloir, Gant-de-Fer venait de lui accorder une trêve, mais avait, dans le même temps, remis en cause sa précaire autorité. À contre-cœur, il déclara :

« C'est vrai, ils le sont. Mais ce sera au capitaine de décider des sanctions à appliquer. En attendant, ils sont de corvée. »

Après avoir attentivement ouï le récit de Face-Noire relatant le surprenant retour du coquelet, Arzhur déclara :

« Ainsi, ils ont tous deux réussi à s'enfuir. Jamais je n'aurais imaginé notre jeune coq capable d'une telle audace ! Il semble que sa benoîte passion pour cette fille de joie lui donne des ailes, ou disons plutôt, des nageoires. Quel dommage, pour lui et pour elle, que cette belle et téméraire aventure soit sans lendemain. »

Inquiet, le lieutenant demanda :

« Que voulez-vous dire par là ? »

Arzhur se retourna :

« Qu'il a enfreint une loi intransgressible ! Aucune femelle ne saurait être tolérée à bord d'un navire, à fortiori pirate, pour toutes les raisons que tu devines aisément, ayant d'emblée été obligé d'y mettre bon ordre. »

« Je ne suis pas si naïf, mais j'attendais et votre retour et vos ordres. Eussiez-vous préféré que devant tous, je la rejette à la mer ? »

« Non point. Cette décision, seule m'appartient. En attendant, où diable l'as-tu mise ? »

« À l'abri des regards concupiscents, enfermée à double tour dans ma cabine. Ce qui n'a pas eu l'heur de plaire à la donzelle, et moins encore à nos hommes qui se sont imaginé que je la réservais à mon seul bon plaisir. »

« Et le coquelet ? Il faut que je lui parle sur-le-champ. Il m'intéresse en effet de connaître la façon dont il a pu échapper aux sbires de l'Albinos. »

Étroitement surveillés par Gant-de-Fer, Tristan et Bois-sans-Soif lavaient le pont à grande eau, bien que celui-ci n'en ait eu besoin.

Un soleil de plomb rendait leur labeur plus pénible encore, et ils suaient à grosses gouttes. Quand Face-Noire vint avertir le coquelet que l'Ombre l'attendait en sa cabine, celui-ci eût préféré gratter la coque du *Sans Dieu* jusqu'à la nuit des temps, plutôt qu'obéir à cet ordre. Puis il songea au sort de son aimée, à leur avenir à tous deux, et cette pensée lui redonna tous les courages.

Se remémorant le récit imaginé par le Padre, il prit une profonde inspiration avant de frapper.

Retourné auprès de Palsambleu alangui, Anselme prit son pouls. Le trouvant fort faible, mais régulier, il décida de le laisser reposer.

Épuisé par les épreuves qu'il venait de traverser, il ressentit immense besoin de gagner le tillac afin d'y contempler l'horizon.

La mer scintillait sous l'effet d'un vent léger, et la palette de ses reflets d'indigo, d'outremer et de turquoise offrait un spectacle parfait de beauté et de sérénité. Loin de calmer l'esprit du Padre, cette vision enchanteresse aviva les tourments de son âme. Pourquoi les hommes ne se contentaient-ils pas de vivre en symbiose avec cette nature qui leur offrait tout ? Pourquoi toujours convoiter le bien d'autrui, voler, violer, tuer et s'affronter sans relâche ? Le ressac de ses pensées fut interrompu par le vif échange qu'il surprit entre Gant-de-Fer et Bois-sans-Soif.

« Tu n'es qu'un cul rouge et un foutu traître ! La corvée nous a été infligée au coquelet et à moi ! Depuis qu'il a été convoqué chez l'Ombre, tu devrais interrompre cette tâche inepte et m'enfin laisser boire un bon coup. »

L'insulte et le ton employé ne plurent pas à l'autre flibustier :

« Tu n'iras nulle part et en l'attente d'ordres contraires, tu vas continuer à nettoyer ce pont jusqu'à ce que tes doigts saignent. »

Une nouvelle bordée d'injures salua cette réplique, mais Anselme n'écouta pas la suite de l'affrontement. Il en était sûr maintenant, Arzhur avait compris son misérable subterfuge et allait exercer sur son protégé et sa dulcinée de terribles représailles. Mon Dieu, que faire ? L'aller trouver en cet instant eût constitué la plus impardonnable des maladresses. Attendre un peu et en appeler à sa clémence ? Autant tenter d'amadouer un crocodile. Et Isabella, où se trouvait-elle ? Quel sort lui avait été réservé depuis son retour à bord ? Il n'entendit pas Face-Noire venu le rejoindre sur la dunette, et sursauta quand celui-ci lui adressa la parole :

« Il semble que l'expédition dont à peine vous revenez, vous ait fort affecté. »

Reprenant vivement ses esprits, le Padre répondit :

« Je ne saurais le nier. Comme vous le savez, je n'ai point eu loisir de m'y opposer. Finalement, nous sommes rentrés vivants et la Divine Providence a mis sur notre route un homme qui, ce me semble, a déjà prouvé sa valeur. Qu'en pensez-vous ? »

« Je ne suis pas là pour penser, mais exécuter les ordres qui me sont donnés. Néanmoins, il m'arrive de réfléchir. Êtes-vous au courant du retour inopiné de notre cuisinier ? »

Mal à l'aise, Anselme répondit :

« Je viens de l'apprendre par une conversation surprise à l'instant entre Gant-de-Fer et Bois-sans-Soif.

Ainsi, Tristan aurait réussi à s'enfuir et regagner notre bord ? Cela est miraculeux ! »

L'ancien boucanier marqua une pause :

« Miraculeux, ou à tout le moins mystérieux, car sur cette île qui recèle tant de dangers, on n'échappe pas si facilement à ses poursuivants. En outre, je viens de faire une découverte étrange. »

De plus en plus inquiet, le jésuite demanda :

« Ah, et laquelle ? »

« Une corde. Restée attachée à la poupe du *Sans Dieu* et qui jamais n'aurait dû s'y trouver. Je suis perplexe, car elle ne pouvait avoir que deux fonctions : servir à faire monter des hommes, ou les en faire descendre discrètement. Or, je l'ai vérifié, aucun traître n'a rejoint notre bord et j'ai vu moi-même notre coquelet et sa compagne nageant du large en direction du travers de notre brick. Entendez-vous la nature de mes interrogations ? »

Les comprenant mieux que quiconque, le Padre ne put qu'opiner.

« Qu'elles sont légitimes en effet. Allez-vous alerter le capitaine de cet étrange fait ? »

Se tournant vers le jésuite, Face-Noire soupira :

« Nenni. Je poursuivrai seul mon enquête si cela a lieu d'être. Je m'en vais maintenant m'occuper de votre esclave marron et tenter de lui attribuer utile fonction. Si ses mérites sont aussi grands que vous le dites, il nous rendra plus d'un service. Ce ne sont certes pas ses capacités que je mets en doute, mais la réaction de l'équipage. M'aiderez-vous le cas échéant ? »

« Sans nul doute, vous pouvez compter sur moi. »

Jamais Morvan n'eût pu imaginer retour plus difficile vers les îles Caraïbes.

L'on eût dit que tout se liguait contre sa volonté farouche de retrouver le *Sans Dieu*, et son capitaine, Arzhur de Kerloguen.

Depuis le port de L'Orient, il n'avait eu d'autre choix que de se faire engager comme simple marin à bord du *Soleil Royal*, lequel seul, était sur le point d'appareiller pour les Antilles.

C'était l'un de ces prestigieux vaisseaux construits à la fin du siècle précédent, et qui s'enorgueillissait de la présence de trois ponts. Cette audacieuse innovation avait permis d'abriter une capacité d'artillerie inédite, car, répartis sur trois étages, les sabords étaient tribués de la proue à la poupe. Cette puissance de feu se montrait particulièrement efficace en cas de combat rapproché. Malgré cet indéniable avantage, les officiers de la marine royale avaient aussi, à l'usage, pu mesurer ses nombreuses faiblesses et leurs conséquences : le vaisseau était lourd, donc fort lent à la manœuvre et, en dépit de son poids, offrait médiocre stabilité dès que la mer commençait de se former.

Après que maints rapports rédigés par les officiers furent enfin transmis à l'amirauté, la construction de ces géants des mers fut suspendue, et l'on ne procéda même plus au coûteux entretien des onze trois-ponts subsistants. Dès lors, leur lente agonie s'amorça, et jour après jour, ils pourrissaient le long des quais des ports de Brest, Saint-Malo ou L'Orient.

En montant à bord du *Soleil Royal*, Morvan ignorait cet état de fait, mais son œil acéré avait décelé des faiblesses dans l'imposante charpente construite à partir de chênes parfois tricentenaires. Veillant à ne point attirer l'attention, il garda pour lui ses observations et décida ne point surseoir à son embarquement, soucieux de ne pas perdre un temps précieux. Le début de son périple se fit sans encombres, car les vents furent favorables à la bonne marche du navire. Ne rechignant jamais aux tâches qui lui étaient assignées, Morvan courbait l'échine, ne songeant qu'au but ultime de son voyage. Par crainte de trahir sa véritable profession, il ne se mêlait guère aux conversations, ce qui lui attira quelques inimitiés dans les rangs des matelots qui lui reprochaient son mutisme qu'ils prenaient pour de l'arrogance. Un soir, à certains qui tentèrent de lui chercher noises, il expliqua d'une voix sans timbre qu'il venait de perdre sa mère, Barbe, et ne s'en consolait point. Bretons et fervents catholiques pour la plupart, les marins respectèrent une douleur qu'ils comprenaient et le laissèrent en paix. Tous sauf un qui se prénommait Jézéquel. Dès le lever du jour, il faisait montre de méchante humeur et ne cessait de se plaindre de son sort. Comme il était fort en gueule et doué à la bagarre, les autres évitaient de le provoquer ou, prudemment, préféraient se ranger de son côté. D'emblée, il avait conçu une haine brute à l'égard de Morvan. La plupart du temps, elle se manifestait par des remarques sournoises, proférées de façon à être entendues par les quartiers-maîtres ou les sous-officiers qui les encadraient.

« Une fois de plus, t'as mal fait ton travail et c'est moi encore qui devrai rectifier tes erreurs. Regarde ce nœud de chaise, il ne retiendrait pas même la barque d'un enfant ! »

Ce entendant, l'officier de quart avait marché sur eux et interpellé Morvan sans ménagement :

« Un marin aguerri se doit de connaître parfaitement les nœuds. Aurais-tu donc menti sur tes aptitudes lors de ton engagement ? »

Le regardant droit dans les yeux, Morvan répondit :

« Nenni. Contrairement à ce que vient de dire Jézéquel, bien je les connais et sais les réaliser. »

« Tu vas à l'instant nous le prouver. Fais-moi dans l'ordre, un nœud de vache, de voleur, d'ajut et de clé. Exécution ! »

Ramassant le bout que l'officier venait de jeter sur le pont, il réalisa les combinaisons demandées. Se retenant à grand-peine d'à son tour jeter la corde aux pieds du gradé, il la lui tendit. L'ayant brièvement examinée, ce dernier la lança à Jézéquel qui la saisit à la volée.

« Voici ta réponse. Je ne connais pas le différend qui vous oppose et n'en ai cure. Travaillez en bonne intelligence ou je vous assure que tous deux m'en répondrez ! »

Durant les jours suivants, ils s'évitèrent savamment. Affecté aux tâches les plus ingrates et trimant sans

247

relâche, Morvan s'était pris de sympathie pour un mousse de quinze ans, John.

L'adolescent devait ce prénom au fait qu'il était d'origine écossaise. Cet ascendant lui valait surtout nombre d'agressions et insultants quolibets, les marins l'assimilant toujours à l'Anglais. Par sa grâce et sa fragilité, il rappelait à Morvan la pâle silhouette de Jehan qui, en cette année, aurait eu près de treize ans. Alors, il le prit sous son aile et le défendit autant qu'il le put des attaques et vexations répétées qu'il subissait sans les comprendre.

La majorité d'entre elles émanaient de Jézéquel et du petit groupe sur lequel il exerçait sa néfaste influence. Maintes fois, à l'abri du regard des officiers, des insultes et des coups furent échangés. Au cours de ces rixes aussi violentes que discrètes, Morvan avait parfois pu compter sur le soutien de quelques-uns, indignés par l'implacable mainmise de cette poignée de vauriens.

Trois semaines s'écoulèrent.

Mû par une favorable brise sud, sud-ouest qui s'engouffrait dans son imposante voilure, le navire cinglait bon train vers les Antilles.

À l'instar du temps, le moral de l'équipage était au beau fixe. Agrémentée par une pêche abondante, la nourriture du bord se trouva grandement améliorée, et un soir, une fête fut organisée.

Vin et rhum furent distribués aux hommes et le capitaine lui-même vint se joindre à eux. D'excellente humeur, il leur tint discours :

« Messieurs, je lève mon verre à la providence laquelle, depuis notre départ, semble accompagner ce vaisseau que j'ai l'insigne honneur de commander. Puissent les vents continuer à nous être cléments, nous en serons tous récompensés. Je bois à cela et à votre santé ! »

Des acclamations saluèrent cette libation et, jusque tard dans la nuit, le son des flûtiaux et des bombardes retentit. Morvan s'était tenu à l'écart des réjouissances.

Du pont supérieur où il se tenait, il vit les gars rire, danser, s'embrasser, puis, s'enivrer pour de bon avant que de se bagarrer.

Cent fois, il avait assisté à ce genre de festoiement qui obéissait toujours au même rituel. L'alcool, généreusement distribué, renforçait la complicité et le sentiment de fraternité. Mais après quelques heures, exacerbait les rancœurs et les rivalités. Cela se finissait toujours de la même façon, dans le vomissement, le sang et la confusion. Mais le *Soleil Royal* n'était pas le *Sans Dieu*. Plus que jamais, Morvan s'y considérait étranger, comme en pays hostile.

Quand il sentit une lame pénétrer son dos, la stupéfaction l'emporta sur la douleur. Il parvint à se retourner et se trouva face à Jézéquel, dont les yeux étincelaient de haine. Rassemblant toutes ses forces, il se rua sur le traître assaillant qui chuta. Le chevauchant, il fit assaut de coups de poing à la face, brisant, l'un après l'autre, tous les os de son visage. Quand la trogne ne fut plus qu'une bouillie informe, il s'arrêta, épuisé. L'homme ne bougeait plus. Seul un étrange gargouillis, mélange de bulles de sang et de bave qui s'écoulait des commissures de ses lèvres, semblait indiquer qu'il était encore en vie. Sur le pont inférieur, la fête battait son plein.

Morvan en profita pour arracher la lame toujours plantée dans son dos. Couvert par la musique et le braillement des chansons à boire, son cri ne fut point entendu. Une faiblesse le prit, il s'affala sur le pont. Beaucoup de sang s'y était répandu sans qu'il ne pût discerner s'il s'agissait du sien ou de celui de son agresseur. Se redressant tant bien que mal, il saisit ce dernier par les épaules, l'empoigna à bras-le-corps, puis, dans un ultime effort, le balança par-dessus bord. Il lui fallait maintenant nettoyer du pont toute trace de lutte.

Ses yeux tombèrent sur un morceau de toile dont il se servit. Après un quart d'heure d'effort, il ramassa le poignard, l'enveloppa dans le tissu devenu cramoisi et le lança loin dans les flots. Il allait discrètement regagner son hamac, lorsque à son grand dam, il croisa Malo, le gabier vendéen :

« Alors Morvan, tu t'es encore tenu à l'écart de la fête et de nous autres, pauvres gueux indignes à tes yeux ! Ben tu as eu tort, car pour une fois, le capitaine n'a été ladre ni sur le vin, ni sur les victuailles, et moins encore les réjouissances. »

Tentant d'assurer sa voix, l'ancien lieutenant précisa :

« Tu te trompes, Malo. C'est que j'avais besoin de respirer et c'est pour cela que je... »

Il ne put achever et s'évanouit.

Une vive douleur et une infecte odeur de cochon grillé l'arrachèrent à sa torpeur. Une voix inconnue déclara :

« Voilà, la plaie est maintenant cautérisée. Elle était profonde, mais ne semble avoir touché aucun organe vital. Grâce à sa robuste constitution, votre gaillard devrait s'en remettre. Bonsoir. »

Au travers des brumes de sa conscience, Morvan reconnut les traits acérés du visage de Malo penché sur le sien.

« Comment te sens-tu ? »

« Où suis-je ? Que s'est-il passé ? »

« Là où je t'ai amené, à l'abri en l'endroit le plus secret du vaisseau. J'y ai mandé Gildas, l'ancien maréchal-ferrant, qui n'a pas son pareil pour brûler et refermer une plaie. Tu as eu de la chance, car durant l'opération, tu n'avais point tes esprits. Maintenant, je te conseille de boire un bon coup pour nous fausser à nouveau compagnie. »

Il tendit un flacon de rhum à Morvan, qui but au goulot plusieurs gorgées avant de sombrer.

Le lendemain, comme Jézéquel manquait à l'appel, l'équipage au complet fut réuni sur le pont principal. Malo et un de ses compères soutenaient Morvan de façon à ce qu'il se tînt droit.

Du visage du capitaine, tout aspect débonnaire avait disparu.

« Messieurs, je vous ai convoqués pour vous faire part d'un fait de la plus haute gravité. Mes officiers m'ont informé qu'un matelot était porté manquant et, qu'en dépit de la fouille minutieuse du navire, demeurait introuvable. Comme nous sommes en pleine mer, il ne peut évidemment s'agir d'un cas de désertion. Tout me fait donc penser à une bagarre qui aurait mal tourné et au cours de laquelle ce marin aurait perdu la vie. Si l'un de vous s'est rendu coupable d'un tel forfait, qu'il se dénonce à l'instant ou je vous garantis que vous tous en pâtirez ! »

Comme aucun des hommes ne bronchait, il haussa la voix :

« Ainsi, le possible meurtrier se doublerait d'un couard ? Fort bien, il ne perd rien pour attendre, car l'enquête que j'entends conduire nous mènera inéluctablement à lui. Quelqu'un a forcément vu ou entendu quelque chose au cours de la nuit dernière, même si la plupart d'entre vous étaient passablement ivres. Alors ? »

Abandonnant l'épaule de Morvan, Malo s'avança :

« Ben justement ! J'ai vu le Jézéquel si fin saoul, qu'il s'était pissé dessus. »

De gros rires saluèrent son intervention. Levant la main, le capitaine y mit fin :

« Oui bon. Et après ? »

Malo poursuivit :

« Ben après, v'là qu'il se met à vomir à grands flots, et pour plus d'aise, il s'est penché au-dessus du bastingage. Peut-être ben qu'il a pu en choir, après tout ? »

« Oui, où à moins que toi, tu ne l'y aies proprement aidé ? »

À son tour, le compère de Malo fit un pas :

« Cela est impossible car j'étais là et j'ai tout vu. »

Le maître du bord s'agaça :

« Vu quoi, morbleu ? »

Un gros rire secoua le matelot :

« Ben que l'Malo, il était encore plus pris de boisson encore que l'autre ! Alors, même s'il l'avait voulu, il n'aurait pu lui nuire, vu qu'il était déjà vautré sur le pont, cuvant la guildive que votre seigneurie avait si généreusement distribuée. »

L'un des officiers intervint :

« Cela ne prouve rien, car tu n'as aucun témoin. »

« Ah ça pour sûr, mon lieutenant ! Nous n'étions qu'tous les trois sur le pont supérieur ! Et face à l'absence de conversation de ces deux sacs à vin, j'en suis moi-même descendu pour m'aller resservir une fière timbale de rhum et rigoler avec les autres ! »

Avec humeur, le capitaine reprit la parole :

« Il suffit. Cette affaire est loin d'être close et j'ordonne que l'enquête se poursuive. Je rappelle à tous que le meurtre encourt la peine de mort par pendaison. Pour l'heure, regagnez immédiatement vos postes ! »

Morvan se remettait lentement de sa blessure. Maintes fois, il avait tenté de se rapprocher de Malo et de ses compagnons afin de les remercier de l'aide apportée. Mais ceux-ci l'avaient évité et, en le croisant, Malo lui-même l'avait exhorté à ne point lui parler. Cela le blessa, bien qu'il comprît l'enjeu du danger et le risque encouru par ceux qui l'avaient provisoirement sauvé. Il se sentit plus seul que jamais.

Un beau matin, profitant de l'un de ses rares moments de repos, et ayant permission demandée, Morvan avait pu gagner le plus élevé des trois ponts. À grands poumons, il s'emplit du large. Après s'en être repu jusqu'à l'envi, il se mit à contempler l'horizon qui s'était brutalement assombri. Intrigué, il y décela un curieux amoncellement de nuages. D'abord, d'un gris profond, ceux-ci, en se rassemblant, virèrent à l'encre et prirent étrange et tournoyante forme.

Soudain, la température chuta. Nul doute, une tempête d'envergure était en train de se former et menaçait d'éclater. De son point d'observation, Morvan put apercevoir deux jeunes officiers perchés sur la dunette. Ignorants du danger, ceux-ci continuaient à procéder à leurs relevés. L'ancien lieutenant lança des cris d'alerte, ils se perdirent dans le chant devenu furieux du vent. Le hunier poussa des hurlements qui ne furent pas davantage entendus.

Puis, tout alla très vite. Le vent s'engouffra avec une rare violence dans la toile immense, puisque aucun ordre n'avait été donné au pilote d'orienter différemment le gouvernail, ou aux gabiers d'affaler les voiles. Le bateau gîta à l'extrême et quantité d'hommes furent précipités à la mer. Morvan ne dut son salut qu'à la force de ses mains qui s'agrippèrent aux marches et à la rampe du pont. Puis, contre toute attente, le vaisseau vira de bord et, lentement, se redressa. Morvan profita de cette brève accalmie pour se ruer vers la barre. Comme il s'en doutait, le pilote ne s'y trouvait plus, probablement emporté par les paquets de mer. Jamais auparavant, il n'avait dirigé le moindre navire, et moins encore, au beau milieu d'une tempête tropicale. Soudain, la voix sereine de Barbe s'imposa :

« Du calme mon p'tiot ! Un navire est comme un enfant dont il faut savoir écouter la détresse et apaiser les tourments. Ferme donc tes yeux et laisse faire tes mains, elles seules sauront ce qu'il convient de faire. »

Pensant qu'il était devenu fou, mais ne sachant comment agir autrement, il obéit. Il laissa ses mains sentir les mouvements du gouvernail, deviner dans quelle direction les infléchir et ce faisant, en découvrit toute la violence et la sensualité. Comme souvent, la tempête cessa aussi vite qu'elle avait commencé. Il était épuisé, mais ressentait une vive exaltation. Le vaisseau semblait sauvé et plus que du soulagement, il en conçut une immense fierté. Flanqué de deux officiers, le capitaine du vaisseau surgit devant lui et l'apostropha sans ménagement :

« Qui êtes-vous et qui vous a donné l'ordre de tenir cette barre et diriger ainsi le vaisseau que je commande ? »

Après un instant de stupéfaction, Morvan répondit :

« Un simple matelot qui, avant les autres, a vu arriver la tempête et réussi à parvenir jusqu'au poste de pilotage. Lors, j'ai fait ce que j'ai pu et pense ne m'en être point trop mal tiré. »

Ayant dit, il nota la muette approbation de l'un des officiers, sa gêne aussi. Le capitaine s'emporta :

« Quelle tempête ? Ce n'était qu'un grain, certes d'importance, mais mon expérience a toujours prouvé que j'étais à la hauteur du commandement qui m'avait été confié ! »

Ce entendant, Morvan ne se contint plus et le saisit à la gorge :

« Ah oui ? Et où donc vous trouviez-vous quand votre hunier, votre pilote et bien d'autres hommes encore furent précipités par-dessus bord en raison de la fureur du vent et des flots, hein ? »

Commençant de suffoquer sous la poigne qui l'empêchait de respirer, le capitaine fit désespérément signe à ses officiers.

Le plus âgé des deux dégaina son épée et la pointa sur l'assaillant :

« Lâche-le immédiatement ou je t'expédie sur l'instant ! »

En dépit de la rage qui l'animait, Morvan abandonna sa proie.

Après s'être massé la gorge, le maître du bord éructa :

« Mettez ce forban aux arrêts pour rébellion et tentative de meurtre. Placez-le à fond de cale où il attendra le sort réservé aux traîtres. »

L'officier cadet tenta d'intervenir :

« Pardonnez-moi, mais l'équipage vient d'être éprouvé par cette tempête. Nous-mêmes n'avons été épargnés que par le fait que nous nous trouvions dans le carré des officiers et que vous nous avez commandé de n'en surtout point bouger. Il me semble que ce matelot a fait ce qu'il a pu et accompli son devoir… »

Il ne put achever son pâle réquisitoire.

« Devoir ? Devoir ? Voici donc le terme que vous assignez au fait qu'il vient à l'instant de tenter de m'assassiner ? Parfait ! Vous voici à présent devenu son complice et devrez, vous aussi, en répondre devant ma justice. »

En dépit de la confusion qui régnait à bord après les ravages de la brève mais violente tempête, tous deux furent conduits à fond de cale, à quelques toises sous la ligne de flottaison. À l'aide de fers, on enserra leurs poignets et chevilles, et sans les nourrir ni même leur donner à boire, on les abandonna à leur sort. Piégé, impuissant, Morvan était au comble de la rage :

« Ce tyran des mers est le dernier des pleutres et moi, je ne suis qu'un imbécile de l'avoir provoqué ! Et toi aussi. Pourquoi avoir tenté de m'aider ? Te voilà bien avancé maintenant ! »

Marri, le jeune officier répondit :

« Cela a été plus fort que moi. J'ai compris que sans le courage de votre intervention, nous aurions sans doute tous péri. En outre, j'exècre toute forme d'injustice. »

Face à tant de franchise, la colère de Morvan s'adoucit :

« Quel est ton nom ? D'où viens-tu ? »

« Je me nomme Robert Formont et suis originaire du Havre. »

Au cours des heures suivantes, le cadet officier narra le cours contrarié de sa jeune existence. Sa passion précoce pour l'étude du latin et du droit, sa vocation farouche à devenir avocat, puis l'opposition catégorique de son père à l'idée d'embrasser une telle profession. Car afin de ne point déroger à une longue tradition familiale, et n'ayant qu'un seul fils parmi une ribambelle de filles, celui-ci avait fini par l'inscrire de force à l'école navale de Rouen.

« J'y fus d'autant plus malheureux que je n'avais aucun goût pour la chose maritime et y passai deux années fort pénibles. J'aurais dû m'enfuir et tenter ma chance, mais n'en ai point eu le courage. À la vérité, je pense que je ne vaux pas mieux que le capitaine. Je suis un couard et mérite amplement le sort qui m'échoit. »

À ces mots, Morvan se récria :

« Non, et tu l'as prouvé ce jour d'hui en plaidant ma cause. Écoute-moi bien Robert, je ne sais pas encore quand ni comment nous allons nous sortir de cette mauvaise passe, mais je te jure que nous n'allons pas moisir ici en attendant d'être pendus haut et court. »

Depuis que Tristan en était sorti, Arzhur n'avait pas quitté sa cabine. L'aventure contée par le coquelet était certes rocambolesque, mais demeurait plausible. Ainsi, au cours de l'escale tant attendue, les flibustiers du *Sans Dieu* lui avaient donc offert les services de la plus belle prostituée d'Hispaniola. Tombé fou amoureux d'elle, bouleversé par son sort, il n'avait plus eu qu'une idée en tête, l'arracher aux misérables qui faisaient l'abject commerce de son corps. N'ayant pu s'éloigner de celle qui désormais obsédait ses pensées, il s'était dissimulé dans la sombre végétation qui entourait sa cabane. À l'affût, tendant l'oreille, il avait décelé la présence de deux hommes qui montaient la garde à quelques pas de l'endroit. La chance avait voulu qu'une violente dispute les opposât soudain à propos d'une dette de jeu non honorée. Un rude échange de coups s'en était suivi et l'un des deux forbans s'était écroulé, évanoui. Tristan s'était alors saisi d'une grosse branche et avait porté plusieurs coups à la tête de l'autre, ne sachant s'il l'avait laissé vif ou mort. Après, tapi dans l'ombre, prêt à tout, il avait attendu le départ du client qui lui avait succédé.

Quand la haute et infâme silhouette de ce dernier s'était éloignée, il s'était rué vers le petit escalier.

La suite n'avait été que fuite éperdue.

Ils avaient couru droit devant eux, la peur au ventre et le cœur au bord des lèvres. Tristan n'avait eu qu'un seul but. Rejoindre l'anse où était ancré le *Sans Dieu*, plonger et nager jusqu'au brick afin d'y trouver ultime refuge. Après avoir ouï, sans l'interrompre, le récit du coquelet, l'Ombre prit la parole.

« Eh bien, ta dulcinée peut se vanter d'avoir trouvé en ta personne un preux chevalier. Mais je ne serai pas celui qui va t'adouber et te laisser vivre ton conte de fées. Comment as-tu pu imaginer un seul instant qu'à mon bord, je tolérerais la présence d'une femme, objet de toutes les concupiscences, violences et discordes ? En aucun cas, elle ne peut rester. Alors, tu n'as le choix qu'entre deux possibilités : soit tu restes parmi nous, soit tu pars avec elle. »

D'une voix étranglée, Tristan répondit :

« Jamais, vous m'entendez, jamais je ne laisserai Isabella retomber entre les mains de ces misérables ! Alors, mon choix est fait. Quoi qu'il puisse advenir de nous, je pars avec elle. »

En dépit de l'ire qui montait en lui, Arzhur ne put s'empêcher d'admirer et jalouser la pureté des sentiments qui animaient le coquelet et la folle bravoure qui en découlait. Aucune femme ne lui avait inspiré une telle passion, le poussant à sacrifier sa vie et sa raison. En ses vertes années, il y avait eu cette fille de ferme, Marie, âgée seulement de deux années de plus que lui. Employée comme bonne à tout faire à Kerloguen, la malheureuse trimait du matin jusqu'à la brune. Elle n'était point jolie, mais il émanait d'elle une sorte de grâce qui avait troublé le tout jeune homme qu'il était alors. Dès qu'il avait un moment de loisir, entre les fastidieuses leçons de son précepteur et les sévères enseignements de son père, il partait secrètement à sa recherche. Selon les saisons qui rythmaient la vie de la seigneurie, elle aidait aux foins, au ramassage des fruits, des oignons, des choux, des tubercules, puis triait sans relâche les petites pommes acides qui serviraient à la fabrication du cidre, en les répartissant avec soin dans les claies prévues à cet effet. Ayant tout accompli, sa journée ne s'arrêtait pas pour autant, car chaque soir, elle devait en outre donner du grain aux poules avant que de nettoyer la soue des pourceaux. Arzhur savait toujours où la trouver, l'observait de loin et désespérait de l'assister dans ses innombrables tâches. Un soir d'automne, feignant de la croiser par hasard, il s'était emparé du pesant panier empli de pommes. Au début, elle s'était récriée, puis avait ri de bon cœur devant l'insistance chevaleresque du damoiseau. Le malheur avait voulu qu'ils croisent le maître des lieux, Bertrand de Kerloguen, qui rentrait seul d'une longue promenade à cheval. À la vue de son aîné, qui tel un Jacques, portait charge, il était entré dans une vive colère :

« Monsieur mon fils, dois-je vous rappeler que vous êtes né, si modestement soit-il. Plus jamais, vous m'entendez, je ne veux vous voir vous avilir à des labeurs indignes et frayer avec des filles de ferme ! »

Le coup de cravache qui avait conclu ces remontrances l'avait marqué pour toujours. Au cours des jours qui suivirent, il s'était plié à l'injonction paternelle et fuyait désormais les endroits où il pouvait rencontrer la jeune fille. Un soir de septembre, à l'époque des marées d'équinoxe, un violent orage avait éclaté, faisant s'agiter le bétail et hurler les chiens. Au beau milieu de la nuit, le sommeil fuyait Arzhur qui, se tournant et se retournant dans son lit, ne cessait de penser à Marie.

Bravant les éléments qui s'étaient déchaînés, il était sorti dans le fol espoir de la rejoindre. Il avait fini par la trouver au fond d'une des nombreuses dépendances, grelottante, allongée en chien de fusil sur la petite paillasse qui lui servait de couche.

Alors, il s'était étendu auprès d'elle et l'avait serrée dans ses bras.

Aussi brusquement qu'il était apparu, ce souvenir s'estompa et, étrangement, ce fut le visage de sa femme Gwenola qui s'imposa. Ses yeux noyés dans la brume, l'extrême pâleur de son teint qu'accentuait la coiffe blanche qu'elle portait le jour de leur noce. Contrairement au choix qu'il laissait au coquelet, à lui Arzhur, son père n'avait offert nulle alternative. Des années après son mariage forcé, il en concevait une amertume d'autant plus vive qu'à l'époque, il n'avait osé se rebeller. Le ton dont il usa à l'égard de Tristan n'en fut que plus coupant :

« Fort bien, puisque tu t'entêtes dans ta stupidité et ta folie, je vais vous débarquer tous deux à la première occasion. En attendant, sors d'ici et rejoins immédiatement ton poste de corvée ou il t'en cuira ! »

En quittant la cabine de l'Ombre, Tristan bouscula involontairement Face-Noire qui s'apprêtait à y pénétrer. Un instant estourbi, ce dernier s'enquit :

« Qu'y a-t-il ? Que s'est-il passé ? »

Les larmes aux yeux et la rage au cœur, le jeune homme répondit :

« Demandez-le vous-même à ce damné ! »

Avant même que l'ancien boucanier n'ait eu le temps de rétorquer, le coquelet avait détalé. Le lieutenant s'accorda un instant de réflexion, le capitaine du *Sans Dieu* ne lui en laissa pas l'occasion.

« Qu'attends-tu Face-Noire, entre, nous avons à causer ! »

Refusant poliment la timbale de rhum offerte, il prit siège et apprit de l'Ombre tout ce qu'il redoutait d'entendre quant à la destinée de Tristan et de la fille.

Profitant d'une pause, il prit la parole :

« En tant que lieutenant en second, je ne puis que comprendre vos raisons. Mais en tant qu'homme, je ne puis donner assentiment à votre projet, puisqu'il les conduira inéluctablement à la mort. Est-ce vraiment cela que vous voulez ? »

D'un ton sans réplique, Arzhur répondit :

« Le coquelet lui-même en a décidé et c'est donc à son choix seul que je vais me conformer. Avons-nous autre chose à discuter en dehors de la nouvelle route que je t'ai assignée ? »

L'ancien boucanier se leva. Avant de prendre congé, il lança :

« Pardonnez mon outrecuidance, mais je crois comprendre vos souffrances. Depuis peu, vous connaissez la douleur et le remords qui me rongent. Tout comme vous, je ne crois plus en Dieu, mais espère épargner à certains hommes, l'horreur que vous et moi avons éprouvée. Bonsoir capitaine, comme vous le savez, l'ouvrage que vous m'avez confié requiert tout mon temps. »

Palsambleu se remettait lentement mais sûrement de sa blessure.

Anselme l'avait vérifié en tâtant son pouls et en examinant la cicatrisation de sa plaie. Pour preuve, dès son retour de conscience, l'atrabilaire flibustier avait recommencé à jurer comme jamais, mettant à rude épreuve la patience fort limitée du jésuite.

Comme il l'avait promis à Face-Noire, Anselme avait surveillé l'intégration de Kunta au sein de l'équipage. Celle-ci s'était jusque lors bien passée, tant ce dernier présentait précieuses aptitudes et grande capacité à s'adapter. Contre toute attente, ce fut Gant-de-Fer qui le premier était allé vers lui, l'initiant à toutes sortes de tâches inhérentes à la bonne marche du navire. Ce faisant, il avait constaté que l'ancien esclave possédait réel et intuitif savoir-faire, bien qu'il s'étonnât souvent de la complexité de l'ordonnance des voiles et des nombreux cordages qui régissaient leur fonctionnement. Le Padre les observait de loin quand Face-Noire s'en vint le trouver sur la dunette.

« Eh bien, en dépit de mes craintes, il semblerait que notre nouvelle recrue s'en sorte bien et qu'en Gant-de-Fer, il ait trouvé une sorte de parrain. Qu'en pensez-vous ? »

Sans quitter les deux hommes des yeux, il répondit :

« Que parfois, les êtres peuvent s'entendre à merveille et que je ne peux m'empêcher d'y voir l'amour et la volonté de Dieu. Rien qu'à contempler votre mine, j'imagine que vous vous souciez autant que moi du sort de notre jeune coq et de celui de sa dulcinée. Je sais que depuis que vous avez trouvé la corde, vous avez compris le subterfuge dont, sur mes conseils,

ils ont usé. Si d'aventure l'Ombre l'apprenait, j'en assumerais toute la responsabilité. »

« Vous n'aurez point à le faire car ce ne sera certes pas moi qui vous dénoncerai à lui. Je quitte à l'instant sa cabine et la cause de son ire n'a d'autre objet que le fait que Tristan ait ramené une fille à bord. Je ne puis lui donner tort, car aucun équipage pirate ne peut déroger à certaines règles, au premier rang desquelles celle-ci. »

Le Padre ne put s'empêcher de hausser le ton :

« Et alors, qu'a-t-il résolu de faire ? »

Face-Noire leva les mains en geste d'impuissance :

« Puisque le coquelet l'a défié en déclarant refuser d'abandonner sa bien-aimée, en dépit de tous mes arguments, il a décidé de les débarquer tous deux à la première occasion. »

Anselme bondit :

« Comment ? Mais c'est les vouer à la mort, tant les parages de ces îles dévoyées regorgent de forbans et de meurtriers ! Je m'en vais de ce pas lui parler. »

Bousculant Face-Noire qui tentait de l'en dissuader, il s'en fut rejoindre l'antre de celui qu'il avait décidé d'affronter. Sa porte ne s'ouvrit qu'au quatrième coup frappé. Apparaissant dans l'encadrure, le visage de l'Ombre offrit une mine peu amène :

« Monsieur l'Ibère, vous ne m'avez point habitué à de telles manières. Je devine aisément le sujet de votre visite, ne serait-ce qu'à la brutalité qui lui fait cortège. »

À peine le seuil pénétré, le Padre explosa :

« Brutalité ? Vous osez ce terme employer alors que vous vous apprêtez à abandonner deux jeunes gens innocents qui, une fois par vos soins largués, seront réduits à une traque impitoyable qui les conduira à la mort ? Je vous savais cruel et sans pitié, mais jamais je ne vous aurais cru capable d'une telle lâcheté ! »

Le poing d'Arzhur frappa si violemment le jésuite en pleine poitrine, qu'il recula de plusieurs mètres avant de choir lourdement sur le dos. En un éclair, son attaquant fut sur lui, les yeux emplis de haine et le poing à nouveau levé. Sous l'effet conjugué de la douleur et de la rage, Anselme hurla :

« Allez-y, cognez, massacrez, et puis tuez-moi, puisque à la toute fin, vous ne savez faire que cela ! »

La main d'Arzhur ne s'abattit pas sur la face de l'homme qu'il dominait et resta comme suspendue. Pendant un moment, les deux protagonistes se considérèrent comme s'ils se rencontraient pour la première fois. L'Ombre desserra son étreinte et se leva.

Resté à terre le Padre n'était que colère et impuissance.

La voix grave de son assaillant retentit :

« Il semblerait que nous ayons matière à causer. Pour ce faire, il serait mieux séant que nous nous fassions face. Je vais donc vous aider à vous relever. »

En dépit de ses vives protestations, Arzhur l'empoigna par les épaules, le traîna et parvint à l'asseoir sur l'un de ses sièges.

« Pour ma part, je vais me servir une timbale de rhum, car j'en ai grand besoin. En accepteriez-vous une ? »

Une fois encore, il fut désarçonné par l'attitude du capitaine du *Sans Dieu*. Quelques secondes auparavant, cet homme était prêt à le tuer, et l'instant d'après, lui offrait de partager un verre avec civilité.

Afin de quelque peu reprendre ses esprits, il accepta, mais aucun des deux ne trinqua.

« Apprenez, monsieur l'Ibère, que je n'ai d'autre choix que ce que je m'apprête à faire et vous en ai déjà expliqué toutes les raisons. Une fois de plus, à cause de votre arrogance, vous n'avez voulu ni écouter, ni comprendre. Au coquelet, j'ai laissé le choix, mais suivant votre détestable exemple, lui non plus n'a rien voulu entendre. »

Anselme allait protester, Arzhur l'arrêta d'un ton sans réplique :

« Laissez-moi finir, mille diables ! Depuis le temps que je navigue au cœur de cet archipel, j'en connais chaque île, îlot ou rocher. Mon idée est donc de les débarquer dans l'île aux tortues où je vous ai naguère mené. Elle ne figure sur aucune carte et personne, jamais, n'aura l'idée de les y venir chercher. En son centre, elle possède une cascade d'eau douce et ses rivages regorgent de crabes et de poissons. Tristan sait aussi bien les pêcher que les apprêter et je gage que tous deux sauront se débrouiller. D'autant que j'ai en outre décidé de leur abandonner plusieurs lignes de pêche, de la pierre à briquet, un fusil et des réserves de poudre. »

Le Padre ne s'était pas attendu à cela, mais demeurait circonspect :

« Et Isabella, y avez-vous pensé ? A-t-elle seulement son mot à dire dans une aventure hasardeuse qui engage et sa vie et son avenir ? »

Arzhur marqua son étonnement :

« *Isabella,* avez-vous dit ? C'est étrange, car contrairement à vous, jusque lors, j'ignorais son prénom. En fait, il y a moins d'une heure, j'eus une conversation avec elle dans la cabine où Face-Noire la tient recluse. Au début, j'eus l'impression d'affronter une panthère sauvage prise au piège. Puis, je lui ai exprimé mes regrets pour sa captivité momentanée et les raisons qui l'y avaient conduite. Après m'avoir ouï, je l'ai écoutée à mon tour et nous avons longuement causé. Non seulement, elle s'exprime fort bien, mais a bien compris les délicats enjeux dont elle faisait l'objet. C'est donc avec son plein accord que nous avons arrêté ce plan. En la circonstance, un homme aussi éclairé que vous l'êtes, a peut-être une meilleure idée ? Dites, je serais enchanté de l'entendre et en discuter. »

Pour la première fois depuis leur tumultueuse rencontre, et en dépit de l'aigreur du ton employé, il ne sut que répondre à l'Ombre.

Depuis que Tristan avait ramené Isabella à bord du *Sans Dieu* et arrêté sa décision de rester coûte que coûte auprès de son aimée, il n'avait cessé de se torturer l'esprit afin de leur venir en aide, mais n'avait trouvé aucune solution digne de ce nom. Encore dubitatif, il s'enquit :

« Vraiment ? Cette jeune fille est prête à se réfugier sur une île aussi sauvage que déserte et y passer sans doute le restant de ses jours ? »

Arzhur regarda le jésuite droit dans les yeux :

« Ce n'est certes pas à vous, monsieur l'Ibère, que je vais apprendre l'infini pouvoir de l'amour que vous prônez sans relâche. Je pense néanmoins que notre coquelet est plus épris de cette donzelle qu'elle ne l'est de lui. Depuis qu'elle a été réduite en l'esclavage que vous savez, il est à ce jour le seul qui ait décidé de l'aimer, voire pour elle, se sacrifier. À la vérité, je trouve cela grotesque, mais non dénué d'une certaine forme de noblesse. »

Le Padre était la proie d'infinies interrogations.

L'homme en face duquel il se trouvait avait-il cédé à la compassion ou ourdissait-il un plan démoniaque à sa façon ? Lui, Anselme, était-il parvenu à semer une parcelle d'humanité en son âme dévoyée, ou ce discours n'était-il destiné qu'à le mieux égarer ?

« Et notre coquelet, est-il au fait de ce généreux projet ? »

Arzhur eut un fin sourire :

« Pas encore. Et c'est à vous, son protecteur, que je laisse le soin de le lui apprendre. En quelque sorte, je vous confie le rôle de l'ange Gabriel, annonciateur privilégié entre tous de la bonne nouvelle. »

Il ne répondit pas à cette provocation, laquelle, une fois encore, raillait les fondements de sa foi. Il sortit. En quittant la cabine de l'Ombre, il fut assailli par la morsure du soleil et une immense fatigue s'empara de lui. À quoi et à qui sa robe et son engagement sacerdotal servaient-ils ? Pour la première fois de sa vie, il se sentit inutile.

L'absence de vent avait limité la progression du brick.

Pis que la tempête contre laquelle l'on pouvait au moins se battre et agir, les marins redoutaient ce phénomène climatique qu'ils appelaient la calmasse, les privant de la moindre manœuvre et les rendant particulièrement vulnérables. Comme alanguies, les voiles pendaient et ne s'enflaient de la moindre brise. Il était midi, le soleil était à son zénith et le temps aussi semblait s'être figé. Suivant les ordres de l'Ombre, Face-Noire avait accordé une pleine journée de relâche à l'équipage. La nouvelle avait été accueillie avec soulagement, tant la chaleur implacable rendait la moindre tâche insupportable. Tous cherchaient un abri de fraîcheur qui n'existait nulle part sur le navire transformé en fournaise. Comme l'eau douce commençait à manquer, il n'était point autorisé de s'en servir pour s'arroser. Avachis sur le pont, leurs bouches entrouvertes à la recherche du moindre souffle d'air, les hommes ressemblaient à des poissons échoués. Assis à côté de Kunta, Gant-de-Fer somnolait. Il sursauta quand le géant noir se leva :

« Que fais-tu, où vas-tu ? »

Ôtant sa vareuse, son nouvel ami répondit :

« Me plonger dans l'eau pour avoir moins chaud. Viens-tu avec moi ? »

Gant-de-Fer se redressa tout à fait :

« Es-tu devenu fou ! Avec tous ces *tiburones* qui rôdent dans les parages ? Veux-tu donc leur servir de déjeuner ? »

« Non. Je les connais et ce n'est pas leur heure. Ils attendent toujours la fin du jour pour chasser. Alors, tu m'accompagnes ? »

Suant à grosses gouttes, Gant-de-Fer ne savait plus quel argument objecter :

« Impossible, je ne sais pas nager ! »

Tendant la main pour l'aider à se lever, Kunta eut un large sourire :

« Au cours des derniers jours, tu m'as appris beaucoup de choses, c'est mon tour maintenant. »

Devant le reste de l'équipage ébahi, il plongea la tête la première dans la transparence turquoise de l'eau et poussa un cri de joie.

Il avait l'air si heureux qu'après un moment d'hésitation, bravant sa peur viscérale, Gant-de-Fer sauta
à son tour, provoquant immense éclaboussure. Tous
se précipitèrent vers le bastingage pour voir ce qui
allait advenir de ces deux insensés. Au milieu d'un
tourbillon de bulles, Gant-de-Fer réapparut à la surface des flots. Paniqué à l'idée de couler, il ne put
s'empêcher de crier et battre furieusement des bras.
Alors, se rapprochant de lui, Kunta le prit entre les
siens et tout en lui parlant, le fit doucement basculer
sur le dos.

« Calme-toi et laisse-toi faire, je te tiens. Apaise
ton souffle et ne bouge plus. »

Pour la première fois de sa tumultueuse existence,
Gant-de-Fer n'offrit aucune résistance. Sans qu'il ne
puisse se l'expliquer, il avait confiance en cet homme
dont les mains puissantes retenaient la masse de son
corps à la lisière des eaux et de leur exquise tiédeur.

Un sentiment de plénitude inédit l'envahit.

« Tant que tu ne me lâches pas, je dirais que ça va. »

Kunta éclata de rire :

« Je t'ai déjà lâché et c'est tout seul que tu parviens
à flotter ! »

Pendant ce temps, Anselme s'était mis en quête
de Tristan et l'avait trouvé sur le bord opposé du
navire. Réfugié à l'abri d'un minuscule point d'ombre,
recroquevillé en chien de fusil, il dormait.

Le Padre s'assit à ses côtés et médita quelques
instants ce qu'il avait à dire. À la réflexion, le plan
échafaudé par Arzhur ne lui paraissait pas si mauvais. N'avait-il pas été lui-même le plus heureux des
hommes lorsqu'il s'était retrouvé au cœur de la forêt

vierge avec Ima ? Si sauvage soit-elle, la nature n'était jamais cruelle et offrait mille ressources à celui qui la respectait et tentait d'en percer les secrets. C'était l'enseignement que lui avait transmis son ami, et en ce jour, il aurait tout donné pour être auprès de lui.

Il éveilla le coquelet :

« Sors de ta torpeur Tristan, il faut que je te parle de ton avenir. »

Plein d'amertume, ce dernier répondit :

« Quel avenir ? Je n'en ai plus depuis que le capitaine a décidé que nous ne pouvions rester à bord et qu'il nous débarquerait dans le premier port. Il est le diable en personne et je le maudis ! »

« Tais-toi et écoute ce que j'ai à te dire, car il a changé d'avis. »

Après avoir ouï le récit du Padre, il s'exalta :

« Une île déserte et inconnue ? C'est merveilleux ! Isabella et moi pourrons y vivre pleinement notre amour. Elle ne courra plus aucun danger et je saurai bien la protéger. »

Le Padre tempéra son enthousiasme :

« Tout doux mon garçon et réfléchis avant que de trancher. Vous serez seuls au monde, entièrement livrés à vous-mêmes, et cela pourra générer bien des tensions. C'est toute ta vie que tu engages dans cette décision. En es-tu seulement conscient ? »

« Oui-da, et ma décision est prise. Dans combien de jours allons-nous aborder cette île bénie ? »

Anselme répondit :

« Le capitaine a mis le cap en sa direction, mais nul ne commande les vents et encore moins le destin des hommes. Dieu seul en décidera. »

La faim, mais surtout la soif, commençaient à affecter Morvan et le jeune officier qui partageait l'infamie de sa condition. La chaleur et l'humidité qui régnaient à fond de cale rendaient le port de leurs fers plus pénible encore, et ils commençaient à désespérer de leur sort. Soudain, ils entendirent le bruit d'une trappe qu'on ouvrait et des pas dans le petit escalier. Sur le qui-vive, ils se redressèrent. À son vif soulagement, Morvan reconnut John, le jeune mousse qu'il avait pris sous sa protection. Il portait une miche de pain et un broc empli d'eau. Las, il était suivi par un sous-officier en armes qui lui ordonna d'un ton rude :

« Donne leur pitance à ces chiens et fais vite, car je n'ai pas que ça à faire ! »

John posa sa charge aux pieds des prisonniers. Il murmura :

« Prenez garde à vos dents, ce pain est dur comme la pierre. »

Après leur départ, ils burent avec avidité, tant leur gosier était asséché. Avant que Robert ne s'abreuve à nouveau, Morvan l'arrêta :

272

« Gardons des réserves. Dieu sait quand ils nous en resserviront. Mangeons, car nous devons forces reprendre. »

À sa surprise, le pain n'était pas aussi rassis que le garçon l'avait annoncé. Le rompant en deux parts égales, il découvrit la présence d'une lame effilée. Robert poussa un cri étouffé :

« Un poignard dissimulé par votre jeune protégé. Béni soit-il ! »

L'ancien lieutenant du *Sans Dieu* s'était déjà attelé à la tâche :

« Maintenant, il faut que nous parvenions à forcer la serrure de ces damnés fers. »

À peine remonté des entrailles du bateau, John fut discrètement abordé par Malo :

« Alors, es-tu parvenu à leur donner ce que je t'ai confié ? »

Le mousse opina du chef et le gabier s'éloigna.

Il avait été révolté par la mise aux arrêts de son ami et du téméraire sous-officier qui avait pris son parti. Depuis longtemps, il n'éprouvait que haine et mépris à l'égard du capitaine du *Soleil Royal* et songeait à fomenter une mutinerie. Mais le nombre d'hommes sur lesquels il pouvait savoir compter était loin d'être suffisant pour mener à bien un tel projet. En dépit de son courage, le Vendéen n'était pas de la trempe de ceux qui pouvaient tout risquer sur un coup de dés.

Ce n'était pas la mort qu'il redoutait, ni même les lents supplices qui la pouvaient précéder, mais la peur d'entraîner dans son sillage ceux qui, en lui, auraient placé une hasardeuse confiance. En Morvan, il avait reconnu un presque frère, un allié sans faille dans l'adversité.

Si d'aventure, ce dernier parvenait à se libérer, quoi qu'il advienne, il serait à ses côtés.

Le cri lancé par la vigie l'arracha à ses pensées :
« Voile à l'horizon, voile à l'horizon ! »

Cette phrase, tous redoutaient de l'ouïr, car en ces mers infestées d'ennemis, elle augurait de l'imminence d'un combat.

De part et d'autre, des coups de sifflet et des ordres retentirent.

Au pas de charge, les hommes regagnaient leurs postes, y attendant fébrilement un nouveau commandement. Du haut de la dunette, tous les officiers observaient l'apparence du navire. Abaissant sa longue-vue, le premier lieutenant déclara :

« Une frégate, à n'en point douter. Elle n'arbore aucun pavillon, ce qui ne me dit rien de bon. »

Le capitaine ordonna :

« Envoyons lui fier coup de semonce et voyons sa réaction. »

Le tir de boulet résonna fort dans les airs avant que de se perdre dans les flots.

« A-t-il hissé ses couleurs ? »

« Nenni. Ah, il vient de virer de bord et a mis le cap vers la petite île qui se trouve à notre tribord. »

« Il s'agit donc d'un vaisseau ennemi, probablement pirate. Nous allons lui donner la chasse, le capturer ou l'envoyer par le fond. »

Le premier lieutenant émit une réserve :

« Parmi les cartes que nous possédons, aucune, si précise soit-elle, ne nous indique la profondeur de ces eaux. Leur déficit pourrait être dommageable à la coque de notre vaisseau, tant il offre grand tirant d'eau. Laissez-moi d'abord envoyer la *Gueuse* afin de l'aller vérifier. »

Le maître du bord se raidit :

« Nous n'en avons ni le temps ni le loisir, si nous voulons cette glorieuse prise de guerre réussir. Sonnez immédiatement le branlebas de combat ! »

D'envergure bien plus modeste que le trois-ponts qui avait déployé toute sa voilure, la frégate inconnue perdait de la distance.

Sa légère avance lui permit de virer *in extremis* à la pointe de l'île et disparaître soudainement aux yeux de ses poursuivants.

Cette brusque manœuvre surprit le *Soleil Royal*.

Flanqué de ses officiers qui ne savaient quelle attitude adopter, le capitaine ordonna au pilote :

« Barre à tribord toute ! »

Ce dernier s'exécuta, mais le lourd vaisseau fut lent à réagir.

Du nid de pie, un nouveau cri retentit de la vigie :

« Écueil droit devant ! Écueil droit devant ! »

Le pilote n'eut pas le temps d'infléchir la barre et la coque heurta un rocher d'importance dont nul relief n'affleurait. La violence du choc s'accompagna d'un bruit terrible.

Mélange du craquement de la charpente qui se déchirait et du cri des matelots qui subissaient les nombreux dommages de sa rupture. Beaucoup d'hommes furent précipités dans les flots.

Après s'être relevé d'une lourde chute, le premier lieutenant se rua sur son supérieur qui était parvenu à se retenir au bastingage :

« C'était un damné piège et votre incompétence nous y a tout droit conduits ! Vous n'êtes plus digne d'ordonner la marche de ce navire. Dès à présent, c'est moi qui en assurerai le commandement ! »

« Quel navire ? Il s'agit maintenant d'une épave ingouvernable. Si d'aventure, nous nous en sortons, morbleu, je jure que je vous ferai pendre pour sédition ! »

Tout à leur rixe, ils ne virent pas les trois sloops qui avaient surgi de la passe et s'apprêtaient à aborder le trois-ponts échoué.

À fond de cale, Morvan et Robert avaient subi de plein fouet la violence du heurt. Un morceau de charpente avait cédé et entaillé le crâne de l'officier qui saignait d'abondance. Il y avait plus grave. À travers la coque éventrée, une voie d'eau s'était formée et rien ne semblait pouvoir l'endiguer. Trop fragile, la lame qu'ils avaient utilisée pour tenter d'ouvrir la serrure de leurs fers s'était brisée, et toujours entravés, ils risquaient d'être noyés. Surgis de nulle part, des rats s'étaient mis à courir en tous sens pour échapper à la montée de l'eau. Robert céda à la panique :

« C'est fini, il n'y a plus rien à faire et tout comme ces maudites bêtes, nous allons périr d'atroce manière ! »

Masquant sa propre peur, Morvan se saisit d'une grosse pièce de bois qui avait cédé et tenta d'en user comme d'un madrier afin de briser leurs chaînes. Elle était trop lourde, il ne put l'utiliser. Inexorablement, l'eau continuait à s'engouffrer. Se remémorant les ultimes moments de sa chère Barbe, il essaya de prier, mais point n'y parvint. Soudain, tout alla très vite. De violents coups de hache firent céder la trappe qui les retenait prisonniers et deux gaillards surgirent. Du haut de l'échelle, le plus âgé des deux considéra la situation avant de les apostropher :

« Y a-t-il de l'or dissimulé dans ces cales ? »

À sa seule apparence, Morvan sut qu'il avait affaire à un forban et leva vers lui ses poignets enchaînés.

« S'il y en avait, c'est sous les eaux qu'en cet instant il se trouverait ! Tout comme toi, je suis flibustier, alors au nom de notre fraternité, délivre-nous au plus vite de ce piège ! »

Le regard de l'homme se reporta sur Robert toujours revêtu de son uniforme.

« Toi peut-être, mais pas ton compère qui m'a tout l'air d'être un officier du Roy. »

« Il a risqué sa vie pour sauver la mienne quand j'ai voulu tuer ce damné capitaine et m'emparer de son vaisseau à l'aide de mes complices. Je suis riche et te promets nombre de piastres si tu nous libères ! »

Sautant dans l'eau le forban rejoignit les deux captifs et leva sa hache :

« Cinq cents livres tournois, pas une de moins. Je me nomme Herlé et si tu m'as menti, sache que c'est avec ce même instrument que je vous décapiterai. »

Trempés jusqu'à la ceinture, tous quatre rejoignirent promptement le premier pont. Nul combat n'y avait plus lieu, mais la présence de cadavres mutilés témoignait de la rudesse de l'affrontement qui s'y était déroulé. Entendant grandes clameurs, ils se ruèrent vers l'escalier qui menait au pont supérieur. Avant de l'atteindre Herlé se retourna vers Morvan :

« Prends ce sabre et montre-moi ce que tu sais en faire. Je te conseille de savoir t'en servir et me prouver ainsi tes dires ! »

À l'instant où le forban lui avait tendu l'arme, il avait reconnu sur son avant-bras un tatouage reconnaissable entre tous. Le dessin d'une chauve-souris qui marquait son appartenance aux hommes de l'Albinos. Son sang se figea mais il ne laissa rien paraître de son émoi.

« Et mon ami, ne vas-tu point l'armer aussi ? »

Désignant le corps de Robert qui s'était affalé, le pirate ricana :

« Sa blessure à la tête semble avoir eu raison de lui et pour l'heure, il ne te sera d'aucune utilité. Si tu ne te fais pas occire, plus tard tu t'occuperas de lui ou de son cadavre. »

Morvan se retrouva au cœur d'une bataille confuse.

Nombre de corps glissaient sur le pont incliné, car le *Soleil Royal* s'était échoué sur son flanc tribord. Ceux qui étaient encore debout s'affrontaient avec force cris en ultime combat. Pour la première fois de sa vie, il ne sut quel ennemi affronter.

Les officiers du Roy qui l'avaient si injustement traité ? Les sbires de l'Albinos, ses ennemis jurés ? Il n'eut pas le temps de s'interroger plus avant, car deux gradés avaient décidé d'en découdre avec lui. D'un coup d'épée, le premier manqua de peu de l'atteindre à la poitrine. Au moment où le second allait lui percer le flanc, il pirouetta sur lui-même et, profitant de l'effet de surprise, lui enfonça jusqu'à la garde sa lame dans les entrailles. Le pont ensanglanté étant devenu fort glissant, il chuta lourdement. Le premier assaillant en profita pour se jeter sur lui et Morvan pensa sa dernière heure arrivée. Mais l'officier fut brusquement arrêté dans son élan et sembla comme pétrifié avant de s'écrouler sur le ventre. Tout en retirant la hache qu'il venait de lui planter dans le dos, Herlé déclara :

« Tu as bien combattu, mais as ton arme perdu. Pour la deuxième fois, je viens de te sauver la vie, alors tu me dois désormais mille livres. Ramasse ton sabre et finissons-en avec ces culs rouges ! »

La victoire semblait promise aux attaquants. Un dernier groupe de soldats se battaient encore avec l'énergie du désespoir. Morvan comprenait cette ultime ardeur, car il savait mieux que quiconque le sort réservé à ces hommes s'ils en réchappaient. Tout en distribuant force coups de sabre, il se fraya un chemin à la recherche de John et Malo. Il faillit trébucher sur le corps du jeune mousse qui avait pris une balle de mousquet entre les yeux. Étendu sur le dos, il contemplait le ciel sans plus le voir. Morvan conçut grand regret de ne l'avoir point pu sauver, mais n'eut le temps de s'apitoyer. Il finit par trouver le gabier vendéen au pied du mât de misaine, achevant au couteau un officier qui ne bougeait plus.

« Malo, cesse de t'acharner sur ce pourri, ne vois-tu pas qu'il est déjà mort ? »

Levant des yeux injectés de sang, le matelot répondit :

« Ce pourri qui nous a infligé tant de souffrances et t'a envoyé à fond de cale. Je voulais être sûr qu'il soit bel et bien crevé ! »

Il ponctua sa phrase d'un crachat, puis s'étonna :

« Comment diable as-tu pu t'échapper du réduit où ces traîtres t'ont conduit ? »

Morvan allait répondre quand Herlé surgit, tenant d'une seule main sa lourde hache rougie.

« C'est moi qui l'en ai sorti au moment où il allait boire la tasse. Et toi, qui es-tu ? »

« Malo. Je suis, enfin, j'étais gabier à bord de ce maudit vaisseau ! »

Le flibustier hocha la tête :

« Sans le savoir, tu viens de sauver ta vie, car notre frégate manque de marins habiles à manœuvrer les voiles. Si tel n'est pas ton cas, tu périras. Suivez-moi, la bataille est finie et nous allons rejoindre votre nouveau navire. »

Morvan se récria :

« Et Robert, mon compagnon de cale ? Je ne partirai pas sans lui ! »

« Il est trépassé, tu peux m'en croire. Et maintenant un beau feu de joie va mettre fin à la carrière de cet orgueilleux trois-ponts. »

Après avoir jeté par-dessus bord les ultimes combattants du *Soleil Royal*, les pirates victorieux regagnèrent leur frégate au moyen de passerelles de fortune et de cordages tendus. Le vaisseau s'embrasa comme une torche à l'instant où les trois sloops s'éloignaient et que la *Gueuse* appareillait.

Dès leur montée à bord, Morvan et Malo furent séparés, le gabier ayant immédiatement été affecté à la tâche qui lui était assignée.

Le traitant comme un hôte de marque, Herlé fit découvrir la frégate à celui qui lui devait la vie, mais surtout la somme de mille livres. Les visibles réparations de charpente rappelèrent à l'ancien lieutenant du *Sans Dieu* le sabotage opéré par l'Ombre, afin de s'emparer seul des richesses du galion espagnol, l'*Urca de Sevilla*.

Il découvrait les particularités d'un bateau qu'il n'avait jamais croisé, mais tant de fois imaginé : la *Gueuse* de l'Albinos.

À la fin de la visite, Herlé l'entraîna à l'abri d'une étroite cabine.

« Partageons une timbale de rhum. Nous l'avons amplement méritée et en outre, avons beaucoup à causer. »

Après l'avoir généreusement servi, le forban trinqua avec lui.

« Je t'ai dit mon nom, mais ne connais point le tien, et moins encore l'origine de la richesse que tu prétends posséder. Qui es-tu et que diantre foutais-tu enchaîné au fond de la cale d'un navire royal ? »

Masquant le malaise qui s'immisçait en lui, Morvan répondit :

« Qu'importe mon nom ou mon sobriquet ? Tout comme toi, je suis flibustier et n'ai d'autre idée que conserver ma vie, ma liberté et gagner le plus d'or possible, car j'ai en tête un vaste projet. »

Piqué par la curiosité, Herlé se pencha vers lui :

« Et quel est-il ? »

« Tout doux mon ami. Par deux fois tu m'as sauvé et je suis ton débiteur. Je n'ai pas davantage oublié que tu n'hésiterais pas à me trancher le chef, si d'aventure, je n'honorais pas ma dette. Avant que je ne t'expose la nature de mon plan, laisse-moi te poser une seule question : agis-tu pour ton propre compte ou celui de l'Albinos ? »

Un instant désarçonné par la brutale franchise de l'homme qui lui faisait face, le forban répondit :

« Il semble que tu aies repéré le tatouage que je porte au bras et qui signe mon engagement auprès de

281

celui dont tu parles. Sache qu'il n'est pas à bord au cas où tu le voudrais rencontrer, ce que je te déconseille de faire. Oui, j'agis pour son compte, mais aussi et surtout pour le mien. J'ai trente ans passés et ne désire point finir mes jours au bout d'une corde, ou la tripe répandue sur le pont de cette frégate. À mon tour de te questionner : sur ces mers tant convoitées, aucun frère de la côte ne peut agir seul et fortune amasser. Alors, si tu m'as dit la vérité, comment as-tu pu tant de piastres gagner ? »

« Tout comme toi, pendant de nombreuses années, j'ai un capitaine pirate servi, et c'est à ses côtés que je me suis enrichi. Mais un jour, j'ai découvert qu'il m'avait trahi. Alors, à la première occasion, j'ai fui avec mon or. Depuis, je n'agis qu'avec la complicité d'hommes prêts à tout qui veulent aussi leur propre part de butin. Me faisant engager comme simple matelot à bord du *Soleil Royal*, j'ai vite compris que je pouvais aisément y fomenter une mutinerie, tant son commandant était honni. Un groupe déterminé était prêt à me suivre, et nous aurions pu nous emparer de ce vaisseau et de l'ensemble de ses richesses. »

Resservant fière timbale de rhum, Herlé pavoisa :

« C'est désormais à bord de la *Gueuse* qu'elles se trouvent. Il semble que notre façon d'opérer soit plus efficace que la tienne ! Et après, morbleu, qu'est-il advenu ? »

« Ce que je n'avais pas prévu, une tempête. Comme si le diable lui-même s'en était mêlé, et qui a causé grands ravages parmi l'équipage. Après qu'elle se fut calmée, j'eus une violente altercation avec ce vil couard de capitaine et c'est ainsi que je fus mis aux fers. Voilà, tu sais tout. »

Aiguisant son regard, le forban se pencha :

« Non point. Je te l'ai dit, je ne suis pas né de la dernière pluie et il me semble que tu aies omis de dire l'essentiel. Le fameux chef que tu as tant servi et t'a si bien trahi, c'est l'Ombre, n'est-ce pas ? »

Morvan tressaillit :

« C'est lui, en effet. Qu'il soit maudit pour le mal qu'il m'a fait, à moi et à tant d'autres ! »

Herlé se fendit d'un étrange sourire :

« Grâce à notre rencontre, tu auras peut-être bientôt une occasion inespérée de te venger. »

« Que veux-tu dire ? »

« Que l'un des navires espions de l'Albinos a de loin son brick repéré. Il avait mis le cap nord, nord-est, une route qui ne correspond à rien de connu et que jamais nul n'emprunte. Comme ce damné est malin comme un singe, il a sûrement d'excellentes raisons de voguer dans cette direction. Nous allons donc le suivre, l'y retrouver, et régler enfin avec lui tous les comptes que nous avons à solder. »

L'absence totale de vent avait duré trois jours entiers et immobilisé le *Sans Dieu* au beau milieu de la mer des Caraïbes. Nonobstant le répit qui leur avait été accordé, l'humeur des hommes en avait pâti, et des heurts s'étaient produits. Ils furent aussitôt réprimés par l'Ombre qui avait rappelé à chacun ses devoirs et ses obligations. Il avait également annoncé que le brick ferait prochaine escale dans une île inconnue, sur laquelle il allait le coquelet et la fille débarquer. Comme certains s'étonnaient, tandis que d'autres se récriaient, il haussa le ton :

« C'est ma décision et elle est irrévocable. En outre, cette brève relâche nous permettra de nous réapprovisionner en eau douce, fruits frais et même gibiers que vous pourrez chasser. Maintenant, que chacun retourne à sa tâche ! »

À l'aube du lendemain, une légère brise fit frissonner la toile en berne, redonnant courage à l'ensemble de l'équipage.

Ce souffle tant espéré prit de l'ampleur tout au long de la matinée.

Suivant les ordres d'Arzhur relayés par Face-Noire, les gabiers grimpèrent aux mâts afin d'ajuster les voiles pour serrer au plus près le vent qui enfin, venait de se lever. Obéissant à la nouvelle route qui lui avait été dictée, le pilote mit le cap dans sa direction.

Autorisé à voir quelques instants Isabella en sa cabine, le coquelet avait grande joie retrouvé et ses lignes appâté, promettant fier repas d'adieu aux flibustiers. La prouesse de Kunta avait tant impressionné les matelots, qu'ils demandèrent au géant noir de leur apprendre à nager, non point en pleine mer, comme ce fut le cas pour Gant-de-Fer, mais à la lisière des plages de l'île qu'ils allaient prochainement aborder. Soutenu par le bras puissant d'Anselme, Palsambleu arpentait le pont du brick. Il se remettait de sa blessure et n'avait rien perdu de son verbe haut, ce qui lui valut remontrances de la part du Padre.

Après avoir fait le point et procédé à différents relevés, Arzhur avait entraîné Face-Noire à la poupe. Ils observaient le sillage d'écume qui faisait cortège à la progression du navire. L'ancien boucanier rompit le silence :

« Ainsi nous voguons vers l'endroit où se trouve votre fameux repaire. »

« Le coquelet ne m'en a guère laissé le choix. Mais ne t'inquiète pas, ce lieu est aussi introuvable qu'aiguille dans botte de foin. »

Après deux jours de navigation, les contours tourmentés de l'île inconnue apparurent aux yeux des hommes qui s'étaient tous réunis sur le bastingage. Pour les plus superstitieux d'entre eux, elle offrait si inquiétant aspect qu'en dépit de l'accablante chaleur, ils frissonnèrent et certains même, discrètement, se signèrent. Pour l'aborder, Arzhur avait repris la barre. D'une main sûre, il guidait le *Sans Dieu* entre les écueils, vers la seule crique dont il savait que la profondeur des flots pouvait accueillir le tirant d'eau de son bateau. Tout à la précision de sa manœuvre, il n'entendit pas les remarques qui fusaient :

« Ma Doué, on dirait le repaire du diable lui-même ! »

« Pas étonnant qu'il ne soit connu que de l'Ombre. »

« Ben moi, même si je dois tâter du chat à neuf queues, je ne quitterai pas le bord. »

Aucun d'entre eux n'avait remarqué la présence du Padre.

Ce dernier les interpella :

« Ah les fiers flibustiers que voilà ! Comme vous le savez, sur cette île, j'ai séjourné trois jours et trois nuits en compagnie de votre capitaine. Eh bien, n'en suis-je point revenu ? Vivant et pourvu de tous mes membres ? Certes, cette île est sauvage entre toutes, mais elle n'est hantée que par vos peurs. »

Gant-de-Fer objecta :

« Moi, je ne crois pas aux fantômes. Mais qui nous dit que cet îlot de malheur n'est pas habité par des tribus cannibales autrement redoutables ? »

Anselme persifla :

« Il me semble que j'en suis la preuve vivante. En revanche, il abrite toutes sortes d'animaux sauvages, notamment, à ce que j'ai pu en voir, des iguanes géants et une multitude d'oiseaux de proie. »

Comme pour souligner son propos, une nuée de rapaces vint tournoyer au-dessus de leurs têtes en poussant des cris stridents.

La voix d'Arzhur retentit :

« Tous à vos postes pour la manœuvre d'accostage. Gabiers, affalez les voiles, nous allons jeter l'ancre ! »

Une fois le *Sans Dieu* immobilisé, Face-Noire retransmit aux hommes les ordres de l'Ombre :

« Kunta, Tristan, puisque vous seuls savez nager, jetez-vous à l'eau et grimpez sur ce gros rocher, nous allons vous tendre la passerelle et vous aider à l'arrimer. »

Les intéressés plongèrent dans la transparence des eaux de la crique. Les flibustiers ayant fort à faire avec les nombreuses tâches qui leur avaient été affectées, Isabella avait enfin été autorisée à quitter la cabine de Face-Noire. Elle se tenait roide campée sur le pont aux côtés du jésuite. Comme elle avait le regard fixe et ne prononçait le moindre mot, il se décida à parler :

« J'imagine sans peine que vous vous attendiez à un endroit plus accueillant. Je tiens à vous rassurer. Nous avons débarqué sur la côte nord de l'île qui offre, il est vrai, aspect fort désolé. Mais à son exact opposé, se trouvent de vastes étendues de sable, bordées de palmiers et d'arbres à noix. En outre, au centre de l'île, une cascade déverse de l'eau douce en abondance. Je suis donc persuadé que la richesse de cette nature créée par Dieu pourvoira à tous vos besoins. »

Tournant brusquement la tête, elle lui opposa un regard farouche :

« Dieu ? Qu'est-ce donc que votre Dieu ? Tous les Blancs que j'ai connus croyaient en Lui et cela ne les empêchait pas d'être capables des pires atrocités ! Moi, je ne crois qu'aux esprits : ceux du vent, de l'eau, de la forêt. Ceux qui animent les branches des arbres, les ailes des oiseaux ou les nageoires des poissons. Je sens leur souffle, j'entends leur voix, et à travers elle, celle de mes ancêtres. »

L'image d'Ima s'imposa à Anselme. S'il avait pu user de son langage, n'aurait-il pas, peu ou prou, les mêmes mots employé ? Certes, son ton eût été moins hostile, et il aurait accompagné son propos d'un doux sourire.

« Mon enfant, nos croyances ne sont pas si différentes. J'ai moi aussi le plus grand respect pour la nature si vivante que vous décrivez, mais je crois ardemment que c'est Notre Seigneur qui l'a créée. Je puis concevoir que ses desseins ne sont pas toujours faciles à suivre, car l'homme, souvent, dévie de Sa pensée divine et... »

Il ne put achever, car entre eux, la haute silhouette d'Arzhur venait de s'interposer. Ignorant le Padre, il s'adressa à la jeune fille :

« Il semble que j'arrive à temps pour vous épargner un sermon aussi pénible que stérile. Prenez mon bras, je vais vous aider à débarquer. »

Déclinant l'offre, elle répondit :

« Depuis ma naissance, j'ai appris à me débrouiller seule ou avec l'aide des miens. »

Les rôles des uns et des autres avaient été savamment répartis. Placés sous les ordres de Face-Noire, Foutriquet, Bois-sans-Soif et dix matelots demeuraient à bord du *Sans Dieu* afin d'y effectuer les tâches inhérentes à la garde et l'entretien du navire.

Armée de mousquets, une équipe légère dirigée par Palsambleu était partie chasser. Elle était conduite par Anselme, ce dernier ayant bonne souvenance de la partie de l'île qui lui paraissait la plus giboyeuse. Il avait accepté de les guider, car il ne désespérait pas y trouver différentes herbes et racines propres à l'élaboration de ses remèdes.

Menés par l'Ombre, quatre hommes choisis parmi les plus robustes, au nombre desquels Gant-de-Fer et Kunta, se dirigeaient vers la source d'eau douce, chacun portant une outre vide. Tristan et Isabella les accompagnaient car Arzhur voulait leur montrer l'emplacement de cette indispensable ressource. Après une demi-heure de lente et difficile progression, le petit groupe parvint au pied de la cascade. Coulant à travers une végétation aussi dense qu'enchevêtrée, l'eau claire qu'elle y déversait semblait surgir de nulle part. La fin de sa chute alimentait un petit lac bordé de rochers, de fleurs inconnues et de plantes aquatiques. Tristan se tourna vers son aimée. Pour la première fois depuis leur rencontre, il vit un léger sourire orner son visage et s'en réjouit.

« Avant que je ne trouve de quoi nous nourrir, il semble que nous aurons de quoi étancher notre soif ! »

Comme si elle s'adressait à un enfant aussi enthousiaste que naïf, elle objecta :

« Oui nous aurons de l'eau douce en abondance. Mais dis-moi, à quel endroit penses-tu notre hutte bâtir ? »

Interloqué, il répondit :

« Point encore ne le sais. Que veux-tu dire ? »

Sans lui répondre, elle se tourna vers l'Ombre :

« D'après votre homme de Dieu, le seul endroit où Tristan pourrait poissons pêcher et coquillages ramasser se trouve de l'autre côté de l'île, à l'exact opposé de cette unique source. »

Arzhur ne s'était attendu à pareille observation. Il nota en lui-même que la donzelle faisait preuve d'un remarquable sens pratique, mais répondit d'un ton rogue :

« Il n'est pas mon homme de Dieu, mais mon prisonnier.

Quant à votre hutte, peut me chaut l'endroit où vous l'allez construire, j'ai déjà été bien bon de vous avoir menés jusqu'ici ! »

Gant-de-Fer interrompit cet accès d'humeur :

« Pardon capitaine, mais l'approvisionnement en eau douce du *Sans Dieu* ne va pas être tâche facile. Une fois emplies, nos outres pèseront leurs poids et le chemin est des plus malaisés. »

« Il est vrai. Avec nos sabres et nos dagues, nous allons donc tailler dans la végétation pour l'élargir et le rendre plus praticable. De retour au brick, nous construirons une charrette afin d'y transporter l'eau. »

Il se tourna vers le coquelet :

« As-tu repéré l'exact emplacement de cette source ? »

Ce fut Isabella qui répondit :

« Je l'ai déjà fait. En prenant différents repères par rapport à la position du soleil. »

Contre toute attente, Arzhur éclata de rire :

« Mon jeune ami, il semble que tu vas avoir plus de peine à porter culotte en ce lieu qu'y survivre ! Bon, vous quatre, emplissez les outres de moitié de leur contenance et regagnons le navire. »

Tristan tenta de reprendre quelque assurance :

« Quand nous rendrons-nous de l'autre côté de l'île afin que je puisse pêcher ? »

L'Ombre se retourna :

« Demain ou après-demain. Il me faut d'abord dès ce soir faire le point avec le reste de l'équipage et savoir où ils en sont des différentes missions que je leur ai attribuées. »

Palsambleu était furieux. Par trois fois ses tirs de mousquet avaient manqué un iguane de grande taille. Il jura et pesta comme jamais.

« En voilà une saloperie de bestiole ! Ça marche, ça court sur la terre, mais ça se faufile et disparaît comme anguille au fond d'un trou de rivière. Mortecouille ! Ce n'est pas ce soir que nous aurons sa foutue viande à nous mettre sous la dent. »

Les autres membres de l'escouade n'avaient pas eu meilleure fortune, et à l'instar de leurs mines, leurs armes étaient en berne. Seul Anselme affichait souriante face, car sa récolte avait été des plus fructueuses. Notamment l'aloès aux multiples vertus. La seule application d'une feuille de cette plante grasse, il le savait, soulageait piqûres d'insectes, brûlures légères et cautérisait à merveille différentes plaies. Un peu plus loin, il avait été autant surpris que ravi de trouver des plants de citronnelle. Il en préleva nombreuses tiges, car Ima lui avait enseigné que cette herbacée guérissait aussi bien les problèmes de digestion que les fortes fièvres. Satisfait, il rangea ses remèdes dans le sachet de toile qui jamais ne le quittait. La voix irritée de Palsambleu l'arracha à l'heur de sa moisson botanique.

« Hé le jésuite, faudrait voir à s'en retourner vers le *Sans Dieu*, car va bientôt faire nuit et on n'a pas trop envie de s'attarder en ces lieux. »

Le ton employé déplut fort au Padre. Prenant sur lui tout en lorgnant sur les besaces vides de tout gibier, il répondit :

« S'agissant de la chasse, il semble que ce n'était pas votre jour. En revanche, c'était le mien, car si d'aventure, vous aviez méchante fièvre contracté ou piqûre de serpent subi, vous serez fort aise de la récolte que j'ai faite ! Allons. »

Dès que le jour avait amorcé son déclin, Face-Noire avait fait allumer toutes les lampes-tempête afin d'offrir précieux repère à ceux qui étaient partis en expédition en différents points de l'île. Une nuit d'encre avait remplacé les ultimes scintillements du soleil.

L'équipage réduit qu'il commandait, soulagé de n'avoir point eu à quitter le bord, affichait belle humeur et avait entonné des chants traditionnels en s'accompagnant du son des flûtiaux et de la bombarde. L'ancien boucanier les avait d'autant plus encouragés à ce faire, qu'il s'était dit que la musique aussi, pourrait servir de guide au cœur des ténèbres de cette nuit sans lune. Campé sur la dunette, il attendait le retour des hommes et les minutes lui parurent des heures. Enfin, il entendit des voix, et entre toutes, reconnut celle de l'Ombre.

« Alors, bande de couards, ne vous l'avais-je point dit ? Cette île n'a aucun secret pour moi et je pourrais en arpenter chaque are sans m'y égarer. »

Levant le chef vers le bastingage, il distingua la silhouette de son lieutenant :

« Je vois, Face-Noire, que tu as respecté l'ensemble de mes consignes. Dis-moi, l'escouade de chasseurs guidée par monsieur l'Ibère a-t-elle rejoint notre bord ? »

Au moment où l'ancien boucanier allait répondre par la négative, le rugueux accent du Padre se fit entendre :

« Je ne connais pas cette île aussi bien que vous, mais à l'évidence, nos pas ont été guidés par la Divine Providence. »

Arzhur se raidit :

« La providence, dites-vous ? Non point. La chance seulement, et l'excellence de votre mémoire topographique. »

En l'absence de gibier pris et de poisson pêché, le repas servi le soir même sur le tillac du *Sans Dieu* fut des plus chiches. Comme la plupart des hommes s'en plaignaient, Arzhur se leva et se planta au milieu d'eux :

« Ainsi, il me faut de nouveau vos jérémiades entendre ! Certes, Palsambleu et ceux qui l'accompagnaient ont fait preuve de maladresse et n'ont aucune viande rapporté. Alors que ceux qui leur reprochent d'avoir manqué leurs cibles prennent leur place et prouvent la dextérité de leurs tirs. J'attends ! Aucun candidat ne se désigne ? Fort bien. Ils seront tous de corvée d'eau. Je vous rappelle que nous n'allons guère nous attarder ici, le temps de faire le plein de vivres frais. Alors j'escompte que vous allez vos grandes gueules fermer. »

La voix puissante de l'Ombre fut interrompue par le coquelet :

« Capitaine, si cette île est aussi poissonneuse que vous me l'avez affirmé, c'est moi qui, dès demain, assurerai le repas du bord. Je le pêcherai et le préparerai. »

Dès l'aube du jour suivant, les flibustiers étaient à la tâche. Chacune d'entre elles avait été répartie, à l'exception de Face-Noire, Foutriquet, Bois-sans-Soif et six autres qui assuraient la sécurité du brick.

Désigné par Arzhur, un groupe de corvée devait acheminer l'eau de la source jusqu'aux cales à travers un chemin de fortune. Les hommes affectés à ce travail regrettaient amèrement leurs remontrances de la veille auxquelles ils devaient ce labeur ingrat, effectué sous un soleil de plomb. Une nouvelle équipe de chasseurs dirigée par Gant-de-Fer fut formée. Kunta s'était proposé de jouer les rabatteurs et était parti en éclaireur dans les profondeurs d'une nature qu'il ne connaissait pas, mais au sein de laquelle il trouva quelques repères.

Comme il l'avait promis à Tristan, qui s'était muni de toutes les lignes et filets disponibles, Arzhur le mena droit vers le sud. Isabella, Palsambleu, Anselme et deux matelots chargés de nasses vides les accompagnaient. Traversant l'île en son milieu conique, près de trois heures d'ascension et de descente furent nécessaires au petit groupe pour parvenir jusqu'à une dune qui surplombait une vaste étendue de mer. De courtes vagues venaient mourir sur la grève, abandonnant en se retirant un ressac d'écume qui faisait frissonner le sable clair. À l'exception de l'Ombre, tous marquèrent le pas, car ce spectacle de calme beauté contrastait tant avec l'escarpement de la côte opposée, qu'on eût pu se demander s'il s'agissait de la même île.

En proie à une vive exaltation, le coquelet se tourna vers Isabella :

« C'est ici et nulle part ailleurs que je vais notre maison bâtir, juste à la lisière de ces arbres à noix. Et là-bas, regarde tous ces crabes courant sur le sable, il n'y qu'à se baisser pour les ramasser ! Veux-tu t'en charger pendant que j'appâte et installe mes lignes ? »

Face à tant d'enthousiasme, Isabella ne put s'empêcher de rire :

« Pour l'emplacement de la maison, je suis d'accord à condition que ce soit toi qui t'occupes des corvées d'eau ou trouves un moyen de récupérer celle de la pluie. Quant aux crabes, laisse-moi faire, je sais les piéger mieux que personne. »

Un sourire de défi aux lèvres, le Padre se tourna vers la jeune fille :

« Dans mon pays d'origine, en mes vertes années, je n'étais pas mauvais non plus à ce genre d'exercice. Voyons lequel de nous deux en ramassera le plus ! »

À peine Isabella revenue de sa surprise, le jésuite, qui avait pris soin de relever les pans de sa robe, s'était mis à courir d'un pas pesant vers la mer. Se lançant à sa poursuite, la jeune fille s'écria :

« Hé, attendez, c'est tricherie d'être parti avant moi ! »

Après un instant de stupeur, les deux matelots éclatèrent de rire et coururent à leur suite avec les nasses. La joie et la complicité affichées par les uns et les autres firent à Arzhur l'effet d'un coup de poignard, et il ressentit de sourds élans de haine à leur égard. Comment osaient-ils faire montre de tant de légèreté, tandis que lui n'accordait pas la moindre trêve aux tourments de son esprit malmené ? L'espace d'un instant, il pensa les abandonner à leurs vaines activités, regagner son navire et faire mettre à la voile. Après tout, n'avait-il pas honoré sa promesse en les conduisant au cœur même de son territoire secret ? Il balançait sur la décision à prendre, lorsqu'il eut l'étrange sentiment que Marie, son amour de jeunesse, lui parlait :

« Mon doux seigneur, toi qui fus le seul bonheur que j'ai connu au cours de ma brève existence, que t'arrive-t-il ? Est-ce le spectacle de ces deux tourtereaux qui te torture à ce point ? Toi et moi n'avons pas eu la chance que tu es en train de leur offrir. »

Le soleil était à son zénith et son ardeur brûla le visage pourtant tanné d'Arzhur, le ramenant à la réalité du moment. L'absence totale de vent faisait résonner cris et rires. Mettant la main en visière, il vit Isabella pousser le jésuite dans les flots et lui subtiliser sa nasse. Mais à peine le Padre refit-il surface qu'il se précipita sur l'effrontée pour récupérer son bien, dérober le sien et la faire plonger à son tour. Il n'en crut pas ses yeux. En dépit de ses discours pontifiants, ce damné Ibère se conduisait comme le plus insupportable des enfants.

Écœuré, il tenta de repérer de quel endroit le coquelet avait lancé ses lignes. Il distingua enfin sa mince silhouette au sommet d'un rocher affleurant et décida de l'aller rejoindre.

« Que penses-tu de ton nouveau domaine ? »

N'ayant vu l'Ombre arriver à ses côtés tant il était concentré sur sa pêche, Tristan sursauta :

« Oh ! Cette étendue de sable est magnifique, mais pour l'instant, je n'ai guère eu de chance avec les poissons que je vous avais promis. J'ai traqué la morue et la baleine dans les océans du Grand Nord, pêché l'espadon et le marlin depuis votre bord, mais il semble qu'ici je sois impuissant à attraper le moindre poisson, car aucun ne mord à l'hameçon. J'en suis d'autant plus navré que je voulais vous préparer un fier repas. »

« Tu ne connais point encore les us et coutumes de ces poissons-ci. J'ai ouï dire que les Indiens caraïbes qui habitaient ces îles entraient dans l'eau jusqu'à la taille et observaient leurs mouvements avant de les harponner d'un seul coup. »

Le coquelet se récria :

« Jamais je n'aurai l'habileté de les pêcher de la sorte ! »

L'Ombre se leva et l'enjoint de le suivre :

« Tu apprendras. Tout s'apprend, même l'art de tuer un homme. »

Retrouvant, Isabella et l'Ibère dont les nasses regorgeaient de crabes, Arzhur s'adressa vertement à ce dernier :

« Avez-vous cessé vos grotesques enfantillages, car il est grand temps de nous en retourner vers le *Sans Dieu.* »

Toute trace d'hilarité disparut de la face du Padre :

« Au cours de ces dernières semaines, j'ai vraiment cru que vous aviez changé. Mais en cet instant, je vous retrouve tel que toujours vous fûtes. Joie et insouciance vous sont totalement étrangères et semblent même une offense à votre endroit. »

Arzhur marcha vers le jésuite et sa voix tonna :

« Je n'ai que faire de vos remarques et vous dénie à jamais le droit de me juger, m'entendez-vous ? »

Il allait rétorquer lorsque ses lignes à la main, Tristan les rejoint.

La mine contrite, il s'adressa à Isabella :

« Selon le capitaine, il semble que je doive adopter une technique inédite pour pêcher ces poissons exotiques. Je l'apprendrai et te jure que je réussirai ! »

Lui envoyant fière bourrade à l'épaule, Anselme déclara d'un ton réjoui :

« J'en suis certain mon garçon ! »

Ému, le jeune homme se tourna vers lui :

« J'ai une requête à vous adresser. Avant que vous ne quittiez cette île, voulez-vous nous marier ? »

Blême de rage, Arzhur s'interposa :

« J'ai, à mon bord, proscrit toute forme de bondieuserie. Il est donc hors de question qu'il soit le théâtre de ce genre de cérémonie ! »

Anselme leva la main :

« C'est donc ici même que nous allons procéder à cette union sacrée et elle ne prendra que quelques instants. Avant tout Tristan, as-tu demandé à ta dulcinée si elle consentait à t'épouser ? »

La jeune femme s'avança :

« En m'arrachant à l'horreur de ma condition, Tristan m'a déjà prouvé sa valeur et son engagement. S'il veut honorer une coutume qui vient de ses ancêtres alors oui, j'y consens. »

Large sourire aux lèvres, le Padre considéra les deux matelots :

« Bien. Nous avons là les deux témoins nécessaires, choisissez-en chacun un. »

Isabella demanda :

« Qu'est-ce qu'un *témoin ?* »

Exaspéré, Arzhur répondit :

« Un parent, ami ou personne de confiance qui va assister au mariage et pourra affirmer que celui-ci a réellement eu lieu. En la circonstance, je ne vois pas l'utilité d'avoir recours à… »

S'approchant de lui, elle l'interrompit :

« Capitaine, je voudrais que vous soyez mon témoin. »

Après un instant de sidération, l'Ombre se récria :

« Jamais, mille diables ! Et je vous ordonne de choisir au plus vite l'un de ces deux gaillards. »

Isabella ne désarma pas :

« Un parent ou un ami avez-vous dit ? J'ai toute ma famille perdu et n'ai aucun ami. »

Arzhur persifla :

« Ne reste donc que la personne de confiance et vous êtes bien placée pour savoir que je n'appartiens point à cette race-là. »

Elle hocha la tête :

« Et pourtant vous avez dévié la route de votre navire pour nous mener ici. Dois-je me mettre à genoux pour que vous acceptiez ? »

De guerre lasse, il leva les mains en signe de reddition :

« N'en faites rien et surtout, finissons-en ! »

Masquant autant qu'il le put son contentement, le Padre déclara :

« Maintenant que nous avons les témoins requis, la cérémonie peut commencer. J'imagine, ma chère enfant, que vous n'êtes point baptisée. D'une certaine façon, j'ai accompli cette formalité en vous plongeant tout à l'heure la tête dans l'eau. Approchez-vous l'un de l'autre et prenez-vous la main. Tristan, veux-tu prendre cette femme pour légitime épouse, lui jurer fidélité et la chérir jusqu'à ce que la mort vous sépare ? »

D'une voix étranglée, le coquelet répondit :

« Oh oui, je le veux. »

« Et toi Isabella, acceptes-tu de prendre cet homme pour ton époux légitime, le chérir et... »

« Non ! »

300

Le Padre sursauta :

« Comment cela non ? »

« Isabella n'est pas mon nom, mais celui donné par ceux qui m'ont fait tant de mal. »

Un instant désarçonné, Anselme répondit :

« Oui, je comprends. Comment voulez-vous que l'on vous nomme à présent ? »

« Adama. C'était le nom de la mère de mon père. »

Menée par Gant-de-Fer, l'escouade de chasseurs cheminait à pas prudents. Depuis que Kunta les avait quittés à l'orée de la forêt, ils s'étaient enfoncés au cœur d'une sombre densité végétale. Arbres si hauts qu'on n'en devinait point le faîte, lianes, plantes et fleurs enchevêtrées qui semblaient recéler mille organismes sifflants, grouillants ou rampants. Si lente qu'elle fût, leur progression déclenchait mouvements et bruits inconnus, augmentant leur appréhension à progresser plus avant. Soudain, dans un grand bruissement d'ailes, un envol d'oiseaux fit sursauter la petite troupe. Chacun mit son fusil en joue, mais aucun fauve ou gibier d'importance ne surgit. Mousquet toujours à l'épaule, Yvon-Courtes-Pattes interrogea Gant-de-Fer d'une voix blanche :

« Mortecouille, qu'était-ce donc ? »

Masquant son propre malaise, ce dernier répondit à voix basse :

« Des aras. Leurs cris rauques et leurs plumages multicolores sont reconnaissables entre tous. »

Colin, le seul matelot normand du bord, intervint :

« Peu nous chaut de quelle espèce de volatiles il s'agissait ! Quelque chose a déclenché leur fuite et moi, ça m'dit rien de bon. »

Sans crier gare, Kunta apparut devant eux :

« Alors, vous les avez vues ? »

Gant-de-Fer ne put s'empêcher de crier :

« Vu quoi Morbleu, à part toi qui surgis comme un beau diable et que nous aurions pu tuer ? »

Le visage du géant noir exprima l'incompréhension :

« Les bêtes que j'ai fait fuir dans votre direction ! »

Au même moment, un groupe d'animaux inconnus semblables à de gros rats détala tout autour d'eux. Simultanément, les tirs de mousquet retentirent, mais beaucoup manquèrent leur cible. Seuls deux spécimens furent atteints et s'écroulèrent. Les hommes s'en approchèrent. Yvon-Courtes-Pattes prit un air dégoûté :

« Jamais vu un bestiau pareil ! Rien qu'à voir sa sale trogne, j'en ai l'appétit coupé. »

Kunta se pencha vers l'un d'eux et observa :

« Moi, je crois leur viande bonne à manger. »

Gant-de-Fer mit fin à l'échange :

« Bon, chargeons-les dans nos besaces et retournons-en au brick. »

Sur le pont supérieur de la *Gueuse*, lunette en mains, Herlé perçut enfin les contours tourmentés de l'île inconnue que depuis des jours, il tentait de rallier. À cette distance, elle lui sembla si déserte et désolée, qu'une fois encore, il se demanda ce que l'Ombre était venu y chercher, ou à quel lucratif trafic il était venu se livrer. Par prudence et pour ne point faire repérer la frégate de l'Albinos, il ordonna aux gabiers de réduire la voilure afin de ralentir l'allure, puis fit mander Morvan. Quand ce dernier s'en vint le rejoindre, il lui tendit la lunette.

« Que t'en semble ? D'après toi où diable ce damné forban a-t-il amarré son bateau ? »

S'emparant de l'instrument, l'ancien lieutenant du *Sans Dieu* scruta différents points, mais ne distingua pas la mâture du brick.

Il déclara d'un ton égal :

« Soit il a jeté l'ancre sur une côte que la forme particulière de cette île nous empêche de voir, soit il est déjà reparti. »

Herlé cligna des yeux :

« Mon instinct me dit qu'il n'en est rien. En outre, je pense qu'il a profité de cette escale pour se

303

réapprovisionner en eau et vivres. Dis-moi, est-il marin habile et précis à la manœuvre ? »

Un instant surpris, Morvan répondit :

« Un des meilleurs qui soit. Il connaît le tirant d'eau de son navire sur le bout des doigts et sait naviguer là où les autres ne vont pas. »

Le second de l'Albinos médita quelque instant ces paroles, puis reprit sa lunette et se livra à minutieux examen.

« En ce cas, ce fin renard a dû s'ancrer sur la côte septentrionale de l'île dont l'accès doit être particulièrement délicat et que lui seul connaît. Nous l'allons donc aborder par la côte est, car le cône qui la domine dissimulera notre arrivée et c'est là, à distance raisonnable, que nous jetterons l'ancre. »

Circonspect, Morvan interrogea :

« Et après ? »

Herlé eut un mauvais sourire :

« Après ? Nous mettrons discrètement chaloupe à la mer et douze hommes déterminés grimperont à bord du *Sans Dieu* et en prendront le commandement. »

Une fois encore, Face-Noire attendait le retour des gars.

Une sourde appréhension lui poignait les entrailles, sans qu'il n'en sût le pourquoi. Depuis des heures, il n'avait quitté le bastingage dont il avait fait son poste d'observation et guettait le moindre mouvement à l'orée de la forêt d'où étaient parties les deux expéditions. Un vent de sud s'était levé et sifflait en rafales, laissant augurer une violente tempête tropicale. Il n'entendit pas Foutriquet le rejoindre et tressaillit quand celui-ci lui adressa la parole :

« Lieutenant ? »

Le ton employé témoignait d'une réelle inquiétude.

« Quoi, qu'y a-t-il ? »

Mal à l'aise, le fluet matelot répondit :

« Y'a que j'voulais disputer une partie de dés avec Bois-sans-Soif et deux des gabiers, histoire de récupérer mes piastres perdues, mais qu'j'ai trouvé personne. »

Sans détourner les yeux du point qu'il scrutait sans relâche, Face-Noire s'exaspéra :

« En voilà une nouvelle ! Ils se sont probablement adonnés à la boisson et cuvent leur rhum non loin de la cale à provisions dont ils ont dû forcer la serrure. Pour cela, crois-moi, ils seront punis. »

Soudain, derrière Foutriquet, une silhouette noire surgit à contre-jour.

Face-Noire aboya :

« Ah, te voici enfin Bois-sans-Soif, maudit sac à vin, où étais-tu donc passé ? »

Une voix calme au timbre inconnu répondit d'un ton sarcastique :

« Non, ce n'est pas Bois-sans-Soif. Ce marin, apparemment si bien surnommé, repose désormais au fond des flots où, pour l'éternité, il pourra goûter aux plaisirs de l'eau. »

Fou de rage, le lieutenant dégaina son sabre et s'avança :

« Qui que tu sois, bats-toi et crois-moi, je m'en vais t'expédier de belle manière ! »

L'inconnu ricana :

« Si tu tiens à la vie, je te le déconseille. Huit de mes hommes sont discrètement montés à l'opposé de ton bord et ont assommé tes drôles tant occupés à jouer et à boire qu'ils ne nous ont pas entendus arriver. L'effet de surprise en quelque sorte, lequel m'a toujours servi. Certes j'eus de la chance, car le bruit du vent a couvert les cris de ceux que nous avons occis parce qu'ils ont voulu résister. Nous avons ligoté et fait prisonniers les autres afin qu'ils nous servent d'otages en attendant le retour de ton maître. Il s'agit bien de ce damné forban qu'on surnomme l'Ombre, n'est-ce pas ? Où se trouve-t-il et pourquoi votre équipage est-il à ce point réduit, ce qui, il faut l'avouer, nous a bien simplifié la tâche. »

Le cœur de Face-Noire battait à tout rompre. Plus que la peur, c'était la colère qui en était cause.

Il s'était tant concentré à guetter le retour des hommes, qu'il en avait oublié sa mission première, la défense du *Sans Dieu*.

Surgissant derrière lui, deux sbires le ceinturèrent et le désarmèrent. L'inconnu s'avança et lui envoya formidable soufflet à la face.

« Je t'ai question posé, ce me semble, et tu n'y as point répondu. Alors, où se trouve-t-il et combien d'hommes sont avec lui ? »

Estourbi par le coup, le lieutenant secoua la tête afin de reprendre ses esprits. Il lui fallait à tout prix gagner du temps et offrir les réponses les plus vagues.

« Il est… euh, parti chasser avec trois membres de l'équipage. »

Cette fois, un puissant coup de poing le vint frapper à la paupière.

« Trois membres seulement, hein, alors qu'il ne faut pas moins de dix marins pour faire naviguer ce brick ? Tu te moques de moi, mais je saurai te faire parler ! »

D'un ton atone, Face-Noire répliqua :

« Cela est vrai, mais une épidémie de scorbut a décimé une bonne partie de nos matelots et nous nous sommes retrouvés en nombre restreint. »

Herlé haussa le ton :

« Je n'en crois rien et continue à penser que tu te joues de moi, mais vas chèrement le regretter. »

À travers son œil tuméfié, Face-Noire entrevit une silhouette trapue s'avancer sur le pont.

« Laisse-moi m'occuper de lui. Bien je le connais et réussirai lui faire avouer ce qu'il s'obstine à te taire. »

Le lieutenant du *Sans Dieu* n'en crut pas ses oreilles. Cette voix, c'était celle de Morvan.

Une rage indicible s'empara de lui :

« Misérable traître ! Toi dont j'ai couvert la fuite et assumé les fonctions auxquelles tu t'étais dérobé. Toi qui as épousé la cause maudite de nos ennemis jurés, car il s'agit bien de ces pourris de l'Albinos, n'est-ce pas ? Alors crois-moi, tu peux me torturer jusqu'à l'aube, je ne te dirai rien ! »

Perfide, Herlé observa :

« Touchantes retrouvailles en vérité. Au fait, *Morvan*, puisque tel est ton nom, pendant que nous nous emparions du bateau, où donc étais-tu passé ? »

« En dépit de ce maudit vent, je suis grimpé en haut de la mâture guetter le retour de l'Ombre et de ses hommes, car la nuit va bientôt tomber et je sens qu'ils ne sauraient tarder. »

Herlé allait répliquer quand un de ses sbires, dit « le Borgne » s'en vint le trouver :

« Y a du grabuge à fond de cale, car trois des prisonniers ont réussi à se défaire de leurs liens et tentent d'en découdre avec nos gars. Faut-il les égorger ou les jeter à la mer ? »

Herlé dégaina son arme :

« Non point, nous avons encore besoin d'eux. Je m'en vais de ce pas calmer leurs ardeurs ! »

Se tournant vers Morvan, il lui intima :

« Tu disposes de quelques instants pour faire parler ce rat de cale. Si à mon retour, tu n'y as point réussi, je m'en occuperai moi-même avec des raffinements particuliers. »

À peine le flibustier parti, il se rua sur Face-Noire :

« Nous sommes seuls céans et ne disposons que de très peu de temps. Alors écoute : en dépit des apparences, je n'ai point trahi, mais n'ai pas le loisir de t'expliquer à la suite de quelles mauvaises fortunes je me suis retrouvé à bord de cette frégate. Je suis censé te tourmenter afin que tu me dises où est notre capitaine et combien des nôtres sont avec lui. Parle, je t'en supplie ! »

La prunelle pleine de mépris, Face-Noire lui cracha à la face :

« Jamais ! Je suis sûr de ta forfaiture et ne te dirai pas un mot. »

« Tant pis pour toi, tu ne me laisses pas d'autre choix. »

Se saisissant du manche de son sabre, Morvan lui asséna puissant coup sur la nuque de façon à l'estourbir un bon moment. L'ancien boucanier s'écroula. Déjà, Herlé avait regagné le pont. Voyant le corps inerte du lieutenant du *Sans Dieu*, il apostropha Morvan :

« Ho là compère, je t'avais demandé de le faire parler, pas de le tuer ! »

L'intéressé ricana :

« Peu m'importe de savoir si je l'ai occis ou non, car avant de se pâmer, il a eu le temps de chanter. »

Son protagoniste s'enquit :

« Et qu'a-t-il confessé ? »

« Qu'il a menti, mais de moitié seulement. Le scorbut aurait certes fait des ravages dans leurs rangs, mais ils sont cinq et non point trois avec leur chef. Tous armés de sabres et de mousquets. »

Le second de l'Albinos caressa sa barbe :

« Et t'a-t-il confié ce qu'ils étaient venus faire en ce lieu ? »

« Je l'escomptais. Mais c'est à ce moment qu'il m'a faussé compagnie. »

De la pointe de sa botte, Herlé envoya rude coup de pied dans les flancs de l'infortuné. Celui-ci n'eut aucune réaction.

« Mort ou vif, il ne nous est plus d'aucune utilité. Tu n'as qu'à jeter son corps par-dessus bord. »

Restant aussi neutre qu'il le put, Morvan objecta :

« Ce faisant, tu nuirais à l'habileté de ton plan. J'ai cru comprendre qu'à l'Ombre, tu voulais tendre piège et te servir de ses hommes comme otages. S'il n'est point passé, il constitue une pièce de choix, car c'est à lui que notre ami commun a confié la garde du *Sans Dieu*. »

Déambulant à pas lents sur le pont, le second de l'Albinos prit le temps de la réflexion :

« Ce n'est pas mal pensé et je vais sursis accorder à son corps ou sa dépouille. En attendant, je te confie mission d'importance : prendre sa place sur le bastingage, imiter son allure et sa voix, afin que ce pourri ne se doute en aucune manière que son précieux bateau vient de changer de propriétaire. »

À peine la cérémonie du mariage de Tristan et d'Adama achevée, Arzhur enjoignit la petite troupe qui lui faisait cortège de se hâter. Le vent qui s'était levé ralentissait leur progression, et les nasses emplies de crabes pesant leur poids, rendaient plus pénible encore chacun de leurs pas. Après deux heures d'efforts, il discerna enfin les contours escarpés de la crique où il avait son brick amarré. Pendant que ceux qui l'accompagnaient faisaient halte et reprenaient souffle, il s'approcha plus avant. La force des alizés avait chassé les lourds nuages amoncelés, offrant vision fort claire avant que la nuit ne tombât tout à fait. Il se félicita d'avoir bien choisi le mouillage abrité du *Sans Dieu*, car la mâture de son bateau oscillait peu et la charpente de ses flancs ne risquait point de heurter les rochers affleurant. Soudain, au sommet du mât de misaine, un détail étrange le frappa. Il sortit sa lunette, la déploya et se concentra sur ce qu'il distinguait. Il n'en crut pas ses yeux. Nul doute, il s'agissait bien du petit drapeau à la forme et la couleur si particulières, qui rappelait les armes du blason des Kerloguen. Un code signalant à l'initié

311

qu'il y avait danger, et qu'à aucun prix, il ne fallait regagner le bord.

En proie à un trouble extrême, Arzhur abaissa son instrument.

Ce code, deux seuls le connaissaient, lui et Morvan.

Rebroussant chemin à pas furtifs, il partit retrouver ses compagnons. Il n'eut pas loin à aller car il entendit la voix puissante du Padre :

« Je ne suis pas fâché d'arriver ! Les oignons de mes pieds me font cruellement souffrir et je meurs de faim. »

Se ruant sur l'Ibère, il lui intima d'une voix sifflante :

« Par le diable, taisez-vous, il en va de notre vie à tous ! »

D'un ton empli d'inquiétude, Adama s'enquit à voix basse :

« Que se passe-t-il ? Qu'avez-vous vu ? »

« Je n'ai point loisir de vous le narrer ici. Vite, partons nous mettre à couvert. »

Trouvant refuge un peu plus loin, dans une clairière à l'abri de grands arbres enchevêtrés de lianes, la petite troupe s'arrêta.

La face rendue cramoisie par l'effort, Anselme questionna Arzhur :

« Eh bien, allez-vous enfin nous expliquer ? »

« Nous ne pouvons monter à bord car des hôtes indésirables s'en sont rendus maîtres. »

Cherchant encore son souffle, le Padre exprima sa surprise :

« Ah ça, comment le savez-vous ? »

Des pans de sa vareuse, Arzhur sortit ses pistolets et d'un rapide coup d'œil, s'assura de leur bon fonctionnement.

« Peu importe, je le sais. L'urgence qui nous incombe est d'intercepter le reste de nos hommes afin qu'ils ne tombent point dans ce piège, si ce n'est déjà fait. Deux chemins seulement mènent à cette crique. Celui que nous avons emprunté et cet autre un peu plus en amont. »

Tristan intervint :

« Capitaine, pendant que vous vous posterez sur l'un d'eux, moi je surveillerai l'autre. »

Arzhur salua l'initiative :

« Fort bien. Prends celui du haut. Si d'aventure tu croises nos hommes le premier, recommande-leur de leur grande gueule fermer ! »

S'adressant à l'Ibère et Adama, il ordonna :

« Ne bougez d'ici sous aucun prétexte avant que je ne revienne. »

Gant-de-Fer était soulagé. Grâce au sens de l'orientation de Kunta, ils approchaient du lieu où était ancré le *Sans Dieu* et allaient enfin y goûter repos bien mérité. Certes leur chasse avait été décevante, et leurs prises fort étranges, mais ils ne rentraient pas tout à fait bredouilles. L'étroite sente sur laquelle ils cheminaient était difficile car elle présentait forte inclinaison. Butant sur une racine, Colin chuta. Entraîné par son poids, il dévala toute la pente. Plus prompt et agile que les autres, Kunta fut le premier à se précipiter à sa rescousse. Il le trouva en contrebas en piteux état. Le malheureux s'était brisé la jambe, comme en témoignait l'angle étrange que formait son tibia. Il semblait beaucoup pâtir. Le géant noir fut rejoint par Gant-de-Fer qui ne put que constater les dégâts :

« Morbleu, il ne manquait plus que ça ! Colin, réponds-moi, ça va ? »

D'un ton étouffé, l'intéressé répondit :

« Non, par le diable, je souffre mille morts et vois mal comment tu vas me tirer de ce mauvais sort ! »

Gant-de-Fer leva les yeux vers son ami :

« Dis-moi Kunta, que pouvons-nous faire ? »

Déjà, ce dernier ôtait sa chemise et déchirait sa toile en larges bandes égales :

« Ce qu'aurait fait le sorcier de mon village : redresser sa jambe d'un seul coup et y attacher deux bouts de bois. Maintiens-le par les épaules pendant que je m'en charge. »

À son corps défendant, tant il pressentait la douleur à venir, Gant-de-Fer s'exécuta. Le geste exercé par Kunta fut précis, mais arracha un hurlement de bête à Colin lequel, pour son heur, se pâma.

Posté en faction à la bordure du chemin qu'il surveillait, Arzhur était en proie à d'intenses questionnements. Seuls Morvan et l'Ibère connaissaient l'existence de son île, mais aucun des deux les points de latitude et de longitude qui y menaient. Ce nonobstant, le drapeau qu'il avait vu au faîte du mât de misaine ne pouvait que signer la présence à bord de son ancien lieutenant. Un long hurlement l'arracha à sa perplexité et il bondit sur ses pieds. Nul doute, ce cri venait du contrebas de la colline. Il arma l'un de ses pistolets et comme la nuit tombait, descendit la sente à pas prudents. Soudain, il distingua la silhouette d'un homme. Se ruant sur lui, il le bouscula, le chevaucha et pointa son arme sur sa tête :

« Si tu tiens à conserver la vie, parle, qui es-tu et que fais-tu céans ? »

Reconnaissant le timbre si grave et particulier de l'Ombre, le gaillard répondit d'une voix blanche :

« De grâce, ne me tuez pas, c'est moi, Yvon-Courtes-Pattes ! »

Surpris, Arzhur relâcha son étreinte :

« Yvon ? Que diantre fous-tu là seul ? Est-ce toi qui as crié ? »

« Non, c'est Colin, il a fait chute d'importance. Kunta et Gant-de-Fer se sont portés à son secours et je les attends. »

« Ne bouge pas d'ici et ne fais aucun bruit, je vais à leur rencontre. »

La visibilité était devenue nulle au point qu'il faillit à son tour tomber à maintes reprises. Enfin il entendit des voix et grâce à elles, se repéra :

« Corne de bouc, on n'y voit vraiment goutte et notre satané blessé pèse son poids ! »

À voix basse, l'Ombre les interpella :

« Gant-de-Fer, Kunta, c'est moi. Je vais vous aider à remonter Colin, mais par le diable, faites le moins de bruit possible. »

Interloqué, Gant-de-Fer répondit à voix basse :

« Capitaine ? Nous vous croyions à bord du *Sans Dieu !* Que se passe-t-il et que... »

« Tais-toi, je vous expliquerai lorsque nous serons à l'abri. »

La nuit d'encre qui s'était installée avait singulièrement compliqué leur progression. Après une demi-heure d'efforts, ils retrouvèrent leurs compères dans la petite clairière et y déposèrent le corps de l'infortuné matelot. Kunta mit le Padre au courant de l'accident dont il avait été victime et celui-ci s'empressa auprès de lui. Avec des moyens de fortune, le géant noir avait fabriqué une attelle pour maintenir la jambe brisée en place. Mais si celle-ci s'était fracturée en plusieurs endroits, le remède pouvait s'avérer pire que le mal et laisser la gangrène prendre ses quartiers. Anselme en informa Arzhur en précisant qu'il ne saurait agir puisque toutes ses médecines se trouvaient à bord du *Sans Dieu*. D'un ton brutal, celui-ci objecta :

« Vous savez parfaitement que nous ne le pouvons regagner, alors débrouillez-vous pour le soigner ici. »

Le Padre allait protester, quand Tristan survint :

« Capitaine, je vous ai entendus revenir avec les autres, alors j'ai quitté mon poste pour vous rejoindre. »

L'Ombre opina du chef puis intima à tous l'ordre de l'écouter :

« Pendant que nous étions dispersés en différents points de l'île, notre navire a fait l'objet d'une sournoise attaque et se trouve sans doute aux mains d'ennemis redoutables… »

Gant-de-Fer s'écria :

« Foutre Dieu ! Comment diable ont-ils pu s'en rendre maîtres ? Sont-ce des flibustiers inconnus qui opèrent dans les parages ou ces pourris de l'Albinos qui sont toujours à nos chausses ?

À la seule évocation de ce nom, Adama frissonna :

« Ces monstres ! C'est à ma recherche qu'ils sont, n'est-ce pas ? »

Arzhur leva la main :

« Cessez tous de m'interrompre ! Le temps presse et il nous faut plan de bataille échafauder. Gant-de-Fer, pendant que l'Ibère va s'occuper de Colin, tu vas rester ici avec Yvon, nos deux matelots et la jeune femme. Je vous interdis de faire du feu afin de ne point risquer de nous faire repérer. Tristan, Kunta, je vais vous armer et vous allez me suivre discrètement au plus près du mouillage. L'absence de lune masquera nos silhouettes, mais pas leurs voix que nous pourrons écouter pour tenter de savoir à qui nous avons affaire. Allons. »

À pas feutrés, le dos courbé, tous trois progressèrent jusqu'à la crique. En apparence, tout paraissait normal, et de la poupe à la proue du brick, les lampes-tempête diffusaient une douce lumière qui semblait danser sur la surface de l'eau. Allongés à plat ventre, l'Ombre et ses deux acolytes guettaient le moindre signe, le moindre son. Seul un brouhaha leur parvenait. Soudain, une voix se distingua des autres :

« Déjà deux heures que la nuit est tombée et ce damné forban n'est toujours pas rentré. Se serait-il méfié, et si oui, pourquoi ? »

Une voix au timbre mesuré répondit :

« Cela est impossible car cette île inconnue lui offre parfait refuge, et qu'en ce lieu, il ne pouvait s'attendre à ce que son brick fasse l'objet d'une attaque, encore moins d'une prise. »

Son interlocuteur s'emporta :

« Alors d'après toi, où se trouvent-ils en cet instant, hein ? »

« Soit ils ont établi campement de fortune pour se ravitailler en vivres et eau, soit quelque chose de fâcheux leur est arrivé. Je vais me tenir éveillé toute la nuit afin de guetter leur éventuel retour. Dans le cas contraire, nous aviserons demain de ce qu'il conviendra de faire. »

Méfiant, l'inconnu répondit :

« Je vais prendre un peu de repos. Mais dans deux heures, viendrai te retrouver, juste avant que le jour ne se lève. »

Depuis leur poste d'observation, Arzhur, le coquelet et Kunta n'avaient rien perdu de la teneur de cette conversation.

À voix basse, Tristan ne put s'empêcher de demander à l'Ombre :

« Ai-je bien ouï ? Il s'agissait de la voix de Morvan, lequel semble vous avoir trahi ! Alors capitaine, qu'allez-vous faire ? »

« Tout simplement lui parler. Kunta, tu vas nager jusqu'à l'endroit où se tient mon ancien lieutenant. Tente d'attirer son attention le plus discrètement possible sans que les hommes qui gardent les autres ponts et le gaillard d'arrière ne puissent t'entendre. »

Le géant noir s'enquit :

« Et quoi lui dire ? »

« Que tu es l'envoyé de Kerloguen. Que j'ai vu le drapeau. Qu'il me faut savoir le nombre d'ennemis qui se trouvent à bord et combien des nôtres sont morts. »

Sitôt Herlé parti, Morvan quitta son poste pour se rendre auprès de Face-Noire qui gisait toujours sur le pont. Inquiet quant à la violence du coup qu'il lui avait asséné, il se pencha sur lui et guetta son souffle. Une main puissante le saisit soudain au cou.

« Alors misérable traître, tu viens achever ta basse besogne ? Mais je ne suis point mort et c'est moi qui vais te faire rendre gorge ! »

La poigne qui l'enserrait l'empêchait autant de respirer que de parler. Dans un ultime effort, il envoya force coups de pied dans les côtes de son assaillant et parvint à se dégager de son étreinte.

Comme Face-Noire peinait à souffle reprendre, Morvan siffla :

« Une fois encore, je n'ai pas le temps de t'expliquer. Mais toi, moi et l'équipage du *Sans Dieu* tout entier sommes en grand danger. Pour te prouver ma bonne foi, je te remets mon sabre et ma dague. Si tu continues à te défier de moi, tue-moi sur-le-champ ! »

Grimaçant de douleur, l'ancien boucanier considéra le lieutenant :

« Au vu de la situation, je n'ai d'autre choix que de te faire confiance. Quel est ton plan si toutefois tu en as un ? »

L'ouïe aux aguets, Morvan entendit un bruissement dans les flots.

« Tais-toi, garde ma dague et continue à faire le mort, je reviens. »

Après avoir vérifié que les complices d'Herlé ne prêtaient pas attention à lui, il se pencha au-dessus du bastingage, scruta l'eau noire mais ne vit rien. Soudain, il entendit un léger sifflement.

Il s'approcha et tendit l'oreille. Une voix inconnue prononça à voix basse :

« Kerloguen. »

Troublé et aussi discrètement qu'il le put, il répondit :

« Je ne te connais point. Je comprends que l'Ombre a vu mon signal et qu'il t'envoie. Dis-lui que neuf hommes de l'Albinos se sont emparés du brick, qu'ils ont tué deux des nôtres dont Bois-sans-Soif et fait prisonniers tous les autres. À bord, je ne peux compter que sur Face-Noire et il n'est pas bien en point. »

Comme l'un des sbires qui montait la garde s'approchait derrière lui, il se tut aussitôt. C'était le Borgne qui, de son unique œil valide, le regardait d'un air méfiant :

« J'ai entendu du bruit. Que se passe-t-il ici ? »

Le cœur battant, Morvan se retourna :

« Moi aussi j'ai entendu quelque chose qui remuait dans les flots. Il ne s'agissait que d'un gros poisson qui s'était aventuré dans les eaux de cette crique et vient de replonger. Dommage, car nous aurions pu le pêcher et nous en régaler car je meurs de faim. »

Contre toute attente, le flibustier éclata d'un gros rire :

« Moi, c'est la soif qui me taraude et j'expédierais ma putain de mère en échange d'une bonne rasade de rhum, mais notre chef veut que ce soir, nous restions sobres. »

Morvan se força à sourire :

« Je boirais aussi volontiers un bon coup ! Suis-moi, je t'emmène jusqu'à la réserve secrète du capitaine où je sais qu'il entrepose ses meilleurs alcools. »

Il balançait, mais comme bien l'escomptait Morvan, son envie de boire fut plus forte que les ordres qu'il avait reçus.

« Bon, alors rien qu'une petite goutte ! »

Aussi discrètement qu'ils le purent, ils gagnèrent un recoin biscornu dissimulé au fond des entrailles du navire. Une petite porte en bois était fermée par une serrure que l'ancien lieutenant s'empressa de forcer. Il s'empara d'une bouteille de rhum qu'il tendit au Borgne :

« À toi l'honneur ! Après une telle journée, il me semble l'avoir amplement mérité ! »

Opinant du chef, le pirate s'en saisit, ôta le bouchon à l'aide de ses dents et but de longues rasades à même le goulot. Passant derrière lui, Morvan se servit de son sabre pour l'assommer proprement.

Il s'écroula. Morvan installa son corps inerte sur le dos et lui ouvrant grand la bouche, y vida le reste de la bouteille et la plaça dans sa main. Satisfait par sa mise en scène, il remonta furtivement retrouver son poste sur le pont.

Après avoir nagé sous l'eau pour ne point se faire repérer, Kunta retrouva ses compagnons. Par gestes, Arzhur lui fit comprendre qu'ils allaient s'éloigner avant que de causer. Quand il estima qu'ils étaient suffisamment à couvert, il interrogea :
« Alors, l'as-tu vu ? Qu'a-t-il dit ? »
Le géant noir relata le peu que Morvan lui avait appris, puisqu'ils avaient été interrompus par l'arrivée inopinée de l'un des gardes. En écoutant son bref récit, l'Ombre comprit que la situation était pire que celle qu'il avait envisagée. D'un ton brusque, il ordonna :
« Il ne sert à rien de disserter en ce lieu. Retournons immédiatement à notre campement de fortune. »

Pendant leur absence, Anselme et les autres n'avaient pas perdu leur temps. Aidé par les deux matelots, Gant-de-Fer avait taillé et érigé une barrière de piquets pour protéger la clairière de l'attaque d'animaux sauvages et d'assaillants mal intentionnés. Pendant ce temps, Adama avait brisé la carapace et les pattes des crabes, car la faim commençait à se faire cruellement sentir. Le Padre s'était occupé de Colin qui avait repris ses esprits, mais gémissait de douleur. Quand il avait ôté les bandages, il avait été rassuré par l'aspect de la fracture qui était nette. Il la nettoya comme il put avec de l'eau trouvée dans des feuilles de bananier, refit le pansement et remit l'attelle en place. Tous firent un bond quand Arzhur, Kunta et Tristan surgirent sans crier gare. À la mine fermée de l'Ombre, ils comprirent que les nouvelles n'étaient pas bonnes. Adama s'avança :

« Capitaine, avant de nous exposer la situation, il nous faut à tous forces reprendre. Grâce à notre pêche, j'ai préparé un repas cru puisque vous avez interdit d'allumer le moindre feu. »

« Tu as bien fait. Il est en effet temps de nous restaurer, car j'ignore si nous en aurons à nouveau l'occasion. »

Peu rassurés par ces lugubres paroles, tous s'assirent autour de lui et partagèrent les crabes qu'Adama s'empressa de servir. Le repas fut avalé dans le plus grand silence. Enfin, Arzhur prit la parole :

« Kunta n'a pu que brièvement parler à Morvan. Neuf flibustiers se sont emparés du *Sans Dieu* ont tué deux des nôtres et fait prisonniers tous les autres qui se trouvent sans doute enchaînés à fond de cale. Ces damnés marins d'eau douce n'ont pu venir qu'en chaloupe, ce qui signifie que leur frégate est amarrée plus loin et qu'ils disposent de renforts éventuels. Céans, nous sommes dix, dont une femme, un homme en robe et un blessé. »

Vexés par cette dernière remarque, Anselme et Adama allaient protester. D'un geste, l'Ombre leur intima le silence.

« Donc nous sommes seulement sept aptes à combattre, mais piètrement armés, tandis qu'à mon bord, ces forbans disposent de tout mon arsenal. Leur plan était simple : nous laisser regagner le brick sans la moindre méfiance et nous massacrer. Sans le signal de Morvan, nous serions tombés dans leur piège. »

Perplexe, Gant-de-Fer intervint :

« Mortecouille ! Comment s'est-il retrouvé avec eux ? »

Arzhur répondit sèchement :

« Peu importe, l'apprendre ne nous est d'aucune utilité en cet instant. Il nous faut rapidement échafauder un plan pour sortir de ce guêpier. Pour l'heure, je n'en ai trouvé aucun qui ne risquerait notre vie à tous, alors j'attends vos suggestions. »

Ils discutèrent jusque tard dans la nuit, mais rien de bon n'en sortit. Un à un, tous sombrèrent dans un lourd sommeil et Arzhur se retrouva seul avec Anselme. Il eut un rire amer :

« Voyez-vous monsieur l'Ibère, il semble que dès que je contrarie ma profonde et mauvaise nature pour prodiguer mon aide, la destinée semble me prouver que j'ai eu tort et me le fasse payer au prix fort. »

Le Padre observa :

« Vous m'avez toujours dit que l'Albinos et ses sbires étaient vos ennemis jurés, et que tôt ou tard, vous vous seriez affrontés. Alors, je ne vois rien d'étonnant à ce que cela se produise en cette île. »

Arzhur bondit sur ses pieds et se retint à temps de crier :

« Vraiment ? Sachez que je suis autant renommé pour mon implacable cruauté que mon extrême prudence. Si je n'avais dévié de ma route pour mettre votre couple de protégés à l'abri, nous n'en serions pas là aujourd'hui ! »

« Et pourtant, ce faisant, vous avez fort bien agi. Le regrettez-vous ? Serait-ce donc la mort que vous craignez ? »

« Nullement et vous le savez. Depuis des mois que vous êtes à mes côtés, je ne cesse de vous démontrer que les pires actions demeurent impunies par votre Dieu, tandis que celles qui vont dans Son sens sont immédiatement châtiées. Et vous, en parfait jésuite, continuez à croire benoîtement en Son amour et Son action divine. N'allez surtout pas me rétorquer que Ses voies sont impénétrables, car ces fables stériles ne servent qu'à asservir davantage les opprimés et les simples d'esprit. »

Maintes fois, Anselme avait subi de la part de cet homme singulier des assauts de cette sorte. L'heure n'était pas au débat théologique, car tout à sa fureur, son détracteur eût été incapable de l'ouïr.

« Et si nous parlions plutôt de la meilleure manière de reconquérir votre navire. Avez-vous oui ou non élaboré un plan d'attaque ? »

Arzhur répondit sombrement :

« Oui, mais il est fort hasardeux et en outre, voué à l'échec si Morvan n'en a connaissance. Je ne puis renvoyer Kunta l'en avertir, car plus que jamais, les sbires de l'Albinos seront aux aguets. »

Anselme s'enquit :

« Au cours de nos nombreuses parties d'échecs, avez-vous repéré la pièce que je maîtrisais le mieux ? »

« Le moment me paraît des plus malvenus pour me poser une pareille question ! »

« Au contraire, répondez-moi. »

Arzhur réfléchit :

« Le cheval. Il avance de traverse et correspond parfaitement à votre esprit tortueux. »

« Lequel va nous servir. Écoutez-moi. »

Peu de temps après avoir sa faction retrouvé, et comme il le redoutait, Morvan vit arriver Herlé. À son grand dam, il constata à quel point il était armé. Le forban s'étira et après avoir bâillé plusieurs fois, déclara :

« Rien ne vaut un bon sommeil pour recouvrer ses esprits. Il ne manquait qu'une belle garce pour me procurer un plus doux réveil. Que s'est-il passé pendant que je dormais ? »

« Absolument rien. Dans le cas contraire, je t'aurais immédiatement averti. Je persiste à penser qu'il leur est arrivé quelque chose de funeste sur cette île de malheur. Une attaque d'animaux sauvages ou de tribus hostiles, comment savoir ? »

Herlé plissa les yeux :

« Sais-tu où l'Ombre conserve ses trésors ? À son bord seulement, ou tout comme toi, dispose-t-il d'un entrepôt secret ? »

L'ancien lieutenant prit le temps de sa réponse :

« Je sais qu'ici même, bien à l'abri dans ses coffres, il dispose de milliers de livres tournois et de pierres précieuses. Mais sournois et méfiant comme il l'est, tu peux aisément imaginer qu'il ne m'a jamais confié où il dissimulait le restant de sa fortune. »

Le forban eut un sourire ambigu :

« Je le puis comprendre, car la confiance mutuelle représente un prix par trop élevé pour nous autres, frères de la côte. »

Morvan goûta peu cette remarque lourde de sens, mais n'en laissa rien paraître.

« Où veux-tu en venir ? »

« C'est fort simple. Si d'ici à deux jours, ce maudit n'a pas réapparu, nous quitterons cette île avec son propre navire et voguerons en convoi jusques au lieu où tu détiens la forte somme que tu me dois. »

Morvan ne s'était pas attendu à un plan qui contrariait tous les siens, car il ne laissait que très peu de temps à l'Ombre pour agir.

Se forçant à rire, il persifla :

« Voilà qui n'est pas mal pensé. Cependant tu oublies un détail d'importance : lui seul est capable de manœuvrer le *Sans Dieu* dans une passe aussi délicate, avant de lui faire gagner la haute mer. »

« Tu as tort de me sous-estimer, Morvan, car j'y ai déjà pensé. À l'aide de la chaloupe de la *Gueuse* et de puissants cordages, nos hommes, toi y compris, souqueront ferme afin de tirer son brick par l'arrière et l'amener dans le vent. Je vais donc te remplacer à ton poste afin que tu prennes quelque repos avant l'effort. »

L'ancien lieutenant mentit :

« Je n'en ai nul besoin et préfère guetter ici le retour de ce renégat. »

Le forban haussa les épaules.

« À ta guise. Pendant ce temps, je vais à fond de cale voir comment se portent nos précieux et turbulents prisonniers. »

Dès son départ, après s'être assuré que nul ne l'observait, Morvan rejoignit Face-Noire qui gisait toujours sur le pont et feignait, sinon la mort, du moins la pâmoison.

« Eh bien, as-tu ouï le plan maléfique de ce gueux des mers ? »

« Oui-da et notre affaire me semble fort mal engagée. Que comptes-tu faire ? »

« Attendre encore. Tiens, bois un peu de l'eau de cette timbale, je n'ai malheureusement rien d'autre à t'offrir. Continue à ne point bouger et, ma dague en mains, tiens-toi prêt à toute éventualité. »

L'aube fut lente à venir. Épuisés par le manque de sommeil, les nerfs des uns et des autres étaient tendus à craquer et les esprits tout prêts à s'échauffer. Enfin, elle se mit à poindre et teinta ciel et mer de délicates nuances rosées et orangées. Au grand dam de Morvan, Herlé l'avait déjà rejoint à son poste d'observation et, armé de sa lunette, ne cessait de scruter les abords du *Sans Dieu*. Soudain, une silhouette massive s'engagea sur la passerelle et la franchit à pas aussi pesants que rapides, comme si le diable était à son train. Herlé recula, dégaina son sabre et vint se placer derrière Morvan. Ce dernier s'écria :

« Est-ce vous Padre ? Que vous arrive-t-il et pourquoi êtes-vous seul ? Où sont les autres ? »

Dans un ultime effort, le jésuite parvint à monter à bord, puis s'écroula sur le pont, la main comprimant sa poitrine. D'une voix d'agonisant, il répondit :

« Ah, mon pauvre cœur, de l'eau, vite, je vous en supplie ! »

Le visage décomposé, Morvan se retourna vers Herlé :

« Qu'attends-tu, ne vois-tu point qu'il est en train de passer ? Va vite en chercher ! »

Autour de lui, Herlé n'aperçut personne à qui relayer cet ordre. En dépit de son irritation et comme il avait intérêt à ce que l'homme d'Église parle, il s'exécuta. Morvan s'agenouilla auprès du jésuite et prit sa tête entre ses mains. D'une voix étranglée, il demanda :

« Comment va votre cœur ? »

Les yeux d'Anselme brillèrent et il souffla :

« À merveille, mais nous ne disposons que de très peu de temps. Le coquelet et Kunta sont excellents nageurs. Ils vont se hisser l'un à la poupe et l'autre à la proue du navire, et tenter d'occire ceux qui leur barreront le chemin. Pendant ce temps, le capitaine, Gant-de-Fer et les autres vont... »

Il ne put achever, car déjà, le forban revenait avec l'eau demandée. Tendant la timbale à Morvan, il l'enjoint d'un ton rogue :

« Vas-y, fais-le boire et après, qu'il parle morbleu ! »

Le Padre était en tel état de faiblesse, que le liquide absorbé débordait de la commissure de ses lèvres et coulait sur sa robe.

Puis soudain, il sembla reprendre le chemin de sa conscience :

« Au cours de ma tumultueuse existence, j'ai vu des choses abominables, mais cela, jamais ! »

Au comble de l'impatience, Herlé questionna :

« Vu quoi, mille diables ? Allez-vous enfin le narrer ? »

Tremblant, Anselme se tourna vers Morvan :

« Qui est cet homme, que me veut-il ? »

« N'ayez crainte. Il m'a recueilli lors que je faisais naufrage et je lui dois la vie. Racontez-moi ce qu'il est advenu de l'Ombre et des autres. »

Le Padre frissonna :

« Ils chassaient, quand ils ont eu le malheur de croiser une tribu indigène. Celle-ci leur a décoché un torrent de flèches, sans doute empoisonnées, car les hommes tombaient comme des mouches et ne se relevaient plus. »

« Et le capitaine, est-il mort lui aussi ? »

« Las ! Après s'être battu comme un diable à un contre dix, il s'est écroulé et c'est alors que... »

« Quoi ? »

Dans un souffle, il acheva :

« Qu'avec une sagaie, ils lui ont ouvert la poitrine, arraché son cœur encore palpitant et qu'ils l'ont dévoré. »

Un instant ébranlé par ce récit, Herlé reprit vite ses esprits :

« Ce damné aura donc connu une fin aussi sauvage que méritée ! Mais dis-moi curé, comment se fait-il que tu sois le seul à en avoir réchappé ? »

« Parce que je me tenais à l'écart, occupé à cueillir des plantes pour préparer mes médecines. Quand j'ai entendu des bruits de lutte et des cris, je me suis caché, mais de là où j'étais, j'ai pu tout observer. »

Le forban hocha la tête :

« Et ensuite ? »

Le jésuite s'indigna :

330

« Ensuite ? Que croyez-vous donc que je fis ? J'ai couru jusqu'au bateau en priant Dieu qu'Il me protège et que mon cœur ait la force de soutenir mes jambes ! »

Morvan tenta de l'apaiser :

« Bien sûr, que pouviez-vous faire d'autre ? Maintenant, il faut vous reposer. Je vais vous conduire à votre cabine. »

D'une voix faible, Anselme protesta :

« Non mon garçon, je préfère rester allongé sur ce pont et n'en plus bouger, car je n'en ai point la force. »

Il prit soin d'installer le Padre le plus confortablement possible, non loin de l'endroit où gisait toujours Face-Noire. Ayant fait, il vint retrouver Herlé. Les yeux perdus dans le lointain, celui-ci semblait aussi amer que perplexe :

« Je n'en reviens toujours pas. Ainsi, l'Ombre, notre vieil ennemi de toujours, n'est plus ! En vérité, j'en veux mortellement à ces sauvages de l'avoir massacré à ma place, car j'y aurais pris immense plaisir. Ne te sens-tu pas toi-même floué de n'avoir pu exercer ta légitime vengeance ? »

L'ancien lieutenant opina :

« Il semble que le destin en ait décidé autrement. »

Le forban eut un rire méprisant :

« Le destin dis-tu ! Selon moi, ceux qui y croient ne sont que des couards qui préfèrent subir les événements plutôt que les affronter. Serais-tu donc pleutre ou superstitieux ? »

« Ni l'un ni l'autre. Mais l'heure n'est pas à débattre de ces choses. Alors maintenant, que comptes-tu faire ? »

« Ce que j'avais initialement prévu. M'emparer du brick de ce damné et de tout ce qu'il contient : armes, poudre et richesses. »

« Et les prisonniers que tu détiens à fond de cale ? »

« Je m'en vais de ce pas leur proposer un choix très simple : soit ils rejoignent mon camp, soit ils restent fidèles à feu leur capitaine et je les tue sur-le-champ. »

Morvan aurait donné tout l'or du monde pour précéder Herlé afin d'avertir les hommes. Pour la première fois, il souhaita que ces derniers préfèrent trahir plutôt que mourir, tant il allait avoir besoin d'eux, si Arzhur pouvait attaquer avant qu'il ne soit trop tard.

Il voulut se rapprocher du Padre et de Face-Noire, mais un des sbires de l'Albinos se tenait trop près d'eux. En attendant que le gaillard ne finisse par s'éloigner, il décida de faire le tour des différents ponts afin de repérer où chaque flibustier ennemi avait pris sa faction. Las, il constata qu'ils tenaient tous les points névralgiques.

Un brouhaha de voix l'arracha à son funeste constat et il rejoignit à grands pas le gaillard d'arrière. Herlé remontait avec les prisonniers qui portaient toujours chaînes aux poignets. Seul manquait le malingre Foutriquet. Le forban les aligna tous en rang :

« Eh bien misérables rats de cale, à peine votre capitaine refroidi, vous le tuez une seconde fois en le trahissant de belle façon ! Quand je pense que le seul qui ait refusé mon marché et que j'ai sitôt occis n'était qu'une demi-portion. En vérité, il en avait plus dans la culotte que vous tous réunis et j'en aurais volontiers fait mon second. À la réflexion, je n'ai que faire de vous, couards que vous êtes ! Mais j'avoue que je balance encore : vais-je vous étripailler céans ou attendre la haute mer pour vous livrer à l'appétit des *tiburones ?* »

Morvan allait s'interposer lorsqu'un des bras droits d'Herlé surgit :

« Lieutenant, j'crois ben avoir entendu quelque chose tomber à la baille. J'me suis précipité pour savoir quoi, mais le matelot qui gardait la poupe n'était plus à son poste. »

Avant même qu'Herlé ne réagisse, un cri émanant cette fois de la proue retentit. Le doute n'était plus permis et le forban hurla :

« Trahison ! Ce n'était qu'un piège et nous sommes attaqués. Dégainez vos armes et tuez-moi tous ces chiens ! »

À ce cri, le Padre et Face-Noire se levèrent. L'ancien boucanier se jeta sur le premier qu'il rencontra. Sa fureur le servit et ce dernier n'eut aucun loisir d'échapper aux coups mortels qu'il lui asséna. Galvanisés par Palsambleu qui crachait sans discontinuer un flot d'injures, les autres tentèrent, à l'aide de leurs chaînes, d'assommer ou d'étrangler leurs attaquants. Ceux-ci, fortement armés et libres de leurs mouvements, les décimèrent.

Morvan s'était précipité au beau milieu de la mêlée. Il se trouva soudain nez à nez avec un homme torse nu couvert de sang. Il allait l'embrocher lorsqu'il reconnut Tristan. Un bref instant, ils se considérèrent, puis se ruèrent vers d'autres assaillants.

Kunta n'avait pu quitter la proue du navire d'où il venait d'égorger l'homme de quart. Trois flibustiers l'avaient encerclé et lui avaient porté méchantes blessures au dos, à la jambe et au bras gauche qui saignait d'abondance. Au moment où il pensait que son esprit allait rejoindre celui de ses ancêtres, un inconnu surgit et enfonça jusqu'à la garde son sabre dans le dos de l'un de ses adversaires. Cette aide redonna forces au géant noir qui, d'une prodigieuse bourrade, fit basculer le corps du second par-dessus le bastingage.

Affolé, le troisième tenta de s'échapper, mais Morvan surgit et lui planta sa lame en plein cœur. Celui qui venait de sauver Kunta s'écria :

« Heureux de te revoir, compère ! »

Stupéfait, Morvan reconnut Malo, le gabier du *Soleil Royal* resté consigné à bord de la *Gueuse* ancrée à l'autre bout de l'île.

« Ah ça, comment as-tu... »

Le Vendéen sourit :

« J'ai faussé compagnie à ces pourris car j'ai pensé que tu pourrais avoir besoin d'aide. J'ai longé toute la côte à pied et me voici. »

De la passerelle amarrée au *Sans Dieu*, de grands cris retentirent. Arzhur, Gant-de-Fer, Yvon-Courtes-Pattes la franchirent au pas de charge, en dépit des forbans qui les attendaient à l'autre extrémité et pointaient leurs mousquets sur eux. De part et d'autre, la poudre claqua et des hommes s'écroulèrent. Arzhur reçut une balle dans le flanc, mais sa rage était telle qu'il ne la sentit même pas. Il se jeta sur le premier défenseur et lui ouvrit la gorge d'un seul coup de dague avant de se ruer vers le gaillard d'arrière où il distingua enfin Morvan. Celui-ci était aux prises avec un lascar qui faisait tournoyer sa lourde hache dans les airs, le forçant à reculer encore et encore. Soudain, alors que son ancien lieutenant avait miraculeusement

esquivé les coups que tentait de lui porter son adversaire, il tomba roide sur le pont, la lame d'un sabre
plantée dans le dos. Cette attaque sournoise venait
d'être exécutée par un flibustier borgne dont la face
s'orna d'un mauvais sourire. En quelques puissantes
enjambées, Arzhur fut sur lui, mais l'homme à la
hache s'interposa.

« Tiens, tiens ! J'imagine avoir l'insigne privilège
d'avoir affaire à celui que l'on surnomme l'Ombre.
C'est donc à moi que revient le plaisir de t'expédier
dans l'enfer que tu n'aurais jamais dû quitter ! »

En un éclair, Arzhur jaugea la situation. L'arme
redoutable qui l'empêchait d'approcher de son agresseur et le Borgne qui, ayant récupéré la sienne, tentait
aussi d'en découdre avec lui. Il n'eut pas le temps
de réfléchir plus avant. La balle qui l'avait atteint eut
subitement raison de sa conscience et il s'écroula.

Pendant trois jours et trois nuits, Anselme avait veillé sans relâche le capitaine du *Sans Dieu*. Non sans mal, il avait réussi à extraire la balle de mousquet et stoppé l'importante hémorragie qu'elle avait provoquée. Grâce aux cataplasmes de citronnelle, la cicatrisation se faisait, mais à maintes reprises, il avait craint pour la vie de son patient, tant ses forces semblaient l'abandonner. Il avait beaucoup prié le Seigneur de lui conserver vie afin d'avoir une chance infime de sauver son âme. À l'aube du quatrième jour, alors qu'il dormait à même le sol de la cabine d'un sommeil sans rêves, le Padre entendit un gémissement. Il voulut se lever promptement. Son corps ankylosé lui arracha un cri de douleur. Le malade s'agita :

« Arrière forbans, arrière ! Vous n'êtes que des couards indignes de la flibuste que vous déshonorez ! »

Tant bien que mal, Anselme s'approcha de la couchette d'Arzhur et lui prit la main :

« Calmez-vous donc. Grâce à votre courage et celui de vos hommes, ces misérables ne sont plus, vous les avez vaincus. »

À ces mots, l'Ombre sembla retrouver le chemin de sa conscience :

« Que dites-vous ? Comment cela a-t-il pu être possible ? »

« Face-Noire, Gant-de-Fer, Kunta, Tristan, Yvon-Courtes-Pattes et les autres. Tous ont combattu avec bravoure et éliminé tous vos ennemis. En outre, ils ont trouvé l'anse où était ancrée la *Gueuse* et l'ont incendiée. »

« Que m'est-il arrivé ? »

« En donnant l'assaut, vous avez reçu une balle de plomb qui a occasionné mauvaise blessure. Je vous ai soigné comme je l'ai pu, mais ai souvent cru votre dernière heure arrivée. »

Arzhur eut un faible sourire :

« Ainsi, grâce à votre intervention, Lucifer devra patienter encore un peu avant d'obtenir mon âme. »

« À moins que cela ne soit Dieu, car je n'ai pas dit mon dernier mot. »

L'Ombre se redressa :

« Morvan ! Je m'en souviens maintenant ! Il était sur le gaillard d'arrière et avait reçu un traîtreux coup de sabre dans le dos. Où est-il céans, va-t-il bien ? Répondez-moi, mille diables ! »

Anselme s'approcha et aussi doucement qu'il le put répondit :

« Il n'est plus. Il a été tué sur le coup et n'a point souffert. Devant votre porte se tient un dénommé Malo qui l'a bien connu et a une révélation à vous faire. »

Arzhur prononça d'une voix sourde :

« Qu'il entre. »

Le gabier vendéen resta deux heures dans la cabine de l'Ombre.

337

Il lui relata sa rencontre avec Morvan à bord du *Soleil Royal*, l'amitié indéfectible qui s'était nouée entre eux, renforcée jour après jour par les épreuves subies. Il lui dit enfin qu'un soir de quart où tous deux goûtaient la douceur de la nuit, Morvan s'était confié à lui. La difficile décision du départ, le long retour vers les terres de Kerloguen, les retrouvailles avec Maël le boiteux, mais surtout, l'agonie de Barbe et l'aveu de son lourd secret. Pas une fois, Arzhur n'avait interrompu ce récit qui retraçait sans doute le pan le plus important de sa vie. Ainsi, de Marie, son amour de jeunesse, il avait eu un fils qu'il avait côtoyé toute sa vie, mais point chéri. Et pourtant, c'est de lui et de lui seul qu'il avait fait son lieutenant, lui confiant maintes fois du *Sans Dieu* le commandement. Sans qu'il ne connût le lien véritable qui les unissait, ce fils bâtard avait été plus proche de lui qu'aucun autre membre de sa famille légitime et aujourd'hui, il n'était plus.

Après un long silence, il remercia sobrement le gabier pour ce qu'il venait de lui apprendre et demanda à rester seul.

Un mois plus tard.

Mû par une douce brise sud, sud-est, le brick voguait, fendant de son étrave les eaux turquoise des Caraïbes.

À bord, un calme inhabituel régnait car l'équipage ne comptait plus qu'une poignée d'hommes. Outre deux matelots rescapés de l'ultime combat mené contre les flibustiers de l'Albinos, il y avait Face-Noire, Gant-de-Fer, Kunta, Yvon-Courtes-Pattes, Malo et Colin qui s'était remis de la blessure de sa chute, mais conservait la jambe raide et peinait à se mouvoir. Comme souvent en pareil cas, il fut désigné pour être le nouveau coq du *Sans Dieu*. En dépit de ses louables efforts, la nourriture qu'il préparait était loin de valoir celle de Tristan et tous regrettaient et sa cuisine et sa présence.

Avant de reprendre la mer, l'Ombre s'était entretenu avec lui.

Dérogeant à toutes les règles par lui-même édictées, il lui avait proposé de rester à bord avec la femme qu'il venait d'épouser. Aussi surpris que touché, l'ancien coquelet avait répliqué :

« Capitaine, cette offre est fort généreuse, je ne puis toutefois l'accepter. En dépit des épreuves, j'ai toujours su au fond de moi que sur cette damnée terre, un lieu de paradis devait exister. Grâce à vous, je crois l'avoir trouvé et désire m'y installer. »

Une fois encore, Arzhur n'avait pu s'empêcher d'envier la fraîcheur d'âme de l'ancien coquelet et sa foi inébranlable en des temps meilleurs à venir. Il avait hoché la tête et fait ses adieux à Tristan en lui souhaitant bonne chance.

Le soleil était à son zénith. Pour se prémunir de ses ardeurs, l'Ombre avait fait installer un auvent sur le gaillard d'arrière, ainsi qu'une table et deux sièges. Cet abri lui permettait de respirer l'air du large tout en disputant une partie d'échecs avec l'Ibère. Ce dernier avait aisément gagné la première et était en passe de remporter la seconde. Depuis le début de leur joute, Arzhur n'avait pas desserré les mâchoires. Il venait de calculer que quelque pièce qu'il déplaçât, en moins de six coups, il serait mat. Anselme hasarda :

« Capitaine, aujourd'hui ce n'est pas moi qui gagne, mais vous qui m'en laissez le loisir car vous n'avez point l'esprit au jeu, ce qui peut se comprendre. »

Le sang monta immédiatement au visage de l'Ombre.

« Que savez-vous de l'épreuve que je viens de traverser ? Vous que certains esprits faibles appellent Padre, bien que vous n'ayez engendré ! Comme vous devez être aise de me voir subir les tourments qui m'accablent. Ah votre Dieu de Bonté s'est bien vengé en m'infligeant la perte d'un homme dont j'apprends plusieurs jours après son trépas qu'il était mon fils. »

« Le Dieu en lequel j'ai placé ma foi et mon espérance n'est pas un Dieu de vengeance, comme c'était le cas dans l'Ancien Testament. Pouvez-vous imaginer un seul instant que je puisse me réjouir de votre souffrance ? Je vous savais impitoyable mais pas injuste. Lors de la reconquête de votre bateau, ne vous ai-je point aidé, vous prouvant ainsi ma loyauté et une forme d'amitié ? »

À ce mot, Arzhur se cabra :

« Amitié ? Vous qui n'avez cessé de me défier et me renvoyer l'image d'un monstre sanguinaire ? Comment voulez-vous que je croie à cette fable ? J'ai d'ailleurs pris une décision : je vais vous rendre votre liberté et vous débarquerai dès que nous aborderons un endroit sûr. »

Blême de rage, Anselme répliqua :

« La liberté est le seul trésor que j'aie jamais possédé et je vous dénie le droit d'en user à ma place. Alors, si je décide de rester, qu'allez-vous faire ? Me jeter par-dessus bord ou m'égorger de vos propres mains ? »

L'Ombre eut un pâle sourire :

« Vous m'étonnez fort, monsieur l'Ibère. Moi qui pensais vous combler en vous annonçant pareille nouvelle. Ainsi, vous ne renoncez pas à tenter de sauver ce que vous appelez mon âme. C'est pour cela et cela seulement que vous voulez rester ! »

Le Padre poussa immense soupir :

« Décidément, vous ne comprenez rien à la nature des sentiments, lesquels se moquent bien des liens du sang. Sans savoir qu'il était votre fils, n'avez-vous point chéri Morvan ? Vécu avec lui mille aventures et essuyé plus d'une tempête ? Lui, cela crevait les yeux, vous aimait et vous admirait autant qu'il vous redoutait. Pour vous, il eût donné sa vie, ce qu'à la toute fin il fit. »

Contenant sa colère, Arzhur répondit :

« Justement, aujourd'hui, je le perds deux fois, en tant que fils et en tant qu'ami. N'en voyez-vous pas toute l'ironie ? »

« Un vieux proverbe de mon pays dit : "Dieu ne joue pas aux dés." »

L'Ombre ironisa :

« Belle maxime en vérité ! Et qu'est-elle censée signifier ? »

« Que le hasard n'existe pas et qu'à chaque être, le Seigneur a donné la liberté. Celle d'aimer ou de haïr, tuer ou épargner, se venger ou pardonner. Quelles que furent les épreuves que vous avez vécues, vous avez toujours eu le choix d'agir dans un sens ou dans l'autre. Comme il est dit, celui qui a vécu par l'épée… »

« … périra par l'épée. Mais voyez-vous monsieur l'Ibère, il se trouve que je suis toujours vivant tandis que ceux que j'aimais sont morts. »

« C'est donc en plein cœur que l'arme a porté son coup, car les paroles du Christ s'entendent aussi de façon symbolique. Voyons, n'est-il pas temps de renoncer à votre désir de mort et vous tourner enfin vers la vie ? »

Arzhur haussa le ton :

« Pour quoi et pour qui ? »

« Pour vous-même et le reste de votre équipage qui est las de ces batailles sans fin et tout ce sang versé ! À quoi bon les milliers de perles et de piastres recueillis s'ils ne peuvent en jouir ? »

« Qu'en savez-vous et comment osez-vous parler à leur place ? »

Le Padre se leva, fit quelques pas vers le bastingage et se retourna :

« Eux-mêmes m'ont tenu ce discours lors que vous n'aviez point repris votre connaissance. La décision de Tristan les a frappés et ils semblent envieux de l'existence qu'il a choisie. »

L'Ombre ricana :

« En vérité ! Vivre jusqu'à la fin de ses jours sur une île déserte avec une seule femme et l'horizon pour unique compagnon ? Moi qui les connais bien, je les vois mal se passer du vin, du jeu et des ribaudes. En outre, le goût du sang et de la liberté coule dans leurs veines. »

Il plissa les yeux avant de poursuivre :

« Mon équipage se préparerait-il à une mutinerie ? »

Anselme haussa les épaules :

« Non, car profitant de votre pâmoison, il leur eût été facile de se débarrasser de leur capitaine. Ces hommes que vous prétendez connaître sont d'une fidélité absolue et lors du dernier assaut, l'ont une nouvelle fois prouvé. Aujourd'hui, ils ne sont plus qu'une poignée. Alors, qu'allez-vous leur proposer ? Recruter à nouveau d'autres pirates pour repartir au combat ? À vos côtés, j'ai été bien placé pour savoir que la tâche est des plus malaisées. Et puis vous avez vaincu l'un des lieutenants de l'Albinos, mais pas l'Albinos lui-même qui se voudra venger et vous traquera dans chaque port, chaque anse. »

Arzhur fanfaronna :

« Ce sont les risques du métier et je suis prêt, une fois encore, à les affronter. »

Le jésuite s'approcha :

« Non, je ne le crois pas. »

« Osez-vous penser que je n'aurai pas la hardiesse de combattre mes ennemis ? »

D'une voix posée, Anselme répondit :

« Le courage oui, la force non. »

Arzhur haussa le sourcil :

« Par le diable, que voulez-vous dire ? »

« Lorsque j'ai procédé à l'extraction de la balle qui vous a atteint, j'ai dû écarter les chairs, ce qui m'a laissé entrevoir vos organes, notamment votre foie. »

« A-t-il été touché par cette damnée bille de plomb ? »

« Non, mais il présentait une excroissance qui ne me dit rien de bon. »

Arzhur s'impatienta :

« Puisque vous avez lu dans mes entrailles et que vous vous plaisez à jouer les oracles, dites-moi à quel funeste sort je dois m'attendre. »

« Il m'est impossible de vous répondre de façon précise. Je crains cependant que vous n'ayez à endurer des... »

Se levant brusquement, l'Ombre l'interrompit :

« Souffrances, c'est cela ? Eh bien si tel est le cas, je les endurerai car elles ne seront rien au regard de celles qui m'affectent aujourd'hui. Et puis après tout, ne sont-elles pas rédemptrices ? Certains des vôtres ne portent-ils pas des silices et ne se flagellent-ils pas pour extirper le Malin de leur corps ? »

Anselme protesta :

« J'ai toujours réprouvé ces pratiques malsaines. Nulle part dans les Évangiles, il est écrit que Dieu demande à l'homme de s'infliger des tourments aussi grotesques qu'inutiles ! »

L'Ombre persifla :

« Sans doute parce qu'il préfère s'en charger Lui-même ! »

« Je commence à être las de vos railleries. Aujourd'hui, je vous propose le secours de mes remèdes au cas où vous en auriez besoin. Bonsoir capitaine. »

À peine eut-il fait quelques pas que la voix au timbre si grave le rappela :

« Où allez-vous ? »

« Aider Colin à cuisiner l'imposant marlin que Gant-de-Fer et Kunta ont pêché ce matin. Il serait dommage d'abîmer une si belle pièce et, vous l'avez sans doute compris, je déteste le gâchis. »

Arzhur se leva et cet effort lui arracha une grimace de douleur.

Il se reprit aussitôt et sourit à l'Ibère :

« Si j'ai bien ouï votre petite parabole, vous comparez mon âme, si toutefois il m'en reste un fragment, au sort d'un poisson que vous vous apprêtez à préparer ? Après tout, la comparaison ne manque pas de sel, car une seule lettre sépare le "marlin" du "malin". En outre, le poisson n'était-il pas le signe de reconnaissance entre Jésus et ses apôtres ? Dieu ne joue pas aux dés, avez-vous dit, mais vous et moi jouons aux échecs. Alors je vous propose un ultime défi : si vous gagnez la partie que nous allons disputer, je confierai mon âme et mon corps à vos soins avisés. Si vous perdez, je vous demanderai de renoncer pour toujours à ce que vous avez de plus sacré ! Acceptez-vous ? »

Ayant fait grande prière en lui-même dans laquelle il demandait au Seigneur de pardonner son outre-cuidance, le Padre répondit :

« J'accepte. »

Arzhur hocha la tête et déclara :

« Je suis si certain de l'emporter que je vous laisse commencer. À vous les pièces blanches et à moi, cela va sans dire, les noires. »

L'ÎLE D'ARZHUR

Il l'avait découverte par hasard.

Après des heures passées sur ce rocher où une multitude de poissons multicolores échappait encore et toujours au harpon de bois effilé qu'il avait confectionné. À l'aide d'une liane nouée à son poignet, il le remontait à la surface et le lançait encore, certain d'atteindre enfin une proie. Las, sa pêche demeurait infructueuse.

La morsure du soleil l'accablait autant que la frustration et pour s'en défaire, il décida de sauter dans les flots. Pour la première fois, il eut le réflexe d'ouvrir les yeux sous l'eau. À sa grande surprise, il se rendit compte qu'il voyait très distinctement et découvrit un monde aussi merveilleux qu'insoupçonné : une grotte sous-marine composée de roches percées qui laissaient filtrer des rais de lumière obliques, éclairant des algues et des coraux qui oscillaient doucement, bercés par un délicat courant. Le souffle lui manqua et il dut remonter quelques instants aspirer l'air à larges et profondes bouffées.

Il replongea à la verticale pour descendre encore plus bas.

Un immense coquillage attira son attention. Son couvercle s'ouvrit lentement, laissant échapper une myriade de petits poissons et de curieux organismes dont la forme rappelait celle des chevaux.

Il s'approcha et comprit, stupéfait, que ce mollusque géant n'était autre qu'un bénitier.

Une raie le frôla puis s'éloigna aussitôt, mue par un délicat battement de nageoires qui faisait songer aux ailes des oiseaux.

Il plongea et replongea, incapable de se soustraire à tant de quiétude et de beauté. Aucune des créatures qui peuplaient ce monde enchanté ne semblait s'offusquer de sa présence. Il put ajuster le tir de son harpon, tout en demandant au poisson qu'il venait de toucher de bien vouloir lui pardonner.

Le soleil déclinait lorsqu'il parvint à l'extrémité de la plage.

À contrejour, il distingua la silhouette de sa jeune épousée. La main en visière de ses yeux, elle quêtait le retour de celui qui avait tant tardé. Enfin, elle l'aperçut. Il gravit la petite dune qui menait à la cabane qu'ils avaient bâtie puis reconstruite, après qu'un cyclone l'eut en partie détruite. Il déposa à ses pieds la nasse qui contenait sa pêche. Outre le mérou qu'il avait harponné, deux langoustes de belle taille se livraient encore bataille. Sa bien-aimée hocha la tête :

« D'après ce que je vois, tu as fait des progrès. »

Il éclata de rire et lui conta en détail l'aventure qu'il venait de vivre.

« Quand je repense à tout ce temps perdu alors qu'il me suffisait de gagner la profondeur de cet incroyable vivier ! Adieu les crabes qui ont tant de jours composé notre ordinaire, car désormais je… »

Elle avait poussé un léger cri. Inquiet, il l'avait saisie dans ses bras :

« Que se passe-t-il, qu'as-tu ? »

Elle avait repris son souffle et lui avait souri :

« Ce n'est rien, un coup de pied je crois, mais je ne m'y attendais pas. »

Ému, il était passé derrière elle et avait posé ses mains sur son ventre rond.

« Je ne sens rien. Crois-tu qu'elle se soit rendormie ? »

« Pourquoi persistes-tu à croire qu'il s'agit d'une fille, alors que je sens, je sais que j'attends un garçon ? »

« Parce que je voudrais un autre toi-même. Une toute petite Adama qui aurait en elle une part de moi. »

Pour mieux masquer son émotion, elle avait pris quelques instants avant de se retourner vers lui :

« Très bien, je te propose donc un marché : si c'est une fille, il te reviendra de la nommer, mais s'il s'agit d'un garçon, c'est moi qui choisirai son prénom. »

Tristan n'avait pas hésité :

« Amandine ! À ton tour maintenant. »

Elle avait pris davantage son temps, et du regard, embrassait les ultimes scintillements du couchant. D'une voix assourdie, elle prononça :

« Arzhur. »

Composition et mise en pages
Nord Compo à Villeneuve-d'Ascq

Imprimé en France par

MAURY IMPRIMEUR
à Malesherbes (Loiret)
en juillet 2018

N° d'impression : 228961
S28324/01